ullstein

Das Buch

Jamaika, 1812: Die schöne Juliana Thompson lehnt jeden noch so charmanten Freier eiskalt ab – bis ihr Vater sie eines Tages zwingt, den Heiratsantrag von Elias Blackwood anzunehmen. Auf der anschließenden Verlobungsfeier wird Juliana jedoch von Jason Whitfield entführt, der vor Hass auf seinen Erzfeind Elias brennt. Schon seit langem wartet Jason auf den geeigneten Rachemoment. Es erfüllt ihn mit großer Genugtuung, dass er jetzt Elias' zukünftige Braut auf sein Schiff trägt. Zu Jasons Überraschung entpuppt sich seine Beute als jene rothaarige Schöne, die er einst an einem Wasserfall verführen wollte. Auch Juliana muss sich eingestehen, dass ihr starker Entführer eine unglaubliche Anziehungskraft auf sie ausübt. Während das Schiff durch die Karibik kreuzt, führt Jason die begierige Schöne in das aufregende Spiel der Lust ein. Juliana erlebt heiße exotische Nächte und wird Zeugin des hemmungslosen Treibens auf hoher See.

Die Autorin

Samara Fraser, 1972 geboren, ist gelernte Hotelfachfrau, schlug später eine Beamtenlaufbahn ein, um dann festzustellen, dass das Schreiben ihre eigentliche Leidenschaft ist. Sie hat drei Kinder und lebt mit ihrer Familie im Hessischen Bergland.

Samara Fraser

Die Gefangene

Erotischer Roman

Ullstein

Besuchen Sie uns im Internet:
www.ullstein-taschenbuch.de

Umwelthinweis:
Dieses Buch wurde auf chlor- und säurefreiem Papier gedruckt.

Lizenzausgabe im Ullstein Taschenbuch
1. Auflage Juni 2008
2. Auflage 2008

Titel der Originalausgabe: *Die Gefangene des Piraten*
Umschlaggestaltung: HildenDesign, München
Titelabbildung: © Katarina Sokolova
Satz: Pinkuin Satz und Datentechnik, Berlin
Gesetzt aus der Bembo
Druck und Bindearbeiten: CPI – Ebner & Spiegel, Ulm
Printed in Germany
ISBN 978-3-548-26908-5

Prolog

Jamaika, August 1812

Das Fenster war nicht viel größer als ein Zigarrenkästchen, aber es war die einzige Lichtquelle, die Jason hatte. Jetzt freilich, als die Sonne gerade im Begriff war, mit leuchtenden Farben am fernen Horizont ins Meer zu versinken, fiel kaum noch Licht in den kleinen, stickigen Raum, in den man ihn gesperrt hatte. Wenn Jason in die Stille lauschte, konnte er die entfernte Brandung hören. Hin und wieder drang das Bellen eines Hundes oder das Kreischen eines spielenden Kindes von draußen zu ihm herein. Sonst war es still. Nervtötend still. Schwere Schritte auf dem Gang durchbrachen diese Stille. Vor seiner Tür verstummten sie. Der schwere eiserne Riegel wurde knarrend beiseitegeschoben und die massive Tür mit einem Quietschen geöffnet. Herein kam ein Riese von einem Mann, der mit seinen breiten Schultern kaum durch den Türrahmen passte. Sein großer kahler Schädel wies eine hässliche gezackte Narbe auf. Die schiefe Nase, der hasenschartige Mund mit den dicken, schwülstigen Lippen und die ausgeprägten Wangenknochen ließen ihn geradezu grotesk erscheinen. Er trug eine Schüssel mit einem wässrigen Eintopf und einen Krug mit fauligem Wasser herein, die er vor Jason auf den dreckigen Boden stellte.

»Essen«, verkündete er knapp, schloss die Tür und schob erneut den schweren Riegel vor.

Das wäre zwar nicht notwendig gewesen, denn Jason war an der Wand angekettet – aber alles musste halt seine Ordnung haben. Jason begutachtete angeekelt sein Abendessen. Mit dem Fuß trat er gegen die Schüssel, so dass sich deren unappetitlicher Inhalt über den schmutzigen Boden ergoss.

Das war das erste Essen, das man ihm gebracht hatte, seit er vorgestern Abend auf seiner Plantage verhaftet worden war.

Die Anklage lautete auf Piraterie und Schmuggel. Jason hatte keine Ahnung, wieso man ihm derartige Verbrechen anlastete. Er war Plantagenbesitzer, vertraute die Leitung einem fähigen Verwalter an und fuhr selbst zur See. Ein Kindheitstraum, den er sich erfüllte, auch wenn der Handel, den er mit seiner Brigg betrieb, nur einen Bruchteil seiner Einnahmen ausmachte. Wer mochte hinter den absurden Anschuldigungen stecken, die man ihm vorwarf? Eigentlich kam nur eine Person in Frage: Elias Blackwood, sein Schwager, der Jasons kleine Schwester Seline geheiratet hatte. Nach dem tragischen Tod der Schwester, die bei der Geburt ihres ersten Kindes starb, gerieten Jason und Elias aneinander. Seine kleine Schwester Seline, sein Sonnenschein, musste sehr unglücklich in ihrer Ehe mit Elias Blackwood gewesen sein. Der Mistkerl hatte sie geschlagen, da war sich Jason sehr sicher. Die blauen Flecken sprachen eine eigene Sprache, auch wenn Seline – wie sie ihm mitteilte – sich diese bei diversen angeblichen »Unfällen« zugezogen hatte. Jason war sich auch sicher, dass die Frühgeburt durch so einen »Unfall« ausgelöst wurde. Als er erfuhr, dass seine geliebte kleine Schwester bei der Entbindung gestorben war, hätte er vor Trauer und Wut beinahe einen Mord begangen. Sein bester Freund, Thomas Irving, konnte ihn damals nur mit Mühe davon abhalten, Elias zu töten. Ein heftiger Streit entbrannte zwischen Jason und Elias. Bei dem daraus resultierenden Kampf traf Jason seinen Widersacher hart am Kinn. Elias fiel rückwärts so unglücklich auf die Ecke seines Schreibtisches, dass er infolge des Unfalls die Funktion seines rechten Ohres einbüßte – und seitdem auf diesem Ohr fast taub war.

Jason hielt es durchaus für möglich, dass sein jähzorniger Schwager aus Rache versuchte, ihm etwas anzuhängen. Sollte man ihn wirklich schuldig sprechen, würde er seinen gesamten Besitz verlieren und wahrscheinlich auch hingerichtet werden.

Seine Brigg war derzeit auf Handelsfahrt unter dem Kommando seines ersten Steuermannes William Smith. Wenn sein Schiff nach Jamaika zurückkehrte, würde man wahrscheinlich auch die Besatzung festnehmen.

»Käpt'n?«, ertönte es plötzlich leise.

Jason hob den Kopf und spähte zu dem kleinen Fenster hinauf. Die Sonne war mittlerweile untergegangen, es war dunkel geworden, so dass er nichts erkennen konnte.

»MacLead? Bist du das?«, flüsterte Jason zurück.

»Ja, Käpt'n. Wir sind gekommen, Sie hier rauszuholen«, antwortete der treue Schotte. Er war einer der besten und loyalsten Männer aus Jasons Mannschaft.

»Ihr solltet hier lieber verschwinden, bevor man euch auch noch festnimmt.«

»Keine Sorge, Käpt'n. Wir haben weiter draußen geankert und sind nur mit dem Beiboot gekommen. Wir haben eine Warnung bekommen von Käpt'n Summers. Er hat gehört, was passiert ist – und als unsere Schiffe vor Jamaika kreuzten, hat er uns alles erzählt.«

MacLead machte eine kurze Pause, erklärte dann weiter:

»Vier Mann sind auf dem Weg zu Ihnen. Es gibt hier nur zwei Wachen, und die Gegend ist ruhig. Wir haben gute Chancen, dass vor morgen früh niemand etwas bemerkt.«

Jason vernahm Stimmen auf dem Gang. Der Riegel wurde entfernt, die Tür geöffnet, und Smith, der Erste Steuermann, spähte vorsichtig in die dunkle Zelle.

»Käpt'n?«

»Ja, ich bin hier – aber ich bin festgekettet.«

Die Ketten klirrten, als Jason sich langsam mit steifen Gliedern erhob.

»Verdammt, ist das dunkel hier. Wartet, ich hole den Schlüssel und eine Lampe«, sagte der Erste Steuermann und verschwand wieder.

Kurze Zeit später erschien Smith erneut, diesmal mit einer Öllampe, die einen schwachen Schein in die karge Zelle warf, und dem Schlüssel, den er der Wache abgenommen hatte. Er öffnete eilig die eisernen Schellen – endlich konnte sich Jason seine schmerzenden Handgelenke reiben.

»Danke. Ich bin froh, euch zu sehen«, sagte Jason ehrlich.

Er hatte sich schon fast mit seinem Tod angefreundet, da er nicht mit einer Befreiung gerechnet hatte.

»Kommt, verschwinden wir von hier«, flüsterte Smith.

Sie liefen durch den dunklen Gang, vorbei an der Stelle, an der die Wärter gefesselt und geknebelt auf dem Boden lagen und sie finster anblickten. Die drei anderen Matrosen aus Jasons Mannschaft schlossen sich an, nun schlichen alle nach draußen, wo MacLead sie erleichtert erwartete.

»Gott sei gepriesen, Käpt'n. Ihr seid wohlauf.« Der Schotte klopfte Jason freundschaftlich auf die Schulter. »Nichts wie weg hier. Kommt!«

Sie erreichten das versteckte Boot ohne Zwischenfälle,

sprangen schnell hinein und ruderten zum Schiff zurück. Jason war erleichtert, dass er dem Gefängnis und dem drohenden Strick des Henkers entkommen war.

An Bord angelangt, übernahm Jason sofort das Kommando, indem er seinen Männern die erforderlichen Anweisungen gab.

»Wir segeln nach Mayaguana. Dort entscheiden wir, wie es weitergeht. Los, Männer, an die Arbeit. Wenn wir einen Vorsprung ersegelt haben, gebe ich ein Fässchen Rum aus.«

Die Matrosen jubelten – wenn auch leise –, denn sie wollten keine Aufmerksamkeit an Land erregen. Alle begaben sich an ihre Plätze, und so segelte die Doreen in Richtung Mayaguana.

Jason stand allein auf der Brücke – genoss den Wind auf seinem Gesicht. Freiheit! Wie er es gehasst hatte, in diesem stinkenden Loch eingesperrt zu sein. Wie er *ihn* hasste – Elias Blackwood!

Er besaß nichts mehr – nur noch sein Schiff, aber er würde zurückkommen. Er würde Elias Blackwood ebenso seiner Existenz berauben, wie der Bastard es mit ihm gemacht hatte. Jason war sich sicher, dass irgendwann seine Zeit kommen würde. Irgendwann!

1

Der letzte Kandidat

Antigua, Juni 1814

Juliana Thompson war wütend – sehr wütend!

»Nein, nein, nein! Ich werde nicht da runtergehen und mir von diesem schmierigen Gernegroß den Hof machen lassen!«, schimpfte sie erbost und stampfte entschlossen mit dem Fuß auf.

Wütend blitzte sie ihre Amme Rosa aus türkisfarbenen Augen an. Eine Strähne ihres tizianroten Haares hatte sich gelöst, und sie blies energisch gegen die vorwitzige Haarsträhne, die sie an der Nase kitzelte.

»Aber Julie, Liebes. Du bist jetzt dreiundzwanzig, ja fast schon vierundzwanzig Jahre. Du wirst noch als alte Jungfer enden, wenn du weiter jeden Freier ablehnst. Mr. Blackwood ist wirklich ein gutaussehender und vermögender Gentleman. Er wird dir alles bieten, was dein Herz verlangt«, versuchte die farbige Amme ihren Schützling zu beruhigen.

Juliana hatte eine sehr innige Beziehung zu ihrer Amme. Ihre zarte und ständig kränkelnde Mutter hatte nur wenig Kraft für die Erziehung ihrer Tochter aufgebracht, trotzdem hatte Juliana sie sehr geliebt. Vor drei Jahren war Susan Thompson nach langer Krankheit an einer Lungenentzündung gestorben.

»Aber ich liebe ihn nicht. Er ist ein arroganter Mensch, eiskalt und ein Hurenbock. Er will mich doch nur, weil

Papa ihm eine hohe Mitgift bietet – dazu noch Raven Court.«

Raven Court war das Geburtshaus von Julianas verstorbener Mutter und Teil ihrer Mitgift. Das Anwesen grenzte direkt an die Ländereien von Elias Blackwood, dem diese Erweiterung seines Besitzes sehr gefallen dürfte. Raven Court war zwar ein eher bescheidenes Haus mit nur zwölf Zimmern, aber die gut geführte Plantage erstreckte sich über annähernd hundert Hektar besten Ackerlandes und Wald.

Polternde Schritte auf der Treppe kündigten das Herannahen von Julianas Vater an. Schwungvoll öffnete sich die Tür, George Thompson stand drohend auf der Schwelle. Er war halb Ire, halb Engländer. Die roten Haare – ein Erbe seiner irischen Mutter – hatte er auch an Juliana weitervererbt, ebenso das hitzige Temperament. Er machte ein paar lange Schritte in den Raum, fasste seine Tochter grob am Oberarm, seine Augen funkelten wütend, die Lippen waren zu einem dünnen Strich zusammengepresst.

»Du wirst jetzt mit mir da runtergehen und Mr. Blackwood zeigen, dass du eine wohlerzogene und gehorsame junge Dame bist, sonst werde ich Ginger verkaufen – hast du verstanden?«

Ginger war Julianas Lieblingshengst, den sie von Fohlen an selbst ausgebildet hatte. Sein Verlust würde sie schmerzlich treffen. Juliana gab sich widerwillig geschlagen und biss sich verärgert auf die Unterlippe. Wie sie es hasste, eine Frau zu sein, ein Wesen ohne Rechte, immer angewiesen auf das Wohlwollen von Männern, die über ihr Schicksal verfügen konnten. Als Mann hätte sie wesentlich mehr Rechte, einschließlich der alleinigen Verwaltung ihres Erbes. So aber würde ihr Ehemann die Macht über die geliebte Plantage haben und sie vielleicht sogar ruinieren.

»Ich komme ja mit«, versicherte sie mit zitternder Stimme.

Tränen der unterdrückten Wut stiegen ihr in die schönen Augen, und sie wischte sie verbissen mit dem Handrücken weg.

»Ich will doch nur dein Bestes«, warf ihr Vater mit sanfter Stimme ein. »Ich will, dass du versorgt bist, wenn ich nicht mehr da bin.«

»Sag doch so was nicht, Papa. Du bist doch noch nicht so alt, dass du schon daran denken musst.«

»Mag sein, aber du wirst nicht gerade jünger – und vielleicht ist dies deine letzte Chance auf eine gute Partie. Juliana, sei ein liebes Mädchen und komm mit mir runter.«

Juliana gehorchte, auch wenn es innerlich in ihr brodelte.

Elias Blackwood erhob sich aus dem dunkelgrünen Sessel, als Juliana am Arm ihres Vaters den Salon betrat. Elias war hochgewachsen, hatte ein gutgeschnittenes, aristokratisches Gesicht, aber seinen stahlgrauen Augen fehlte jegliche Wärme, ja, man konnte behaupten, dass sie eine kalte Überheblichkeit ausstrahlten. Juliana hatte ihn noch nie lächeln sehen. Seine blonden Haare trug er kurzgeschnitten, seine Kleidung entsprach immer der neuesten Mode und stammte vom besten Schneider in der Gegend. Er machte ein paar Schritte auf Juliana zu und blieb vor ihr mit einer leichten Verbeugung stehen.

»Guten Abend, Miss Juliana. Ich freue mich, dass Ihr trotz Eurer Kopfschmerzen bereit seid, mich mit Eurer liebreizenden Gesellschaft zu beehren«, begrüßte er sie.

Sein Lächeln wirkte aufgesetzt, erreichte nicht seine Augen.

Stirnrunzelnd blickte Juliana ihren Vater an, aber der zuckte nur leicht mit den Schultern und verkündete: »Die Kopfschmerzen haben sich bereits wieder verflüchtigt. Nicht wahr, meine Liebe?« Er drückte kurz ihren Arm, als sie nicht antwortete.

»Ja, ich fühle mich wieder etwas besser«, versicherte sie schnell.

»Das freut mich sehr. Es hat mich betrübt, zu erfahren, dass Ihr leidend seid«, warf Elias galant ein – doch seine Augen blickten noch immer vollkommen emotionslos.

»Er ist kalt wie ein Fisch«, dachte Juliana schaudernd. Nie würde sie einen solchen Mann freiwillig ehelichen.

»Setzen wir uns doch«, schlug George Thompson vor, um die eisige Atmosphäre zu durchbrechen, die fast greifbar im Raum lag, und sie nahmen auf den dunkelgrünen Sesseln am Fenster Platz. Juliana wäre am liebsten wieder nach oben in ihr Zimmer geflüchtet; denn sie fühlte sich ausgesprochen unwohl in Elias Gesellschaft. Schon beim ersten Zusammentreffen auf dem Ball der Windmakers vor zwei Monaten hatte sie gemerkt, dass er ein egoistischer, machthungriger Mann ohne jegliches Gefühl war. Eine Ehe mit ihm würde wahrscheinlich mit erheblichen Einschränkungen für ihre Freiheit verbunden sein. Ihr Vater hatte ihr auf der Plantage ziemlich viele Freiheiten gelassen, sie half ihm sogar bei der Verwaltung des Anwesens. Stets versuchte sie, die Bedingungen der schwarzen Sklaven zu verbessern. Elias dagegen würde sie vermutlich wie einen Vogel in einem goldenen Käfig gefangen halten. Er vertrat die Meinung, dass eine Ehefrau ihm einen Erben zu schenken und bei gesellschaftlichen Anlässen eine tadellose

Erscheinung abzugeben hatte. Juliana aber strebte danach, ihr Leben selbst in die Hand zu nehmen, sich um die Bücher zu kümmern, über die Wiesen zu galoppieren, wenn ihr der Sinn danach stand.

Die Unterhaltung über belanglose Themen langweilte Juliana. Sie hätte viel lieber über die Plantage oder Politik gesprochen, aber außer ihrem Vater vertraten die meisten Männer der vornehmen Gesellschaft die Meinung, dass Wirtschaft und Politik für Frauen keine geeigneten Themen seien – und Frauen auch nichts davon verstehen würden. George Thompson bewunderte zwar die Intelligenz seiner Tochter, aber sie beunruhigte ihn auch, denn er befürchtete, dass Juliana Schwierigkeiten haben würde, mit ihrer Meinung hinter dem Berg zu halten. Auch er wusste, dass Elias seiner eigenwilligen, wissbegierigen Tochter gewaltig die Flügel stutzen würde, und das stimmte ihn traurig – aber die Angst, sie könnte unverheiratet und schutzlos bleiben, war stärker. Diesmal wollte er sich endlich einmal durchsetzen und sich von ihren Tränen und Wutausbrüchen nicht beeindrucken lassen.

Das Essen verlief genauso kalt und unpersönlich. Zwar machte Juliana artige Konversation, aber ihr Ton war kühl, manchmal sogar schnippisch. Lustlos stocherte sie auf ihrem Teller herum.

»Ich muss sagen, Ihr habt es zu etwas gebracht auf dieser Insel, Mr. Thompson. So eine große Plantage zu verwalten ist sicher keine leichte Arbeit«, sagte Elias schmeichelnd.

»Oh, meine Tochter ist mir eine große Hilfe. Sie hat ein gutes Händchen für die Bücher«, antwortete Julianas Vater stolz.

»Mr. Blackwood, wenn Ihr über Landwirtschaft sprechen wollt, so wird es Euch sicher interessieren, dass Raven

Court – sowohl beim Zuckerrohr als auch bei der Baumwolle – überdurchschnittliche Gewinne erzielt«, spielte Juliana auf sein Interesse an ihrer Mitgift an.

Mit Genugtuung registrierte sie, dass Elias für einen kurzen Moment die Fassung verlor und offener Hass durch seine Maske der Höflichkeit drang, doch dann fing er sich schnell wieder und lächelte begütigend.

»Raven Court ist sicherlich eine hervorragend bewirtschaftete Plantage, aber es ist Euer liebreizender Charme, der mich zu Euch hinzieht«, versicherte Elias.

Er war von dieser Konversation genauso wenig begeistert wie Juliana, spielte aber trotzdem den Galan, denn ihn interessierte die Mitgift. Tatsächlich brauchte er sie sogar dringend, denn er war ein Spieler und hoffnungslos verschuldet. Natürlich bemühte er sich, diese Tatsache streng geheim zu halten. Eine Hochzeit mit der Tochter eines der reichsten Plantagenbesitzer auf der Insel würde ihm aus der Klemme helfen. Er hatte zwar kein großes Interesse an der verzogenen Tochter des Hauses, aber er brauchte auch einen Erben. Er würde sie so lange beackern, bis sein Samen auf fruchtbaren Boden fiel. Es gab nur eine Frau in seinem Leben, die eine übergeordnete Rolle einnahm – und das war seine Sklavin Jolina, die seine Vorlieben für bestimmte sexuelle Spielarten teilte. Natürlich war eine offizielle Verbindung zu einer farbigen Sklavin nicht denkbar. Es genügte ihm, dass sie ihm jederzeit zur Verfügung stand – daran würde sich auch nach einer Heirat mit Juliana nichts ändern. Ein Mann durfte seinen Trieben freien Lauf lassen, ohne in der Gesellschaft an Achtung zu verlieren. Es gehörte eigentlich schon fast dazu, eine Geliebte zu haben. Natürlich hatten Frauen diese Freiheiten nicht.

»Mr. Blackwood, findet Ihr nicht, Ihr solltet nach dem

tragischen Tod Eurer Gemahlin ein wenig mehr Zeit verstreichen lassen, ehe Ihr daran denkt, Euch erneut zu vermählen?«, fragte Juliana boshaft.

»Juliana! Wirklich! Du solltest dich für deine Taktlosigkeit bei Mr. Blackwood entschuldigen. Ich bin sicher, er hat seine Gemahlin aufrichtig betrauert«, warf ihr Vater tadelnd ein.

Er war in höchstem Maße beunruhigt über die unglückliche Entwicklung, die dieser Abend nahm.

»Entschuldigt meine unbedachten Worte«, verkündete Juliana mit honigsüßer Stimme. »Natürlich wollte ich Euch nicht an den sicher schmerzlichen Verlust erinnern.«

»Schon gut, meine Liebe. Ich habe tatsächlich sehr unter dem Verlust von Seline gelitten, aber das Leben geht weiter, und ich brauche eine Frau an meiner Seite.«

Elias versuchte, sich seine Wut nicht anmerken zu lassen. Er hatte unter dem Verlust gelitten – aber nicht wegen Seline, sondern weil mit ihr sein Sohn und Erbe gestorben war. Die Wehen hatten sechs Wochen zu früh eingesetzt, und Seline hatte einen Blutsturz erlitten. Sein Sohn kam lebend zur Welt, seine unreifen Lungen versagten aber schon nach wenigen Minuten den Dienst. So wurde Elias der Erbe genommen, den er sich sehnlich wünschte. Juliana war sicher widerstandfähiger als die zarte Seline. Sie würde ihm sicher einen gesunden Sohn schenken.

Die weitere Unterhaltung verlief nur noch schleppend. Julianas Vater versuchte immer wieder, die Konversation aufrecht zu halten, doch Julianas Antworten waren nur knapp und unverhohlen abweisend. Die abschätzenden Blicke, mit denen Elias sie bedachte, hinterließen bei ihr das Gefühl, sie wäre eine Zuchtstute, die auf ihre Qualitäten geprüft wird. Sie hatte nicht vor, sich das noch länger anzutun, feuerte die Serviette auf den Dessertteller, sprang etwas undamenhaft vom Stuhl auf und schaute Elias voller Abscheu an.

»Ich fürchte, meine Kopfschmerzen sind zurückgekehrt. Wenn Ihr mich bitte entschuldigen wollt, ich möchte mich jetzt zur Ruhe begeben.«

Übertrieben höflich erhob sich auch Elias von seinem Stuhl. Sein eiskalter Blick strafte seine Höflichkeit Lügen, als er erwiderte: »Ich bedauere sehr, dass Euch unwohl ist, und wünsche Euch eine baldige Genesung. Ich gebe am Wochenende einen kleinen Empfang und würde mich geehrt fühlen, Euch – und natürlich auch Euch«, er blickte zu George Thompson, »als meine werten Gäste begrüßen zu dürfen.«

»Wie überaus freundlich. Ich hoffe, ich habe dann keine Kopfschmerzen«, versetzte Juliana spitz, was ihr einen tadelnden Blick ihres Vaters einbrachte.

Juliana rauschte aus dem Zimmer, die Tür heftiger schließend, als notwendig gewesen wäre. Wütend rannte sie die Treppen hinauf zu ihrem Schlafgemach.

Elias nahm wieder Platz und aß scheinbar ungerührt sein Dessert zu Ende. In ihm brodelte es. Er würde der verzogenen Tochter schon Benimm beibringen, wenn sie erst einmal verheiratet waren.

George Thompson seufzte leise. Er war peinlich berührt vom ungebührenden Verhalten Julianas. Er hätte ihr beizeiten die Freiheiten einschränken müssen, um sie in ihre gesellschaftlichen Schranken zu verweisen. Er liebte sein einziges Kind über alles, aber er hatte das ungute Gefühl, sie zu sehr verzogen zu haben. Er hoffte, dass Mr. Blackwood sich die Sache nicht noch einmal anders überlegte, denn Juliana hatte schon jeden in Frage kommenden Heiratskandidaten abgewiesen. Nun war Elias Blackwood seine letzte Hoffnung, um seine temperamentvolle Tochter endlich unter die Haube zu bringen.

»Bitte entschuldigt das unverzeihliche schlechte Benehmen meiner Tochter. Ich ließ wohl in letzter Zeit die Zügel zu sehr schleifen. Seit dem Tode meiner lieben Frau …«

»Ist schon recht«, unterbrach Elias. »Ich mag Frauen, die wissen, was sie wollen. Sie wird sich schon einfügen, wenn wir erst mal ein Kind haben.«

Sie wird die Peitsche zu spüren bekommen, wenn sie sich nicht fügt.

»Sicher, sicher«, murmelte George Thompson. »Kinder verändern eine Frau, geben ihr eine Aufgabe, die sie erfüllt. Ihr habt bestimmt recht.«

Er erhob sich und sprach in etwas festerem Tonfall: »Wollen wir uns noch einen Brandy und eine Zigarre in meinem Salon genehmigen?«

«Gerne, Mr. Thompson. Ich habe heute Abend ohnehin keine weiteren Pläne. Ihr kommt doch hoffentlich zu meinem Empfang?«

»Natürlich. Ich werde meine Tochter vorher noch mal ausdrücklich an ihre gute Erziehung erinnern. Sie wird fügsam sein«, versprach George Thompson.

Sie begaben sich in den Herrensalon, wo sie ihre Unterhaltung auf wirtschaftliche Themen beschränkten und damit das leidige Thema Juliana vorerst auf Eis legten.

»Diesen verdammten Kerl heirate ich niemals!«, verkündete Juliana aufgebracht, als sie ihr Zimmer betrat.

Ihre Amme blickte sie besorgt an. Sie kannte das ungestüme Wesen ihres Schützlings.

»Was ist denn vorgefallen? Ich hoffe, du hast Mr. Blackwood nicht vor den Kopf gestoßen. Es wäre eine Katastrophe, wenn er abspringen würde.«

»Es wäre eine Katastrophe, wenn ich den Mistkerl heirate«, fauchte Juliana erbost. »Ich würde ihn bei der erstbesten Gelegenheit umbringen. Der wird niemals seine schmutzigen Finger an mich legen! Eher heirate ich einen betrunkenen Matrosen. Der sagt jedenfalls nicht irgendwelche schönen Worte, die er nicht meint.«

Juliana warf sich auf ihr Bett und starrte verdrießlich an die mit Ebenholz getäfelte Decke.

Ihre Amme schüttelte betrübt den Kopf. Sie machte sich ernsthafte Sorgen, dass Juliana wirklich als alte Jungfer endete. Kein Mann schien ihr gut genug zu sein, dabei hatten so viele nette Burschen um sie gefreit.

»Ach, Liebes. Du kannst ihn doch nicht so einfach ablehnen. Es bleibt ja kein unverheirateter Mann von Stand mehr übrig auf dieser Insel, den du heiraten könntest«, klagte die Amme.

»Pah! Ich will ja auch gar nicht heiraten und eine Bande rotznäsiger Blagen großziehen«, schnaubte Juliana erbost. »Vielleicht nehme ich ja den Schleier.«

Erschreckt blickte die Amme bei diesen Worten auf. Juliana in einem Kloster war einfach undenkbar, denn bei ihrem ungezähmten Gebaren würde sie aus dem Bußgottesdienst nicht mehr rauskommen.

»Das meinst du doch nicht ernst?«, fragte sie zutiefst besorgt.

»Wäre immerhin noch besser, als das Bett dieses kalten Widerlings zu wärmen. Ich sage dir, dieser Mann ist der Teufel in Person.« Juliana setzte sich auf und erhob sich. »Hilf mir, aus diesem albernen Kleid herauszukommen. Ich will jetzt schlafen gehen.«

Die Amme seufzte tief, während sie Juliana beim Auskleiden behilflich war. Sie betete im Stillen, der Herrgott möge ihrem Schützling die Flausen austreiben und sie zur Vernunft kommen lassen.

Wieder waren Schritte auf der Treppe zu vernehmen. Juliana bekam weiche Knie. Sicher würde ihr Vater ihr eine gehörige Standpauke halten. Sie wusste, dass sie sich heute gewaltig danebenbenommen hatte. Ihr Temperament war wieder einmal mit ihr durchgegangen. Auch Rosa hörte die Schritte.

»Bitte, Julie, sei vernünftig. Dein Vater wird sehr wütend sein. Zeig ihm, dass du eine folgsame Tochter bist«, flehte die Amme inbrünstig.

Schon flog die Tür auf, und beide Frauen zuckten zusammen. Juliana wünschte, sie könnte sich in Luft auflösen. Ihr Vater sah wirklich aufgebracht aus. Sein Gesicht hatte eine verdächtig rote Tönung angenommen, seine sonst sanften Augen blickten hart und entschlossen.

»Ich glaube, wir müssen uns endlich einmal unterhalten.«

Er drehte sich zu Rosa um und befahl: »Verschwinde. Ich habe mit der jungen Dame hier ein ernstes Wörtchen zu reden!«

Eilig huschte die Amme aus dem Zimmer. Das Geräusch – als die Tür ins Schloss fiel – klang für Juliana erschreckend endgültig. Ein Anflug von Panik überkam sie. So hatte sie ihren Vater noch nie erlebt.

»Setz dich!«, befahl George Thompson.

Sie tat, was er sagte, und verschränkte nervös die Hände in ihrem Schoß. Ihr Vater begann im Zimmer auf und ab zu gehen. Als er zu sprechen anhob, wagte Juliana nicht aufzusehen.

»Ich habe dir zu viel durchgehen lassen, aber jetzt wird es Zeit, die Zügel straffer anzuziehen. Was hast du dir bloß dabei gedacht, dich so aufzuführen?«

Hilflos zuckte Juliana die Schultern, sackte in sich zusammen.

»Es … es tut mir leid«, flüsterte sie.

»Ich habe mit Mr. Blackwood alles ausgiebig besprochen und seinen Antrag für dich angenommen. Auf dem Empfang am Wochenende werde ich eure Verlobung bekanntgeben!«, verkündete George Thompson.

Juliana schnappte empört nach Luft. Sie vergaß alle Ängste und schrie ihren Vater an: »Du hast was? Ich werde diesen miesen Hurenbock niemals heiraten!«

»Juliana! Und ob du das wirst! Außerdem erwarte ich, dass du dich auf dem Empfang benimmst, wie es sich für eine junge Dame deines Standes geziemt. Auch deine Ausdrucksweise solltest du einmal überdenken. Ich dulde nicht, dass meine Tochter sich wie eine Hafenhure aufführt. Du heiratest Mr. Blackwood, und damit basta!«

»Und wenn ich es nicht mache?«

George Thompson schwieg eine Weile. Dann verkündete er mit unheilvoller Stimme: »Dann werde ich Rosa aus dem Hausdienst entlassen und an Elias verkaufen. Ebenso dein unbändiges Pferd!«

Juliana wurde blass. Würde sie nicht schon sitzen, sie wäre glatt umgefallen – so flau war ihr auf einmal zumute.

»Das würdest du nicht tun«, flüsterte sie ungläubig.

Sie spürte, wie eisige Klauen ihr Herz umschlossen.

»O doch. Stell mich nicht auf die Probe, du würdest es bitter bereuen.«

Juliana weinte. Sie wusste, wie schlecht Elias Blackwood seine Sklaven und Pferde behandelte. Wenn ihretwegen ihre Amme und ihr geliebtes Pferd leiden müssten, würde sie sich das nie verzeihen. Niedergeschlagen registrierte sie, dass sie das Spiel verloren hatte. Hätte sie nur damals den Antrag von Paul Bloom angenommen – er wäre wenigstens nett zu ihr gewesen. Wer weiß, vielleicht hätte sie im Laufe der Zeit sogar gelernt, ihn zu lieben. Nun war alles aus. Sie würde an einen grausamen Mann gebunden sein, der sie wie eine Gefangene behandeln würde, den sie dazu noch zutiefst verabscheute.

»Also, wirst du dich jetzt endlich fügen?«

»Ja«, wisperte sie unter Tränen. Nie hatte sie sich so elend gefühlt. George Thompson fühlte sich ebenso elend. Es tat ihm in der Seele weh, seine Tochter so zu sehen. Trotzdem war er überzeugt, das Richtige zu tun. Liebesheiraten waren in ihrem Stand eh eine Seltenheit, man heiratete aus wirtschaftlichen Gründen.

»Gut. Ich freue mich, dass du endlich vernünftig wirst. Jetzt geh schlafen, du siehst müde aus. Gute Nacht.«

Nachdem er den Raum verlassen hatte, warf Juliana sich auf ihr Bett und weinte hemmungslos. Es dauerte lange, bis sie endlich erschöpft in den Schlaf fiel.

Als George Thompson sein Arbeitszimmer betrat, goss er sich gleich ein Glas vom erlesenen Brandy aus seiner Hausbar ein. Er war niedergeschlagen. Über seinen Sieg konnte er sich nicht so recht freuen. Er hasste es, seine Tochter so unglücklich zu sehen, und er hoffte aufrichtig, sie würde lernen, sich in ihrem neuen Leben zurechtzufinden. Vielleicht hatte Elias recht, und ein Kind würde ihr einen neuen Lebenssinn geben. Er betete, dass es ein Sohn sein möge, dann würde Elias sie vielleicht nicht mehr in sein Bett holen, das würde es Juliana erträglicher machen. Er leerte das Glas in einem Zug, um sich erneut einzuschenken. Mit dem Glas in der Hand setzte er sich in seinen Lieblingssessel, sich der berauschenden Wirkung des Alkohols überlassend.

2

Hexen und Feen

Auch Elias genehmigte sich einen Brandy. Mit dem Ausgang des Abends war er sehr zufrieden; denn Julianas Vater hatte seinen Antrag angenommen und versichert, dass seine Tochter sich fügen würde. Elias wollte so schnell wie möglich heiraten, er brauchte dringend Geld. Sein Schneider drohte damit, öffentlich zu machen, dass er Schulden bei ihm hatte. Sein Ruf in der feinen Gesellschaft wäre damit ruiniert, das wollte er mit allen Mitteln verhindern. Zudem reizte ihn die Vorstellung, die jungfräuliche Braut in seinem Bett zu haben. Die selbstgerechte Ziege würde ihm alle abartigen Wünsche erfüllen müssen, die er hatte. Er wollte sie erniedrigen, sich für die Beleidigungen rächen.

Er bemerkte seine Erektion, sah im Geiste Jolina, seine wundervolle schwarze Perle, vor sich. Lust überkam ihn, und er beschloss, seine sinnliche Sklavin rufen zu lassen. Er klingelte nach Samson, seinem farbigen Butler, und trug ihm auf, Jolina in sein Schlafzimmer zu schaffen. Zufrieden und voll ungeduldiger Erwartung legte er sich ausgezogen auf das breite Bett.

Die Luft in der kleinen Hütte war von einem süßlichen Geruch geschwängert. Unzählige Kerzen erhellten den Raum. Die farbige junge Frau kniete vor einem niedrigen Schrein, zerbröselte getrocknete Kräuter in die schwelende Glut, die sich in einer großen Muschel befand. Rechts und links von der Muschelschale stand je ein mumifizierter Schrumpfkopf – ein abgetrennter Hühnerkopf lag ebenfalls auf dem kleinen Altar. Die junge Frau nahm ihn in die Hand, hielt ihn ebenfalls über die Muschel, quetschte Blut heraus, welches in die Glut tropfte und zischend verdampfte. Dann legte sie das schaurige Utensil zur Seite. Leiser monotoner Gesang drang zwischen den vollen sinnlichen Lippen der dunklen Schönheit hervor. Sie wiegte sich hin und her, fuhr mit ihren schlanken Händen über ihren üppigen Leib. Sie war vollkommen nackt. Ihre dunkle Haut schimmerte im Schein der Kerzen. Sie strich über die erregten dunklen Brustwarzen mit den großen Höfen und knetete die vollen, schweren Brüste. Ihr Kopf schlug in wilder Ekstase hin und her, so dass ihr langes schwarzes Haar durch die Luft peitschte. Sie ließ sich zurückfallen, die Beine weit auseinander aufgestellt. Mit einer Hand wanderte sie abwärts zu ihrer heißen, glatten Scham, teilte die dicken Lippen und tauchte in die samtene Hitze ihres Schoßes ein. Der süße Nektar ihrer Sinneslust floss aus ihrer Scheide, sie verteilte ihn auf ihren Schamlippen, ihrem Venushügel und weiter runter auf die Innenseiten ihrer festen Schenkel. Dann glitten ihre Finger wieder in ihre Scheide. Ein wollüstiges Stöhnen ersetzte den Gesang. Ihr Körper zuckte rhythmisch, die dunkle Haut glänzte vom feinen Schweiß. Immer schneller stieß ihr Finger in die feuchte Höhle, die andere Hand glitt nun auch hinab und rieb die Klitoris mit sanftem Druck. Das kehlige Stöhnen wurde lauter, der Atem immer schneller.

Ein gewaltiges Beben erschütterte den schweißnassen Körper, gepaart mit einem spitzen Aufschrei, dann erschlaffte die junge Frau, ihr Atem wurde allmählich ruhiger.

Es klopfte an der Tür. Die Farbige erhob sich, streifte ein einfaches Kleid aus Baumwolle über, ging mit wiegenden Schritten zur Tür und öffnete.

»Jolina, du sollst zum Master kommen«, sagte der Butler, der vor der Tür stand und versuchte, an der Sklavin vorbei in die Hütte zu schielen.

Niemand wusste, wie es in ihrer Hütte aussah. Das Gerücht, die bevorzugte Gespielin des Herrn würde schwarze Magie betreiben, hielt die anderen Sklaven fern.

»Ich komme, ich muss nur die Lichter löschen«, sagte Jolina und schloss die Tür vor der neugierigen Nase des Butlers.

Mit einem triumphierenden Lächeln glitt die dunkle Schönheit beim Löschen der Kerzen durch den Raum. Ihr Zauber hatte wieder einmal gewirkt. Es würde auch nichts ändern, wenn er diese weiße Frau heiratete. Seine erste Frau war auch keine Konkurrenz gewesen – trotzdem hatte Jolina die unschuldige Närrin aus dem Weg geräumt. Es war so leicht gewesen. Die schwangere Frau litt unter Rückenschmerzen, da ihr Bauch für ihr zartes Rückgrat zu schwer war. Jolina gab ihr eine Mixtur gegen die Schmerzen, die in Wahrheit aber ein Abtreibungsgift enthielten. Glücklicherweise hatte der Trank nicht nur den Balg, sondern auch die schwächliche Mutter getötet. Freilich würde Jolina nicht noch einmal die gleiche Methode anwenden. Sie müsste sich beizeiten etwas anders ausdenken, wenn Elias wieder verheiratet war.

Die Tür öffnete sich, die attraktive Sklavin betrat das Schlafgemach ihres Gebieters, ging mit aufreizendem Hüftschwung zu Elias' Bett und kniete sich davor. Ihre dunklen Augen mit den langen Wimpern schauten ihn glühend an. Sie freute sich auf das bevorstehende Liebesspiel mit ihrem Herrn, der eigentlich eher ihrem Willen gehorchte als sie dem seinen. Natürlich hatte er keine Ahnung von ihrem Zauber, den sie über ihn gelegt hatte.

»Was kann ich für Euch tun, mein Gebieter?«, hauchte sie devot.

»Du kommst spät! Ich warte schon seit einer Ewigkeit auf dich«, tadelte Elias.

Er war schon ganz verrückt vor Sehnsucht nach ihrem üppigen Leib, der so viele Freuden verhieß.

»Bei Gott, sie ist so wunderschön. Sicher ist sie schon ganz nass und wartet voller Verlangen darauf, dass ich es ihr richtig besorge«, dachte Elias und musterte sie. *»Diese Hexe hat etwas, was andere Frauen nicht haben, was nur sie mir geben kann.«*

»Verzeiht, mein Herr. Ihr tut recht daran, mich zu schelten. Ich verdiene Eure Bestrafung, wenn es Euch danach gelüstet«, sagte Jolina unterwürfig.

Lauernd schaute sie ihn an. Wie sie diese Spiele genoss, bei denen der Tölpel tatsächlich glaubte, sie zu beherrschen. In Wahrheit war sie es, die hier die Fäden in der Hand hielt, denn er tat genau das, was sie wollte. Sollte er seinen Glauben an seine Macht behalten.

Ein sardonisches Grinsen huschte über Elias' Gesicht. *»Meine kleine schwarze Hure ist gern devot und lässt alles mit sich machen«*, dachte er selbstzufrieden.

»Ja, du hast eine Strafe verdient, du unverschämtes Luder! Tritt ein Stück zurück, damit ich dich besser sehen kann«, befahl er herrisch.

Ein lustvolles Kribbeln durchzog seinen Körper. Er wollte sie in ihrer ganzen Pracht nackt sehen. Ihr praller Hintern und die schweren Brüste waren so ganz nach seinem Geschmack.

»Nun zieh dich aus«, verlangte er ungeduldig.

Jolina gehorchte sofort. Sie erhob sich graziös, wobei sie einen Schritt zurücktrat, zog das einfache Baumwollkleid über ihren Kopf und ließ es aufreizend langsam zu Boden fallen.

Ja, schau mich genau an. Sieh meinen jungen Körper, meine großen Brüste und meine heiße, feuchte Möse, die dir große Lust verspricht. Keine andere Frau kann dir bieten, was ich dir gebe.

Lüstern betrachtete Elias ihre üppige Figur mit der rasierten Scham. Auf ihrem prallen Busen waren noch die Zeichen seiner letzten »Bestrafung« zu sehen. Das machte ihn geil, er keuchte erregt.

»Dreh dich um und geh auf die Knie wie eine verdammte Hündin, die du bist«, knurrte er erregt.

Wieder gehorchte Jolina sofort und führte seinen Befehl aus. Sie spürte, wie sie vor schaudernder Erwartung feucht wurde, stöhnte leise, spreizte die Beine, um ihm einen Blick auf ihre schlüpfrige Grotte zu geben, wo ihr Saft bereits zu strömen begann. Elias wurde noch geiler. Gierig heftete er seinen Blick auf die geschwollenen Schamlippen und ihre enge Rosette darüber. Er stellte sich hinter sie.

»Bist du bereit für deine Bestrafung?«

»Ja, Herr«, keuchte sie erregt und ließ eine Hand zu ihrer nassen Vagina gleiten, um mit dem Finger darin einzutauchen.

Der cremige Liebessaft quoll an ihrem Finger vorbei und rann an den Innenseiten ihrer Schenkel herab. Sie stöhnte, als sie die duftende Flüssigkeit auf ihren Schamlippen verteilte, dann über ihre Klitoris rieb, die prall zwischen den geöffneten Schamlippen hervorlugte.

»Wer hat dir erlaubt, dich anzufassen?«, herrschte Elias sie an. »Du versaute, geile Hure. Ich werde dir Manieren beibringen, damit du weißt, dass du deinem Herrn und Meister zu gehorchen hast.«

Er ging zu einer Kommode und zog eine Reitpeitsche aus einer Schublade. Damit bedrohlich in seine Hand klatschend, ging er auf sie zu. Ohne Vorwarnung zog er ihr die Gerte über den prallen Hintern. Jolina wimmerte vor Schmerz und Lust laut auf. Sie wollte mehr von diesen köstlichen Qualen.

»Ja, du kleine Schlampe, wimmere ruhig. Du wirst noch mehr davon bekommen«, versprach Elias.

Wieder und wieder ließ er die Peitsche auf ihren Hintern niedersausen, bis das feste Fleisch so rot war wie der Hintern eines Pavians. Dann warf er die Peitsche in eine Ecke und packte die Sklavin grob bei den Haaren.

»Dreh dich zu mir um!«, keuchte er.

Sie gehorchte, kniete nun so vor ihm, dass sein praller Schwanz genau vor ihrem Gesicht stand. Er war überaus großzügig ausgestattet, genauso, wie Jolina es gern hatte. Die Adern an seinem Schaft traten deutlich hervor, und die Eichel war dick und leuchtend rot. Vorfreude erfüllte sie bei dem Gedanken, diesen dicken Schwanz bald tief in sich zu spüren. Sie merkte, wie ihr Saft an ihren Schenkeln herunterlief.

»Mach den Mund auf und schluck, du Hure. Und wehe, ich spüre auch nur einen Zahn von dir.«

Er schob ihr seinen großen Schwanz in den Mund und bewegte sein Becken vor und zurück. Erregt beobachtete er, wie sein praller Schaft in voller Länge zwischen ihren vollen Lippen verschwand. Sie war geübt darin, ihn ganz in ihrem Mund aufzunehmen – eine seltene Kunstfertigkeit, die sonst keine Frau – die ihm bekannt war – beherrschte. Mit einer Hand knetete sie seine Hoden, was ihn noch zusätzlich anheizte. Er merkte, dass er Gefahr lief, zu früh zu kommen – so erregte ihn ihr Tun. Er stieß sie grob von sich.

»Das reicht, ich will nicht in deinem Mund kommen. Leg dich mit deinem Oberkörper bäuchlings auf das Bett und mach die Beine breit. Ich werde dir geben, was du brauchst. Ich fick dir dein bisschen Verstand aus dem Leib.«

Sein Atem ging schwer. Er hatte seine Lust schon längst nicht mehr unter Kontrolle.

Sie tat, was er verlangte, stöhnte vor Erwartung, wollte ihn endlich in seiner ganzen Pracht in sich spüren, wollte, dass er sie ganz ausfüllte und richtig hart vögelte.

Er kniete sich hinter sie und drang mit einem brutalen Stoß tief in sie ein, der sie aufschreien ließ. Der kurze Schmerz wandelte sich schnell in ekstatisches Verlangen. Ihre Scheide schloss sich fest um seinen Schaft, saugte ihn immer tiefer hinein. Sie spürte, wie die Hitze in ihrem Schoß sich weiter ausbreitete, von ihrem ganzen Körper Besitz ergriff und sie zu verbrennen drohte.

»Jaaa …«, stöhnte sie laut, »… so ist es gut …«

Sie warf den Kopf zurück. Er stieß immer heftiger zu und schlug ihr dabei auf ihre bereits gerötete Kehrseite. Das laute Klatschen der aufeinanderprallenden Körper vermischte sich mit dem Klatschen seiner Hand auf ihrem Hintern. Das Geräusch gab Elias einen zusätzlichen Kick. Gierig beobachtete er, wie ihre prallen Pobacken bei jedem Schlag vibrierten.

»Na, ist das gut, meine kleine Hure?«

Er fasste sie bei den vollen Brüsten und kniff sie grob. Wieder wimmerte Jolina. Ihre Erregung steigerte sich ins Unerträgliche. Ihre Mitte brannte vor Schmerz und Leidenschaft. Die schlanken Finger mit den langen Fingernägeln krallten sich in die Bettdecke.

»Schrei ruhig, du geile Schlampe«, raunte er. »Ich weiß doch, dass du es hart magst. Du bist wirklich ein verdammt ungezogenes Mädchen.«

»Ja, Herr. Ich brauch … o ja, das ist gut …«, stöhnte Jolina, die auf den Höhepunkt zusteuerte.

Ihre Erregung erreichte einen Punkt, bei dem das Denken völlig aussetzte und sich alle Sinne auf den Ausbruch des Vulkans der Leidenschaft konzentrierten.

Elias warf den Kopf in den Nacken, seine Stöße wurden immer schneller, Jolina schrie ihre Lust laut heraus, als sie heftig kam. Ihr Leib zuckte in ekstatischen Wellen. Ihre Scheidenmuskeln zogen sich rhythmisch um Elias' Schwanz zusammen.

Auch Elias war am Gipfel angelangt und ergoss sich knurrend in sie. Ihre zuckenden Muskeln molken ihm seinen Saft förmlich hinaus. Befriedigt ließ er von ihr ab und tätschelte ihre Pobacken.

»Du bist immer wieder ein verdammt guter Fick. Los, mach dich raus. Ich will jetzt schlafen.«

Das war gut. Jetzt kann ich ruhig schlafen und diese zickige Juliana vergessen. Gut, dass ich meine persönliche Sexsklavin habe, die mir immer zur Verfügung steht.

Jolina stand zitternd auf. Sie fühlte sich herrlich ramponiert und befriedigt. Es störte sie nicht, dass sein Samen an den Innenseiten ihrer Schenkel hinabrann. Sie nahm ihr Kleid und verließ das Schlafzimmer. Leise summend begab sie sich zu ihrer Hütte. Ihr Herr würde sie immer brauchen. Keine Frau vermochte ihm zu geben, was er brauchte. Zufrieden lächelte sie in sich hinein.

Ja Herr, du wirst nie von mir loskommen. Ich bin und bleibe die einzige Frau in deinem Leben.

Als Juliana am nächsten Morgen erwachte, hatte sie tatsächlich schreckliche Kopfschmerzen, denn ihr Schlaf war durch wirre Träume beeinträchtigt worden. Es schien keinen Ausweg aus ihrem Dilemma zu geben. Sie fühlte sich entsetzlich niedergeschlagen. Wie konnte ihr Vater ihr das nur antun! War ihm nicht klar, was für ein Leben ihr an der Seite von Elias Blackwood bevorstand? Fast war sie versucht, doch in ein Kloster zu gehen, doch sie wusste, dass das eine unmögliche Lösung war. *»Ich werde einfach nicht mehr aufstehen«*, dachte sie, indem sie noch tiefer unter die schützende Decke krabbelte.

Es klopfte an der Tür, und ihr Vater betrat ihr Zimmer. Er sah auch übernächtigt aus – anscheinend hatte auch er schlecht geschlafen. Seine Augen waren rot gerändert, sein Haar nicht gekämmt. Mit einer hilflosen Geste strich er sich seufzend eine verirrte Strähne aus dem Gesicht.

»Juliana – ich möchte, dass du in einer Stunde bereit bist. Die Schneiderin kommt, um die Maße für das Brautkleid zu nehmen.«

Juliana schwieg. Sie hatte die Hände unter der Bettdecke zu Fäusten geballt. Ihr Brautkleid! Was für ein Hohn, sich für den schlimmsten Tag ihres Lebens noch extra rausputzen zu müssen.

»Ich weiß, dass du böse auf mich bist«, begann ihr Vater

leise. »Ich sehe leider keine andere Möglichkeit. Du hast bisher alle Freier abgewiesen. Nun bist du fast vierundzwanzig Jahre alt, und Elias ist der einzige Mann, der noch in Frage kommt«

»Ich könnte doch nach England zu Großmutter fahren, um in London eine Saison mitzumachen«, schlug Juliana, einer plötzlichen Eingebung folgend, vor.

Doch ihr Vater schüttelte nur traurig den Kopf. Julianas Hoffnung zerplatzte wie eine Seifenblase.

»Nein. Ich traue dir nicht mehr – mitfahren kann ich auch nicht. Ich habe schon viel zu lange damit gewartet, dich zu verheiraten.«

»Bitte Vater, bitte! Lass mich nach London fahren. Ich werde mir bestimmt einen Mann nehmen. Ich tu alles, wenn ich nur diesen Elias nicht heiraten muss – bitte!«, flehte Juliana verzweifelt.

»Nein!«, rief ihr Vater unwirsch. »Du wirst ihn heiraten – das Thema ist damit beendet. Sieh zu, dass du bereit bist, wenn die Schneiderin kommt. Mehr habe ich nicht zu sagen.«

Er drehte sich um und verließ fluchtartig den Raum, die Tür hinter sich zuschlagend.

Juliana fing wieder an zu weinen. Sie haderte mit ihrem Schicksal.

Was soll ich bloß tun? Ich ertrage es ja nicht einmal, mit diesem Mistkerl in einem Raum zu sein, wie soll ich da seine Berührungen ertragen? Ich würde lieber sterben, als mich ihm hinzugeben. Warum konnte mir nicht ein Mann begegnen, der mein Herz berührt. Ich will nur aus Liebe heiraten – oder eben gar nicht!

Zehn Minuten später öffnete sich die Tür erneut. Rosa kam herein. Auch sie schien niedergeschlagen zu sein. Die großen, dunklen Augen schauten betrübt drein und schimmerten verdächtig.

»Mein armer kleiner Engel. Ich hätte dir von Herzen gewünscht, dass du deinen Traumprinzen triffst und heiratest, aber du kannst nicht immer schutzlos und ohne Mann bleiben. Du tust mir ja so unendlich leid«, dachte sie.

»Guten Morgen, Liebes. Du musst jetzt aufstehen. Die Schneiderin kommt bald«, sagte sie mit trauriger Stimme.

»Ich weiß«, antwortete Juliana tonlos.

Sie quälte sich aus dem Bett, schlurfte lustlos zum Waschtisch, wo Rosa schon frisches Wasser in die Schale gegossen hatte. Rosa half ihr dann beim Anziehen, bürstete ihre widerspenstigen Haare und frisierte alles zu einer Hochsteckfrisur.

»Ich weiß, dass du unglücklich bist, Julie. Du darfst den Kopf nicht hängen lassen und musst versuchen, das Beste aus deiner Lage zu machen. Wenn du erst mal Mr. Blackwood einen Sohn geboren hast, wird er dich wahrscheinlich in Ruhe lassen. Er will nur einen Erben – für die fleischlichen Gelüste hat er seine Sklavinnen.«

»Aber ich will, dass er mich gar nicht anrührt. Er ist widerwärtig, auch wenn ihn hier die meisten Frauen für gutaussehend halten«, sagte Juliana ärgerlich.

»Der eheliche Akt ist für die wenigsten Frauen ein Vergnügen. Es gehört aber nun einmal zu den Pflichten einer Ehefrau. Das geht nicht nur dir so. Du musst dich damit abfinden«, ermahnte die Amme sie. »So, jetzt bist du fertig und kannst frühstücken gehen.«

»Ich habe aber keinen Hunger. Mir ist der Appetit für alle Zeiten vergangen«, sagte Juliana missmutig.

»Sei vernünftig. Du musst etwas essen, sonst fällst du

noch um. Du erreichst gar nichts damit, wenn du hungerst«, mahnte die Amme.

Widerwillig gab Juliana nach und ging nach unten.

Am Nachmittag bat Juliana ihren Vater, mit Ginger ausreiten zu dürfen. Da er wusste, dass sie schon in baldiger Zukunft solche Freiheiten nicht mehr haben würde, sagte er zu.

»Aber du wirst auf der Plantage bleiben und einen der Knechte mitnehmen«, schränkte er ein.

Juliana fiel ihrem Vater vor Freude um den Hals. Sie hatte nicht damit gerechnet, dass er zustimmen würde.

»Danke, Papa. Ich bleibe auf der Plantage. Ich will nur noch ein wenig meine Freiheit genießen.«

Sie hatte fast ein schlechtes Gewissen, denn der Ort, zu dem sie reiten wollte, gehörte nicht zur Plantage. Es war ihr Lieblingsort, ihr geheimes Paradies, denn er war schwer zugänglich, und deshalb war man dort ganz ungestört. Leider lag das Paradies auf Mr. Blackwoods Anwesen – jedoch abseits vom Haus und von den Feldern.

Juliana begab sich zu den Ställen, um ihr Pferd zu satteln. Die Knechte waren auf einer der Weiden mit verschiedenen Arbeiten beschäftigt, und natürlich dachte Juliana nicht im Traum daran, einen von ihnen um Begleitung zu bitten. Sie wollte ganz für sich allein sein, ihre Sorgen für eine Weile vergessen.

»Ginger, sei nicht so ungeduldig«, ermahnte sie ihren Hengst, der sie mit dem Maul in die Seite stieß. »Wenn du so rumzappelst, bekomme ich den Gurt nicht fest.«

Schließlich war Ginger fertigt gesattelt. Der Ritt zu ihrem Versteck würde ungefähr eine halbe Stunde dauern. Sie klopfte dem Hengst die Absätze in die Seiten, und Ginger, der keine zweite Aufforderung brauchte, fiel in Galopp.

Jason Whitfield erklomm den schmalen steilen Pfad, welcher auf die bewaldete Anhöhe führte. Knorrige Wurzeln zogen sich über den Weg, er musste aufpassen, dass er nicht stolperte. Umso mehr erstaunte es ihn, als er an einer Stelle – wo der sonst harte und steinige Boden weich war – einen Hufabdruck entdeckte.

»Na, so was. Wer ist denn so lebensmüde, hier entlangzureiten?«, fragte er sich erstaunt.

Neugierig geworden, hastete er das letzte Stück hinauf – sicher würde er oben weitere Hufspuren finden.

Tatsächlich war die Fährte auf dem weichen Waldboden gut zu erkennen. Er folgte der Spur durch den Wald, bis er zu einer Stelle kam, an der das Unterholz recht dicht war. Wer auch immer der Reiter war, er hatte sich und das Pferd durch das Gestrüpp gezwängt. Dahinter ging es wieder leicht bergab. Jason quälte sich ebenfalls durch und ging augenblicklich hinter einem Strauch in Deckung; denn am Fuß des Abhangs erspähte er einen kleinen Teich mit einer darin planschenden Frau. Sie war nackt. Knapp unter der Wasseroberfläche konnte er ihre Umrisse andeutungsweise erkennen. Sie schwamm erstaunlich gut – das war ungewöhnlich für eine Frau. Anmutig glitt ihr schlanker weißer Leib durch das glitzernde Wasser. Ihre roten Haare leuchteten in der Sonne.

»Was für ein Weib«, dachte Jason fasziniert. *»Sie ist nicht von*

dieser Welt. Sie zu lieben muss wie ein Erdbeben und Vulkanausbruch zugleich sein.« Er konnte den Blick nicht mehr von ihr wenden und hatte plötzlich nur noch das Verlangen, diese Schönheit zu besitzen. Er wollte ihr weiches Fleisch unter sich spüren, ihren Duft einatmen, von ihren sinnlichen Lippen kosten.

Als sie aus dem Wasser stieg, blickte sie einen Moment in seine Richtung. Ob sie ihn gesehen hatte? Nein, anscheinend nicht, denn sie wirkte völlig unbekümmert. Er registrierte mit Kennerblick ihre schlanke, anmutige Figur und die kleinen festen Brüste. Sie war eine so natürliche Schönheit, dass er für eine Sekunde dachte, es könne sich bei der Frau nur um eine Elfe handeln. Atemlos beobachtete er, wie sie sich in der Sonne räkelte, und seine Männlichkeit reagierte sofort.

»Ich muss sie einfach haben. So eine Frau trifft man nur einmal im Leben – oder nie. Wenn ich sie heute nicht bekomme, werde ich wahrscheinlich verrückt werden«, dachte er. Schon viel zu lange hatte er keine Frau mehr gehabt. Gestern war er von einer längeren Seereise zurückgekommen und hatte noch keine Zeit gefunden, sich um seine fleischlichen Bedürfnisse zu kümmern. Vielleicht reagierte er deshalb so stark auf den Anblick dieser rothaarigen Schönheit.

Juliana bemerkte nicht, dass sie beobachtet wurde. Hier an dem kleinen Teich fühlte sie sich sicher und wie in einer anderen Welt. Sie schob alle drückenden Sorgen beiseite, genoss die warmen Sonnenstrahlen auf ihrer nackten Haut. Alle Zwänge, die man ihr auferlegte, streifte sie mit ihren Kleidern ab. Der Weg hierher war nicht einfach, aber es lohnte sich, denn dieser schwer zugängliche Platz sorgte auch gleichzeitig dafür, dass wohl außer Juliana kein Mensch hier auftauchen würde. Hätte sie gewusst, dass Jason sie beobachtete, wäre sie beschämt gewesen, so aber fühlte sie sich unbeschwert und frei. Sie pflückte einen Grashalm und kaute darauf herum.

Die Augen geschlossen, gab sie sich einem Tagtraum hin. Sie träumte, dass ein junger, gutaussehender Mann mit schwarzen Haaren in der Kirche auf der ersten Bank sitzt. Julianas Ehe mit Elias soll geschlossen werden. Als der Priester die Hochzeitsgäste fragt, ob jemand einen Grund wisse, warum die Trauung nicht vollzogen werden könne, springt der Mann auf und ruft: »Ja, ich! Sie kann ihn nicht heiraten, weil ich sie heiraten werde.«

Alle Leute murmeln und tuscheln. Juliana schaut ihren Märchenprinzen an, der zu ihr eilt, Elias beiseiteschubst und seinen Platz einnimmt …

Als Juliana im Traum zu der Stelle kommt, wo der Mann sie küsst, seufzte sie leise: »Ach! Wenn doch nur noch ein Wunder geschehen könnte.«

Das leise Knacken eines Zweiges ließ Juliana hochfahren. Sie schaute sich erschrocken um. Ein Mann kam den Abhang hinunter und war nur noch wenige Schritte von ihr entfernt. Seine große kräftige Statur, seine schwarzen, zu einem Zopf gebundenen Haare, das gutgeschnittene Gesicht mit den dunklen Augen, die leichte Adlernase und die sinnlichen Lippen – alles überaus atemberaubend männlich. Mit einem Mal kam ihr zu Bewusstsein, dass sie splitterfasernackt dastand und Gefahr lief, missbraucht zu werden. Panisch registrierte sie, dass ihre Sachen ein ganzes Stück weit weg lagen. Sie stieß einen leisen Schrei aus. Entschlossen sprang sie auf, hetzte zu ihren Sachen, griff nach ihrem Kleid und bedeckte ihre Blöße.

»Was wollt Ihr? Verschwindet von hier!«, stieß sie zitternd hervor. Ihr Herz klopfte bis zum Halse.

Jason grinste anzüglich. Er fand sie aus der Nähe betrachtet noch schöner. Die schweren nassen Locken kringelten sich um ihr hübsches Gesicht, die türkisfarbenen Augen waren weit aufgerissen. Furcht, aber auch Entschlossenheit lagen darin. Die zart geröteten Lippen bebten, und in ihm keimte das Verlangen auf, sie zu küssen. Unter ihrem Kleid, das sie krampfhaft an ihren Körper presste, lugten kleine Füße und schlanke Fesseln hervor.

»Kommt keinen Schritt weiter, sonst ...«, schrie sie ihm entgegen.

»Was, sonst? Streckst du mich mit Blitzen aus deinen Augen nieder, oder schlägst mich mit deinen zarten Händchen k.o.?«, spöttelte er.

»Ich ... ich habe eine Waffe«, log Juliana wenig überzeugend und ärgerte sich, dass sie nicht wirklich eine dabeihatte, denn sie war eine gute Schützin.

Ihr Vater hatte sie schießen gelehrt.

»Ich glaube, du bluffst, meine bezaubernde Feuerlady«, sagte Jason und kam unbeirrt näher.

Juliana wich ein paar Schritte zurück, bis eine Felswand ihren Rückzug jäh stoppte.

Verflixt! Jetzt sitze ich aber ganz schön in der Falle.

Ihr Jäger hatte das auch erkannt, lächelte siegesgewiss, als er seine Beute weiter bedrängte. Nur noch ein Schritt, dann stand er direkt vor ihr. Lässig stützte er eine Hand neben ihr an der Felswand ab und schaute auf sie herab.

»Ich befürchte, du sitzt in der Falle«, bemerkte er mit beunruhigend sinnlichem Unterton.

Er hob die andere Hand und strich zart über ihre bebenden Lippen. Juliana stöhnte unwillkürlich. Ein seltsames Prickeln breitete sich in ihrem Bauch aus.

Himmel, was passiert mit mir. Er ist ohne Zweifel gefährlich und will mir Gewalt antun – trotzdem fange ich an zu zittern, wenn er mich berührt, ganz so, als wollte ich, dass er solche Dinge mit mir tut.

Jason war sich seiner umwerfenden Wirkung auf das weibliche Geschlecht durchaus bewusst. Er senkte seinen Mund auf ihren herab und kostete von ihren weichen Lippen. Verwirrt bemerkte er, dass allein dieser unschuldige Kuss ihn auf das Äußerste erregte, wie er das noch nie zuvor bei einer Frau erlebt hatte. Ihre Augen, ihre unglaublichen Augen hielten ihn völlig gefangen.

»Verdammt Jason, alter Junge, reiß dich zusammen. Du wirst dich doch wohl nicht von einer zitternden Jungfrau aus der Fassung bringen lassen«, ermahnte er sich.

Juliana zitterte. Sie hatte keine Ahnung, was da mit ihr geschah. Es war, als wäre sie gelähmt, unfähig, sich zu rühren oder einen klaren Gedanken zu fassen. Sein dunkler Blick jagte ihr einen Schauer über den Leib. Die ganze Situation war völlig absurd. Hier stand sie – nackt –, ließ sich von einem fremden Mann küssen. Sie versuchte fieberhaft, die süße Schwäche, die sie erfasst hatte, zu überwinden. Jason löste sich ein wenig von ihr, schob eine Hand unter ihr Kleid und legte sie um ihre schlanke Taille. Ihre Haut war weich wie feinster Samt. Er ließ seine Hand langsam höher gleiten, seine andere Hand löste ihre Hände, die noch immer das Kleid festkrallten. Das Kleid fiel zu Boden, und sie war jetzt seinen hungrigen Blicken schutzlos ausgeliefert.

Sie versuchte beschämt, ihre Blöße mit den Händen zu bedecken, aber er hielt sie davon ab.

»Lass mich dich ansehen«, bat er rau.

Eine ihrer Brüste umfasste er und rieb mir dem Daumen über die rosige Spitze. Nie gekannte Empfindungen durchfluteten heiß ihren zitternden Körper. Er senkte den Kopf herab, umschloss eine aufgerichtete Spitze mit seinem Mund, seine Zungenspitze neckte ihre Brustwarze, spielte mit ihr, und Juliana entglitt ungewollt ein leises, kehliges Stöhnen. Dann widmete Jason sich ihrer anderen Brust mit der gleichen erregenden Aufmerksamkeit, während er die freie Hand tiefer gleiten ließ. Er strich über ihre wohlgeformten Schenkel zu ihren Hüften und der Taille, runter zu ihrem Po, den er sanft massierte, und dann zurück zu ihren Schenkeln. Langsam tasteten sich seine Finger zwischen ihre Schenkel, hinauf zu ihrem gelockten Dreieck, suchten und fanden die verborgene Perle.

Juliana zuckte erschrocken zusammen.

Nein! Aufhören! Stopp! Das darf nicht passieren. Juliana, reiß dich gefälligst zusammen. Das ist schamlos!

Sie war im Begriff, ihre Unschuld an einen völlig fremden Mann zu verschenken.

»Du musst ihm Einhalt gebieten«, sagte eine Stimme in ihrem Kopf.

Sie riss sich endlich zusammen, zog ruckartig ihr Knie hoch – und traf!

Jason, vom plötzlichen Schmerz übermannt, krümmte sich. Juliana nutzte die Gelegenheit, riss sich los, raffte das Kleid vom Boden auf, lief mit dem Kleid in der Hand los, schnappte sich ihre restlichen Sachen und schwang sich nackt, wie sie war, auf Gingers Rücken. Im Galopp trieb sie das Tier den Berg hoch, den sie gekommen war, und jagte durch den Wald. Erst als sie einen genügenden Vorsprung hatte, hielt sie an, um sich mit zitternden Händen anzukleiden. Dann machte sie sich, innerlich bebend, auf den Heimweg.

Der Schmerz setzte Jason kurz außer Gefecht. Er hielt sich die schmerzenden Weichteile und fluchte laut. »Dieses verdammte Frauenzimmer! So ein hinterhältiges Weib!«

Er ging zum Teich und kniete sich hin. Mit beiden Händen schüttete er sich das kühle Wasser ins Gesicht.

Diese rothaarige Hexe. Ich bringe sie um, aber vorher vögle ich sie, dass ihr Hören und Sehen vergeht. Er würde ihr den hübschen Hintern versohlen, wenn er sie noch einmal in die Finger bekam, schwor er bitter.

Juliana saß in ihrem Zimmer und las ein Buch, als Rosa mit einem gewaltigen Blumengebinde ins Zimmer kam. Sie beäugte die bunte Pracht misstrauisch.

»Wo soll ich mit denen hin?«, fragte Rosa.

»Wenn sie von meinem zukünftigen Gatten sind, schmeiß sie in den Müll«, erwiderte Juliana missgelaunt.

Der schwere, durchdringende Geruch der Blumen löste bei ihr bereits Kopfschmerzen aus.

»Raus damit. Ich will sie nicht haben.«

»Willst du nicht erst die Karte lesen, die dabei ist?«

»Gib schon her!«, brummte Juliana. Sie nahm das Kuvert entgegen und öffnete es.

»Nur ein bescheidenes Geschenk, um Euch
meine Verehrung auszudrücken.
Liebste Julie,
Ihr macht mich mit Eurer Annahme meines Antrages
zum glücklichsten Mann auf der Insel.
In freudiger Erwartung,
Euer Bräutigam Elias Blackwood.«

Angewidert warf Juliana die Karte auf den Fußboden.

»Igitt! Was für ein ekelhafter und verlogener Kerl. Klar, ist er glücklich; denn er bekommt ja auch eine saftige Mitgift. Ich wünschte, irgendein Wunder würde geschehen. Vielleicht könnte er einen Unfall …«

»Juliana! Man darf einem Menschen so was nicht wünschen. Du versündigst dich!«, unterbrach die Amme energisch. »Du wirst dich morgen mit Mr. Blackwood verloben und hast keine andere Wahl. Es wird langsam Zeit, sich damit abzufinden!«

»Raus!«, schrie Juliana aufgebracht. »Raus und nimm dieses Gemüse und die Karte mit!«

3

Die geraubte Braut

Seit jenem Nachmittag, als Jason mit der badenden Waldfee am Teich aneinandergeraten war, wanderten seine Gedanken immer wieder zu dieser Frau. An den ihm zugefügten Schmerz dachte er nicht mehr, nur das Verlangen, sie zu besitzen, wurde immer stärker. Er hatte versucht herauszufinden, wer sie war – leider jedoch ohne Erfolg. Eigentlich sollte er sich jetzt voll auf seinen Plan konzentrieren; denn heute Abend würde der Mann sich verloben, der seine Schwester auf dem Gewissen hatte und dafür verantwortlich war, dass sein gesamter Besitz konfisziert wurde. Seit seiner Flucht aus dem Gefängnis sann er auf Rache. Auf Mayaguana fiel der Entschluss, sich durch Piraterie das nötige Kapital zu beschaffen, um sich sein Eigentum zurückzuholen. Wenn man ihn schon wegen Piraterie anklagte, dann konnte er auch ebenso gut tun, wessen man ihn beschuldigte. Nun sah Jason eine Möglichkeit, sich zu rächen. Die Idee kam ihm sofort, als er von der bevorstehenden Verlobung – die zwar noch nicht offiziell, aber in aller Munde war – erfuhr. Er würde die zukünftige Braut entführen und selbst heiraten. Jason wusste, wie dringend Elias die Mitgift benötigte. Ohne diese Finanzspritze wäre er ruiniert. Jasons Freund Thomas hielt die Idee zwar nicht für gut, sagte aber seinem Freund trotzdem Unterstützung zu. Da Jason nicht auf den Empfang seines Erzfeindes gehen konnte, würde Thomas eine Rolle bei der Entführung spielen. Er sollte die Braut unter einem Vorwand in den Garten locken, dort würde Jason sie sich dann schnappen. Thomas hatte den Besitz von Elias gründlich ausspioniert und dabei auch diese bezaubernde, rothaarige Wildkatze entdeckt.

Jason hoffte, die Braut möge einigermaßen ansehnlich sein, schließlich müsste er die Ehe mit ihr auch vollziehen, um eine Annullierung unmöglich zu machen. Danach würde er sie auf seine Insel in der Nähe von Curaçao verfrachten, wo er seinen Stützpunkt hatte. Anschließend könnte er wieder sein normales Leben auf See weiterführen, fette Beute machen, bis er genug Geld zur Verfügung hätte, um seine Plantage zurückzukaufen und sich ein oder zwei Mätressen zuzulegen – und alles wäre perfekt.

Jason ließ das kleine Ruderboot langsam ans Ufer gleiten. Er sprang heraus, band das Boot am Steg fest, der etwa fünfhundert Meter von der Rückseite des Hauses entfernt war. Hier würde kein Mensch etwas bemerken. Von dieser Stelle aus wollte er mit der Braut direkt bis zum Anlegeplatz seiner Brigg rudern. Jason lauschte in die Dunkelheit. Er konnte die Musik hören, die durch die geöffneten Fenster drang. Schnell schnappte er sich den Sack und die Schnur aus dem Ruderboot und machte sich auf den Weg zum vereinbarten Platz im Garten.

Juliana fühlte sich einer Ohnmacht nahe. Obwohl ihr Vater die Verlobung noch nicht bekanntgegeben hatte, schienen alle schon genau Bescheid zu wissen. Es wurde getuschelt, und einige der unverheirateten Frauen warfen ihr sogar neidische oder gar eifersüchtige Blicke zu. Juliana lächelte, obwohl ihr eher zum Heulen zumute war. Sie wollte keinem zeigen, wie unglücklich sie sich fühlte. Sie lächelte, bis sie glaubte, einen Gesichtskrampf zu bekommen. Dem Geplapper ihrer Gesprächspartnerin Emilia Brown, einer Schwägerin von Elias' Bruder Jonathan, versuchte sie zu folgen.

»... dann hat der süße Kleine seinen ersten Zahn bekommen. Huh, das war eine Aufregung. Na, Ihr werdet ja bestimmt selbst bald Kinder haben. Dann könnt Ihr die Freuden der Mutterschaft ...«

Juliana bemühte sich krampfhaft, ein Gähnen zu unterdrücken.

»Ja, das wird sicher eine aufregende Erfahrung für mich«, warf sie ein.

Wie zur Hölle kann ich diesem Muttertier nur entkommen?

»Juliana, Ihr habt mir noch einen Tanz versprochen!«, ertönte eine männliche Stimme hinter ihr.

»Es gibt doch einen Gott«, dachte sie erleichtert und drehte sich um. »Aber natürlich. Ich würde gern tanzen, Mr. Irving.« Sie wandte sich zu Emilia um. »Ihr entschuldigt mich, ich habe Mr. Irving einen Tanz versprochen.«

Emilia machte ein enttäuschtes Gesicht, erblickte dann Elias an der Bar und erkor ihn zu ihrem nächsten Opfer.

Erleichtert nahm Juliana Mr. Irvings Arm und ging mit ihm zur Tanzfläche. Dort war es recht voll, aber das störte sie nicht.

»Ihr glaubt gar nicht, wie froh ich bin, dass Ihr mich von dieser schrecklichen Frau erlöst habt. Allerdings kann ich mich nicht erinnern, Euch einen Tanz versprochen zu haben.«

Thomas Irving grinste verschmitzt.

»Ich habe beobachtet, wie Ihr mit Euch kämpft. Diese Frau kann einen wirklich wahnsinnig machen. Ich dachte mir, ich komme Euch besser zu Hilfe.«

»Wie nett. Das war Rettung in letzter Sekunde.«

Juliana genoss den Tanz mit Thomas Irving. Er war ihr sehr sympathisch.

»Ich glaube, ich brauche ein wenig frische Luft«, sagte Juliana, als der Tanz zu Ende war.

Tatsächlich war es im Ballsaal heiß und stickig, da halfen auch die geöffneten Fenster nicht viel.

»Darf ich Euch in den Garten begleiten?«

Thomas konnte gar nicht glauben, wie sehr ihm das Glück in die Hände spielte. Er hatte sich schon gefragt, wie er Juliana nach draußen locken könnte.

»Ja, gern. Wir sollten aber getrennt gehen, man könnte sonst etwas Falsches von uns denken«, warf Juliana ein.

»In Ordnung. Ich werde in ein paar Minuten nachkommen.«

Sie trennten sich. Juliana begab sich nach draußen, Thomas schlenderte noch ein wenig durch die Reihen der Gäste. Er war erleichtert, dass sich alles so gut entwickelte.

Elias hatte sich endlich von der geschwätzigen Emilia losgerissen und verschwand unauffällig aus dem Saal. Zielstrebig ging er den Flur entlang zu einer Kammer, in der die Bettwäsche und Tischtücher sowie diverse Putzsachen aufbewahrt wurden. Er schaute sich schnell noch einmal um, ob ihn jemand sah, bevor er in der Kammer verschwand.

«Jolina? Bist du da?«, fragte er leise in die Finsternis.

Nichts war zu hören. Vielleicht war er zu früh, oder sie kam zu spät.

Plötzlich spürte er eine Hand, die zielsicher nach seinem Schwanz griff, der noch immer in der Hose eingesperrt war, aber augenblicklich hart wurde und vor Erregung zuckte.

»Jolina!«, keuchte Elias und tastete nach seiner Geliebten.

Er fasste sie bei den Haaren, presste ihren Kopf an seine Lenden.

»Hol ihn raus und lutsch ihn!«, befahl er rau.

Jolina öffnete seine Hose, befreite den harten Schwanz aus seinem Gefängnis, strich mit ihrer Zunge bedächtig von der Spitze bis zur Wurzel, was Elias ein erwartungsvolles Stöhnen entlockte. Er packte sie fester. Sie leckte seine prallen Hoden, während sie seinen Schaft mit einer Hand fest umschloss und langsam daran auf und ab fuhr. Dann nahm sie seine Hoden in den Mund und saugte vorsichtig daran. Elias keuchte. Er hatte das Gefühl, seine Hoden würden explodieren. Schließlich ließ Jolina sie wieder aus dem Mund gleiten, leckte mit der vollen Breitseite ihrer Zunge über den Schaft, züngelte um die Spitze und leckte den Glückstropfen von der prallen Eichel. Ihre Zungenspitze tauchte in die winzige Öffnung und ließ Elias erzittern.

»Nimm ihn in den Mund«, verlangte er schwer atmend.

Jolina ließ seinen Schwanz langsam zwischen ihre vollen Lippen gleiten, während Elias sein Becken vor- und zurückbewegte. Er stieß tief in ihren Mund, während ihre Hände seine Hinterbacken massierten.

»Oh, Jolina. Ich will dich heute in deinen geilen Arsch ficken. Ich werde es dir so gut besorgen wie noch nie.«

Er zog sein Glied aus ihrem feuchten Mund, zog sie

von den Knien hoch, tastete in der Dunkelheit, bis er den hölzernen Bock gefunden hatte, über dem einige schwere Decken lagen.

»Hier, leg dich über den Bock und streck mir deinen Arsch entgegen!«, forderte Elias und schob sie in die richtige Position.

Jolina legte sich wie befohlen über den Bock.

»Weiter rüber, bis du dich mit den Händen am Boden abstützen kannst!«, verlangte er.

Jolina rutschte noch weiter rüber, bis ihre Beine in der Luft hingen. Ihr Hintern war jetzt weit rausgestreckt. Sie fühlte, wie Elias ihre Röcke hochschob, nach ihrer feuchten Scham tastete, ihren Nektar auf ihrer Rosette verteilte und die empfindliche Öffnung massierte.

»Ich hab was für dich«, sagte Elias und holte etwas aus der Tasche.

»Was ist es?«

Elias reichte es ihr, damit sie es erfühlen konnte. Es hatte die Form und Größe eines Hühnereis mit einem Bändchen daran.

»Was soll das sein?«

»Wart es ab. Gib wieder her!«

Sie gab es zurück, und Elias rieb das eiförmige Ding kurz an ihrer nassen Vagina, ehe er es in ihr versenkte.

Jolina stöhnte vor Wonne.

»Hm, das ist nicht übel«, schnurrte sie.

»Still jetzt. Du wirst kommen wie noch nie zuvor«, versprach Elias und drang langsam in ihren engen After ein.

Stück für Stück schob er sich weiter, bis er sie ganz ausfüllte. Jolina stöhnte lustvoll, als das Ei in ihr zu vibrieren begann, immer im Rhythmus mit Elias' Stößen in ihren Po.

»Ja, Gebieter. Das ist gut. Schneller! Fester!«

Elias fasste sie bei den Hüften und stieß immer kräftiger zu. Er spürte, wie sie heftig kam – als auch er sich aufbäumte und heiß in ihr entlud. Ihr Leib zuckte und bebte. Ihren lauten Schrei erstickte er schnell mit der Hand, schließlich sollte niemand etwas von seinem heimlichen Stelldichein merken. Immerhin wurde im Saal gerade seine Verlobung gefeiert.

Juliana lehnte sich an die Brüstung der Terrasse und atmete tief durch. Die Nacht war klar, der Himmel mit unzähligen funkelnden Sternen übersät. Plötzlich sauste eine Sternschnuppe über den Nachthimmel. Schnell wünschte sich Juliana, es möge noch ein Wunder geschehen, damit ihre Hochzeit mit Elias verhindert würde.

»Ein grandioser Anblick, dieser Sternenhimmel, nicht wahr?«, erklang Thomas' angenehme Stimme hinter ihr.

Er war unbemerkt hinter sie getreten.

»Ja, ich habe gerade eine Sternschnuppe gesehen«, schwärmte Juliana und schaute ihn mit funkelnden Augen an.

Sie ist wirklich atemberaubend. Wenn sich Jason da man nicht verzettelt.

»Habt Ihr Euch etwas gewünscht?«, fragte Thomas freundlich.

Er fand sie einfach bezaubernd und war sich plötzlich nicht mehr sicher, ob er den Plan, den Jason geschmiedet hatte, weiter ausführen sollte.

»Ja, aber ich verrate nicht, was ich mir gewünscht habe«, verkündete Juliana.

»Ich weiß, sonst geht es nicht in Erfüllung.«

»Woher kennt Ihr eigentlich Elias?«, wollte Juliana wissen.

»Oh, wir haben einige Male Geschäfte miteinander gemacht. Ich würde aber nicht gerade behaupten, dass wir gute Freunde sind.«

»Das hätte mich auch gewundert. Ihr seid so ganz anders als er. Netter.«

»Danke, ich fühle mich sehr geschmeichelt«, erwiderte Thomas und fühlte sich mies, weil er ihr Vertrauen ausnutzte, um sie an Jason auszuliefern.

»Wollen wir ein Stück gehen?«, fragte er schnell, um es sich nicht noch in letzter Sekunde anders zu überlegen.

Ich sollte es nicht tun, verdammt!

»Ja, warum nicht.«

Sie schlenderten durch den nächtlichen Garten. Juliana wünschte sich fast, sie würden entdeckt werden, dann würde die Verlobung vielleicht platzen. Ob sie versuchen sollte, Thomas zu verführen? Immerhin war er ihr sehr sympathisch und sah gut aus, wenn ihr Herz auch nicht für ihn schlug – besser als Elias war er allemal.

Plötzlich ging alles sehr schnell. Ein Sack wurde über ihren Kopf gestülpt, Thomas hielt sie fest umschlungen, während ein unbekannter Mann sie mit einer Schnur fesselte. Sie wehrte sich heftig und schrie, aber der Sack dämpfte ihre Stimme, außerdem waren sie ein ganzes Stück vom Haus entfernt. Im lauten Ballsaal würde man sie nicht hören.

O Gott, was hat dieser Kerl mit mir vor? Ich will noch nicht sterben. Bitte, lieber Gott, hilf mir!

»Tut mir sehr leid, Juliana«, hörte sie Thomas sagen.

»Geh jetzt wieder rein, damit dich später niemand verdächtigen kann«, hörte sie eine andere männliche Stimme, die ihr unbekannt war. Sie wurde hochgehoben und weggetragen.

Juliana strampelte erfolglos. Ihr klopfte das Herz bis zum Hals. Was hatte der Unbekannte mit ihr vor? Wollte er bei ihrem Vater ein Lösegeld erpressen? Juliana wurde auf eine Bank gesetzt, die verdächtig schaukelte. Ein Boot? Ja, sie schien sich auf einem kleinen Boot zu befinden. Panisch versuchte sie, sich zu orientieren. Nach einer bangen Ewigkeit hörte sie Wellenrauschen. Sie waren in unmittelbarer Nähe des Meeres. O Gott! Man würde sie auf ein Schiff verfrachten. Juliana wurde schlecht vor Angst. Würde sie je nach Hause zurückkehren, wenn sie erst mal von Antigua weg war? Eine Flucht von einem Schiff war unmöglich. Auch würde man sie dort nicht finden. Die Brandung wurde immer lauter. Das Boot schaukelte jetzt viel mehr – ihr wurde übel. Da sie durch den Sack blind war, konnte sie kaum das Gleichgewicht halten und hatte das Gefühl, jede Sekunde über Bord zu gehen. Juliana malte sich aus, wie sie jämmerlich ertrinken würde, da sie ja die Arme nicht frei hatte, um sich über Wasser zu halten. Plötzlich war die Fahrt zu Ende – das Boot stieß gegen irgendeinen Gegenstand – wahrscheinlich die Bordwand eines Schiffes. Panik erfasste Juliana. Sie trat verzweifelt um sich, als der Unbekannte sie hochhob und offensichtlich eine Strickleiter mit ihr erklomm.

»Ist alles bereit?«, fragte ihr Entführer, als sie auf dem Deck des Schiffes ankamen.

»Aye, Käpt'n. Wir können sofort ablegen«, gab ein anderer Mann Auskunft. »Der Wind steht gut. Wir werden schnell Fahrt aufnehmen können.«

»Gut, ich bringe die Dame erst einmal unter Deck, dann komm ich wieder nach oben.«

Ihr Entführer lud sie auf einer Koje ab. Eine Weile passierte gar nichts. Juliana lauschte. Sie hatte ihn nicht gehen hören, also war er offensichtlich noch im Raum.

Tausend Gedanken schossen ihr durch den Kopf. Vor Tagen betete sie darum, dass ein Wunder ihre Verlobung verhindern möge – aber doch nicht durch eine Entführung. Sie hatte nicht die geringste Ahnung, wer ihr Entführer sein könnte und wohin er sie brachte.

»Na, dann wollen wir die Braut doch einmal anschauen«, murmelte der Mann endlich und brach damit die beängstigende Stille. Eigentlich klang seine Stimme sehr angenehm, dunkel und leicht rauchig. Irgendwie kam ihr die Stimme bekannt vor, aber sie konnte sich in ihrer augenblicklichen Verfassung keinen Reim darauf machen. Er löste den Strick, mit dem sie gefesselt war, und zog den Sack ab

»Du?«, flüsterte er ungläubig. »Du bist die Verlobte von Elias Blackwood?«

Überrascht starrte er sie an. Damit hatte er nun wirklich nicht gerechnet.

Die badende Waldfee!

Auch Juliana starrte ihn fassungslos an. *Er* war es. Der Mann, der sich ihr am Teich so dreist genähert hatte, dem sie beinahe erlegen war. Der Mann, der so fremde und gleichzeitig erregende Gefühle in ihr wachgerufen hatte. Jetzt entführte der Mistkerl sie auch noch. Angst und Wut – gepaart mit einer unbekannten Erregung – stiegen in ihr hoch.

Nein, nicht er. Bestimmt will er sich an mir rächen, weil ich ihn in die Weichteile getreten habe. Sicher wird er mich jetzt schänden. Er ist ein Verbrecher. Abschaum. Ein Mistkerl. Widerlich – Aufregend – Aufregend? Verdammt, Juliana, was hast du für unmögliche Gedanken!

»Ich wüsste gern, was das hier zu bedeuten hat«, erwiderte Juliana zornig.

Sie musterte ihren Entführer. Unwillkürlich musste sie daran denken, wie erregend sich seine Lippen auf ihrem Mund angefühlt hatten. Eine jähe Schwäche erfasste sie. Ihre Angst mischte sich mit einer unbekannten Empfindung. Sie wollte vor ihm zurückweichen – aber auch gleichzeitig die Hand ausstrecken, um ihn zu berühren.

Reiß dich gefälligst zusammen, Juliana Thompson!

Jason hatte nach dem kurzen Anflug von Verwunderung wieder eine Miene der grimmigen Entschlossenheit angenommen. Juliana konnte keinen Sinn in seinem Verhalten entdecken. Wieso nur entführte er sie, wenn er nicht wusste, wer sie war. Er hatte sie erst jetzt erkannt. Welchem Zweck diente ihre Entführung?

Jason war ernsthaft verwirrt.

Ausgerechnet die Waldfee. Klar, sie war ja auch auf Elias' Grundstück gewesen. Vielleicht ein heimlicher Treffpunkt von ihnen, wo sie ihre Stelldicheins halten. Sie ist also anscheinend doch nicht ganz so unschuldig und rein, wie ich gedacht habe.

Dass sie sich mit seinem Erzfeind vergnügte und ihn abwies, ja sogar so weit ging, ihn in die Weichteile zu treten, machte ihn unglaublich wütend. Es kratzte an seinem männlichen Stolz. Bisher hatte er es immer leicht mit Frauen gehabt.

»Ich werde dir etwas zu essen und zu trinken bringen lassen«, sagte er schließlich kalt und verließ fluchtartig die Kabine.

»Wo zur Hölle bin ich hier eigentlich reingeraten?«, dachte Juliana laut. War alles eine Verwechslung? Hatte er eine andere Frau entführen wollen? Juliana war ratlos und entmutigt. Sie blickte sich in der Kabine um. Es gab einen

massiven Schreibtisch, auf dem eine Seekarte ausgebreitet lag. Offensichtlich war es also die Kabine von ihm, dem Kapitän des Schiffes. Außerdem standen da noch zwei große Truhen und ein Regal. Ob es irgendwo in diesem Raum eine Waffe gab? Aber was sollte ihr das nützen, sie konnte ja schwerlich die ganze Mannschaft umbringen.

Es klopfte an der Tür, ein Mann mit einer Augenklappe kam mit einem Tablett herein.

»Ihr Essen, Miss«, sagte er etwas nervös.

Er stellte das Tablett auf den Schreibtisch. An der Tür drehte er sich noch einmal um: »Wenn Ihr noch etwas benötigt, Miss …«

»Danke, ich wüsste nicht, was mir zu meinem Glück noch fehlen sollte«, antwortete Juliana sarkastisch.

Der Einäugige errötete verlegen. »Hm, na ja … dann geh ich mal wieder. Gute Nacht, Miss.«

Hastig schloss er die Tür hinter sich.

Juliana erhob sich von der Koje und begann in der Kabine auf und ab zu gehen. Sie konnte sich einfach keinen Reim auf die ganze Sache machen. Was wollte der Kapitän mit ihrer Entführung bezwecken? War sie in Lebensgefahr?

»Verdammt, verdammt, verdammt!«, schimpfte sie hilflos. »Juliana Thompson, du steckst verdammt tief in der Klemme.«

Sie schaute auf das Tablett mit ihrem Abendessen. Es bestand aus gegrilltem Fisch mit einer fruchtigen Soße und Brot. Auch ein irdener Krug mit Wein, ebenso ein Krug mit Wasser standen auf dem Tablett. Hunger hatte sie nicht, aber ein Glas Wein könnte nicht schaden. Sie setzte sich in den riesigen Sessel und schenkte sich Wein ein. Er schmeckte ausgezeichnet, anscheinend verstand der Kapitän etwas vom Wein. Während sie weitergrübelte, trank sie einen Becher nach dem anderen. Sie war Alkohol in solchen Mengen nicht gewöhnt. Mit jedem Becher fühlte sie sich leichter und berauschter. Ihr Verstand arbeitete nur noch schleppend, sie wurde auf einmal so schläfrig, dass sie schließlich einnickte.

Als Jason später seine Kabine betrat, fiel sein Blick auf die schlafende Juliana. Er registrierte den leeren Weinkrug und grinste zynisch. Seine Zukünftige war volltrunken. Was sollte er jetzt mit ihr anfangen? Sollte er sie im Sessel schlafen lassen oder in die Koje schaffen? Schließlich entschied er sich für Letzteres. Sie erwachte nicht einmal, als er sie aus dem Sessel hob, zur Koje trug, wo er sie sanft niederlegte und zudeckte. An seinem Schreibtisch goss er sich einen Becher Brandy ein. Nachdenklich betrachtete er Juliana. Nach wie vor wollte er sie nach Vollzug der Ehe nach Lacuma verfrachten und nie wieder anrühren – sie passte einfach nicht zu ihm und seinem Leben. Als er sie jedoch so betrachtete, wusste er, dass es nicht einfach sein würde, die Finger von ihr zu lassen. Seit dem Vorfall am Teich war er, trotz ihres schmerzhaften Angriffs auf seine Männlichkeit, geradezu besessen von ihr. Bei keiner anderen Frau hatte er je zuvor so ein verzehrendes Verlangen verspürt, sie zu besitzen. Wie sollte er sich jetzt nur neben sie legen – ohne sie anzurühren? Nach zwei weiteren Bechern Branntwein fühlte er sich endlich mutig genug, zu Bett zu gehen.

Als Jason so neben Juliana lag, merkte er, dass der Alkohol doch nicht vermochte, sein Verlangen nach der rothaarigen Hexe zu ersticken. Ihn plagte eine äußerst schmerzhafte Erektion. Jason erwog kurz, seinem Trieb nachzugeben und über sie herzufallen. Die Lösung seines Problems lag nur wenige Zentimeter neben ihm. Er brauchte nur die Hand auszustrecken, um ihre Brust zu berühren, die durch den etwas verrutschten Ausschnitt ansatzweise entblößt war. Jason fluchte leise vor sich hin. Nein, er würde nicht von seinem Vorsatz abweichen. Unruhig warf er sich auf die andere Seite, um wenigstens diesen verdammt verlockenden Busen nicht mehr vor der Nase zu haben. Im Geiste sah er sie wieder vor sich, wie sie nackt, schützend ihr Kleid an sich gepresst, vor ihm stand. Er hatte das Gefühl, noch immer ihren süßen Geschmack auf den Lippen zu spüren. Gequält stöhnte er auf und verfluchte diese verdammte Sirene. Es dauerte lange, bis er endlich einschlief.

Jason erwachte und stellte fest, dass er etwas wunderbar Weiches und Warmes im Arm hielt. Es brauchte eine Weile, bis sein verkaterter Verstand registrierte, dass es nicht irgendein leichtes Mädchen, sondern Juliana war. Er riss die Augen auf und rückte erschrocken von ihr ab. Sein Schwanz pochte heftig, forderte schmerzhaft sein Recht.

»Mist!«, fluchte er, hastig von der Koje springend.

In diesem Moment erwachte auch Juliana und blickte auf den verstörten Kapitän, der verzweifelt bemerkte, dass sein Zustand durch die Segeltuchhose mehr als deutlich zu erkennen war. Zum ersten Mal in seinem Leben errötete er wie ein kleiner Schuljunge. Er griff nach seinen übrigen Sachen, um dann fluchtartig die Kabine zu verlassen. Nur schnell weg aus dem Bannkreis dieser rothaarigen Hexe, bevor er noch etwas Unüberlegtes tat. Sie sollte eigentlich nicht so eine starke Wirkung auf ihn haben, das war seinem Plan nicht gerade zuträglich.

Juliana fand das Verhalten ihres Entführers mehr als sonderbar. Alles, was seit ihrer Entführung geschah, ergab für sie einfach keinen Sinn. Erst jetzt fiel ihr auf, dass sie sich nicht daran erinnern konnte, wie sie gestern Abend ins Bett gekommen war. Sie hatte doch nicht etwa …? Erschrocken fuhr sie hoch und schaute an sich hinab. Gott sei Dank! Sie war noch immer vollständig bekleidet.

»Jetzt habe ich aber genug«, schimpfte sie laut. »Ich werde jetzt diesen Mistkerl suchen und fragen, was zur Hölle er eigentlich mit mir vorhat.«

Sie sprang aus dem Bett, richtete ihre Kleider und Haare, verließ die Kabine, um an Deck zu gehen.

An Deck herrschte reger Betrieb. Jason stand auf der Brücke und erteilte Befehle. Für einen Moment vergaß Juliana, dass er ihr Feind war. Er sah einfach großartig aus, wie er da breitbeinig stand. Sein weißes Hemd hatte er ausgezogen, und sein muskulöser, braungebrannter Oberkörper faszinierte Juliana wider Willen. Sie konnte den Blick nicht von ihm wenden. Sie stellte sich vor, wie es wäre, mit den Händen über seine breite Brust zu fahren. Ihr Blick wanderte von seiner Brust hinunter zu dem flachen Bauch und tiefer … Sie erinnerte sich an das Bild, wie er mit einer deutlich sichtbaren Beule in der Segeltuchhose vor ihrer Koje gestanden hatte. Julianas Kenntnisse über die Anatomie eines Mannes waren begrenzt – aber durch ihren Hengst, den sie auch zur Zucht einsetzte, hatte sie eine vage Vorstellung von dem Ganzen. Es war eine erschreckende, zugleich herrlich verruchte Vorstellung. Was wäre damals am Teich geschehen, wenn sie ihm nicht Einhalt geboten hätte?

Plötzlich drehte Jason den Kopf in ihre Richtung und blickte sie direkt an. Juliana fühlte sich irgendwie ertappt, sie errötete. Hoffentlich konnte er aus der Entfernung nicht erkennen, was mit ihr los war. Entschlossen straffte sie die Schultern, ermahnte sich daran zu denken, weshalb sie hier an Deck gekommen war. Mit klopfendem Herzen marschierte sie auf ihn zu.

Jason verfluchte seinen Schwanz, der ihn vergessen ließ, was er zu tun hatte. Er musste sich jetzt zusammenreißen, denn er durfte der Anziehungskraft des Mädchens nicht erliegen. Niemals durfte er vergessen, wer sie war und warum er sie entführt hatte. Verbissen unterdrückte er den Drang, zu ihr zu eilen, sie in seine Kabine zu schleifen, um sie gründlich durchzuvögeln. Er rief seinem ersten Steuermann zu: »Smith, lassen Sie das Briggsegel setzen. Wir brauchen mehr Fahrt.«

»Aye, Käpt'n!

Brown, Luther! Setzt das Briggsegel!«, schrie Smith zu den Matrosen hinunter.

»Wir müssen vorsichtig sein, Käpt'n. Wenn der Wind noch stärker wird, hält das Briggsegel das nicht aus.«

Jason schaute ihn kalt an.

»Überlassen Sie das meiner Entscheidung. Das Briggsegel bleibt, bis ich anderes befehle, verstanden?«

Sein eisiger Tonfall ließ keinen Widerspruch zu.

»Aye, Käpt'n. Wie Ihr wollt.«

Mürrisch verzog sich Smith von der Brücke.

Entschlossen trat Juliana auf die Brücke. Jason schaute sie erstaunt an. Die Frau hatte vielleicht Nerven. Wusste sie nicht, dass eine Frau hier nichts zu suchen hatte?

»Was zur Hölle wollt Ihr hier?«, bellte er sie an.

»Ich habe mit Euch zu reden!«, verkündete Juliana, ihn herausfordernd anblickend.

»Das hat Zeit bis später. Wie Ihr sehen könnt, hab ich zu tun«, erklärte Jason ungehalten.

»Ich werde nicht eher gehen, bis Ihr mir gesagt habt, warum ich hier bin – und was Ihr mit mir vorhabt!«, erwiderte Juliana stur.

Sie war jetzt so richtig in Fahrt. Sie würde dem ungehobelten Klotz schon zeigen, dass er sie nicht einschüchtern konnte.

»Ihr bewegt Euren verzogenen Hintern jetzt gefälligst unter Deck. Ich werde mich später mit Euch befassen«, knurrte Jason drohend, sie aus dunklen Augen finster anblitzend.

Juliana widerstand dem starken Impuls zurückzuweichen und blieb standhaft.

Lass dich von dem Mistkerl nicht einschüchtern!

Sie reckte ihr Kinn empor und hob ihre Stimme ein wenig an.

»Ich werde mir nichts befehlen lassen, denn ich bin nicht einer Eurer Matrosen! Eine Antwort verlange ich!«, beharrte sie.

Sie war fest entschlossen, sich von ihm nicht unterkriegen zu lassen.

Jason blickte nach unten, wo die Matrosen ihrer Arbeit nachgingen.

»MacLead, komm auf die Brücke!«, brüllte er über das Deck.

Juliana beobachtete, wie ein rothaariger Hüne den Kopf hob und sich aus der Menge löste. Juliana schluckte. Der Kerl überragte sie um zwei Haupteslängen und war fast doppelt so breit wie der Kapitän.

»Ihr habt gerufen, Käpt'n?«

»Ja. Bring die Lady in meine Kabine zurück. Vergiss nicht, die Tür zu verriegeln!«

Juliana blickte erschrocken auf.

»Ihr könnt mich doch nicht einsperren!«, entgegnete sie aufgebracht. Zornig funkelte sie ihn an.

»Und ob ich kann«, sagte Jason lässig. »Ich kann mit Euch verfahren, wie es mir passt. Ihr seid hier nicht in der Position, meine Entscheidungen in Frage zu stellen.«

Der Hüne fasste sie erstaunlich sanft am Arm.

»Kommt lieber mit mir, Lady. Dem Käpt'n widerspricht man nicht.«

Frustriert und wütend folgte Juliana MacLead unter Deck in die Kabine. Als sie hörte, wie der Riegel von außen vorgeschoben wurde, griff sie nach dem Weinkrug, der noch immer auf dem Schreibtisch stand, und warf ihn gegen die Tür, wo er zerschellte.

Ha! Nimm das, du Mistkerl!

Triumphierend nahm sie auch den halbvollen Wasserkrug, schmiss ihn ebenfalls gegen die Tür. Es folgten Becher, Bücher, Brieföffner und alles, was sie finden konnte. Danach setzte sie sich befriedigt auf die Koje und betrachtete das Chaos, das sie angerichtet hatte. Angst vor den Folgen, die sicher nicht ausbleiben würden, empfand sie nicht. Der Mistkerl sollte sich noch wundern. Eine Thompson ließ sich nicht einschüchtern.

Als Jason die Stufen hinabstieg, die zu seiner Kabine führten, war er fest entschlossen, das verzogene Weibsbild in ihre Schranken zu weisen. Dann würde er zu seinem ersten Steuermann umziehen. Er wollte nicht noch eine Nacht mit hartem Schwanz neben ihr liegen, er hatte auch nicht vor, dem Drängen seines Körpers nachzugeben. Irgendwie beschlich ihn schon ein ungutes Gefühl, bevor er die Tür öffnete – aber was ihn in seiner Kabine erwartete, verschlug ihm glatt die Sprache.

Alles, was nicht niet- und nagelfest war, lag in einem ungeordneten Durcheinander auf dem Boden. Die Scherben der irdenen Krüge knirschten unter seinen Sohlen. Mitten in dem Chaos saß seine Gefangene auf der Koje und blitzte ihn triumphierend an.

»Was zur Hölle …«, begann er rasend vor Wut, »was hast du hier veranstaltet? Bist du von allen guten Geistern verlassen, Weib?«

Juliana schwieg trotzig. Innerlich fürchtete sie sich beinahe zu Tode. Ihr Entführer sah wirklich ausgesprochen zornig aus, seine Augen sprühten förmlich Funken, sein Gesicht trug eine Miene ausgesprochener Entschlossenheit, als er näher kam. Er fasste sie grob an den Armen und zog sie auf die Beine. Seine unheilvolle Miene ließ sie erzittern. Vielleicht war sie doch zu weit gegangen?

»Bei Gott, ich schwöre dir, das wirst du bereuen.«

Er zerrte sie aus der Kabine an Deck. Verängstigt stolperte Juliana hinter ihm her. Als sie oben waren, brüllte Jason nach seinem ersten Steuermann.

»Ruf die Mannschaft in der Offiziersmesse zusammen. Wir haben einen Fall zu verhandeln«, befahl Jason mit gefährlich ruhiger Stimme, doch sein Unterton war unverkennbar drohend.

»Aber Käpt'n, … sie ist doch nur eine Frau!«, wollte Smith abwehren, doch Jasons mordlüsterner Blick ließ ihn schweigen.

»Stelle nie wieder meine Befehle in Frage«, knurrte Jason. »Tu, was ich dir gesagt habe.«

»Aye«, murmelte Smith und eilte davon, um den Befehl auszuführen.

»Was haben Sie mit mir vor?«

Würde er sie auspeitschen lassen? Er schien wirklich unsagbar wütend zu sein.

»Das wirst du schon sehen«, war die knappe Antwort.

Er schleifte sie mit sich zur Offiziersmesse.

4

Strafe muss sein

Juliana fühlte sich ausgesprochen unwohl in ihrer Haut. Die ganze Mannschaft saß an einem langen Tisch. Wer keinen Platz bekommen hatte, stand hinter den Stühlen. Am Kopfende des Tisches saß Jason neben ihr – sein Gesicht eine unbewegliche Maske. Die Männer warfen ihr teils interessierte, teils mitleidige Blicke zu. Am liebsten wäre Juliana im Boden versunken. Ihr Herz raste, ihr Mund war unangenehm trocken. Sie zuckte zusammen, als der Kapitän endlich zu sprechen anhob.

»Männer«, wandte sich Jason an seine Mannschaft, »wir haben hier einen Fall zu verhandeln. Diese junge Lady hier hat meine gesamte Kabine verwüstet. Die Seekarten sind durch Wasser ruiniert, der Sextant ist auch kaputt.«

Ein Raunen ging durch die Menge. Man blickte sie erstaunt an.

Unfassbar, dass ein so zierliches Geschöpf so mutig sein konnte, etwas Derartiges zu tun.

»Hm … vie… vielleicht war es eine Art Unfall«, warf der Hüne ein, der sie in die Kabine gebracht hatte.

Juliana warf ihm einen dankbaren Blick zu – anscheinend war der Riese gar nicht so furchtbar, wie er aussah. Sie registrierte das Mitgefühl in seinen himmelblauen Augen.

»Ein Unfall?«, schrie Jason laut und donnerte mit der Faust auf den Tisch, dass selbst die hartgesottenen Matrosen erschrocken zusammenzuckten. »Meine ganze Kabine sieht aus, als wäre ein Taifun durchgerast. Sie muss bestraft werden! Wenn sich niemand von euch imstande fühlt, die Bestrafung durchzuführen, werde ich das eben persönlich übernehmen. Ich denke, fünf Hiebe wären eine angemessene Strafe für die Schwere ihres Vergehens. Ihr wisst, dass jeder von euch mindestens zwanzig Hiebe für so eine Sache bekommen würde.«

Selbstverständlich hatte Jason nicht vor, Juliana auspeitschen zu lassen, aber es konnte nicht schaden, sie ein wenig zittern zu lassen.

Juliana schnappte entsetzt nach Luft.

Wieder ging ein aufgebrachtes Raunen durch den Raum. Natürlich hatte der Kapitän recht – das Vergehen war schwer und musste bestraft werden –, aber immerhin handelte es sich hier um eine zarte Frau. Die Vorstellung, die neunschwänzige Katze könnte ihre zarte Haut aufreißen, gefiel den sonst so rauen Gesellen ganz und gar nicht.

»Ich bin für anmasten. Das tut nicht weh, ist aber trotzdem unangenehm«, meldete sich der erste Steuermann zu Wort.

»Ja, anmasten ist in Ordnung«, stimmte ein anderer zu.

Die anderen nickten.

»Also gut, Männer. Dann will ich mal Gnade vor Recht ergehen lassen. Sie wird angemastet. Vierundzwanzig Stunden dürften reichen. MacLead, führt sie ab und vollstreckt das Urteil«, sagte Jason mit emotionsloser Stimme, Juliana dem großen Schotten zuschiebend.

Juliana erbleichte. Zwar war sie der Auspeitschung entkommen, aber sie hatte keine Ahnung, was anmasten bedeutete.

MacLead führte sie an Deck. Er bemerkte, wie sie zitterte.

»Ihr braucht keine Angst zu haben. Ich kette Euch nur lose. Anmasten ist eher eine Demütigung als eine Strafe. In vierundzwanzig Stunden ist alles vergessen. Wisst Ihr, auf einem Schiff muss es strenge Regeln geben, davon kann Tod oder Überleben abhängen. Ich kenne den Käpt'n. Er tut es nicht gern, aber er kennt seine Pflichten. Unter seinem Kommando gab es noch keine Meutereien. Das kommt daher, dass er streng, aber gerecht ist. Ein kaputter Sextant kann uns in echte Schwierigkeiten bringen. Wir haben zwar noch einen Ersatz, aber es kommt auf das Prinzip an, versteht Ihr?«

»Es tut mir leid«, flüsterte Juliana.

Sie wusste inzwischen, dass sie eine riesige Dummheit begangen hatte, und bereute es. Nun musste sie halt die Konsequenzen ihres Handelns tragen.

Als sie am Großmast ankamen, sah sie mit Schaudern die am Mast befestigten zwei Ketten. MacLead befestigte diese an ihren Handgelenken, achtete aber darauf, dass die schweren Schellen nicht zu fest saßen. Er gab ihr zwei Lappen in die Hand. »Stopft sie unter die Schellen. Dann bekommt Ihr keine wunden Stellen. Ich bringe Euch noch ein paar Decken.«

«Danke, Mr. MacLead. Ich weiß Eure Freundlichkeit zu schätzen. Ich weiß jetzt, dass ich Mist gemacht habe und noch recht glimpflich davongekommen bin. Ich werde meine Strafe klaglos durchstehen.«

»Die Mannschaft wird Euch wahrscheinlich ein wenig necken, das gehört dazu. Wenn Ihr es überstanden habt, werden sie aber großen Respekt vor Euch haben.«

»Ich komm schon klar, danke.«

Der Schotte ging davon, und Juliana blieb allein. Eine halbe Stunde später kam MacLead tatsächlich mit ein paar Decken zurück.

»Nehmt eine als Sitz, und mit der anderen deckt Ihr Euch zu. Es wird kühl heute Nacht. Ich darf Euch leider nichts zu essen oder trinken geben. So sind die Regeln. Tut mir leid«, sagte der Schotte bedauernd.

»Ich halte schon durch. Danke für die Decken. Ich nehme an, das ist auch gegen die Regeln, nicht wahr?«

»Ja, aber der Käpt'n hat es erlaubt – weil Ihr eine Lady seid. Ich muss jetzt wieder …«

»Geht ruhig. Es macht mir nichts aus, allein zu sein.«

Tatsächlich kamen im Laufe des Nachmittages die Matrosen immer wieder bei ihr vorbei, um sie zu necken – aber der eine oder andere nutzte die Foppereien auch als Vorwand, ihr heimlich etwas Essbares zuzustecken. Als es langsam dunkel wurde, kam der Hüne MacLead, und stellte eine Laterne neben sie. Juliana war gerührt von seiner Fürsorglichkeit. Wie hatte sie nur jemals Angst vor diesem sanften Riesen haben können? Man sollte eben nicht nach dem Äußeren urteilen.

Nachdem MacLead gegangen war, bekam sie weiteren, weitaus unangenehmeren Besuch. Jason trat auf sie zu, sein Mund zu einem grausamen Lächeln verzogen, und musterte sie mit höhnischem Blick.

»Na, wie gefällt es der hochwohlgeborenen Lady? Du kannst dich bei der Mannschaft bedanken, dass du hier nur angekettet bist, anstatt ausgepeitscht zu werden. Die Männer sind ein wenig zu weich, waren nicht immer Piraten.«

»Piraten?«, keuchte Juliana entsetzt. »Ihr seid Piraten?«

»Tja, da hab ich mich wohl ein wenig verplappert.«

Jason zuckte gleichgültig mit den Schultern.

»Aber was soll's. Früher oder später hättest du es ja doch herausbekommen. Dein sauberer Verlobter hat mich zu dem gemacht, was ich heute bin.«

Aus seiner Stimme klang so viel Hass, dass Juliana unwillkürlich zusammenzuckte.

Jason ließ seinen Blick ungeniert über ihren Körper gleiten. Es gefiel ihm wirklich gut, sie dort so hilflos angekettet zu sehen. Es hatte einen gewissen Reiz. Er legte ihr die Hand unter das Kinn und zwang sie, ihn anzusehen. In ihren schönen Augen sah er die Furcht, aber auch einen hartnäckigen Stolz, der ihn eigentümlich berührte. Seine andere Hand strich beiläufig ihren Hals hinab zu ihrem Ausschnitt und tiefer zu ihren festen Brüsten. Er knetete sie durch den Stoff ihres Kleides hindurch.

Juliana schnappte nach Luft. Seine Dreistigkeit erschreckte sie, weckte aber auch gleichzeitig ungewohnte Empfindungen in ihr.

Widersteh ihm, Juliana! Er ist der Teufel in Person.

»Wollt Ihr mich jetzt auch noch vergewaltigen?«, fragte sie empört.

»Nein, wenn ich dich wollte, wäre das nicht nötig. Ich habe noch keine Frau zu ihrem Glück zwingen müssen.«

Er lächelte selbstsicher und ließ seine Hand in den Ausschnitt gleiten, um eine der Knospen zu streicheln, die sich prompt aufrichtete. Als Juliana heftig errötete, lachte er auf.

»Nein, meine Liebe. Auch du würdest mich nicht abweisen. Ihr Frauen seid doch alle gleich«, sagte Jason verächtlich.

»Ihr seid ein eingebildeter, überheblicher ...«, begann Juliana.

»Was?«, unterbrach er sie mit eisiger Stimme.

»... Hurensohn, eine Ausgeburt der Hölle!«, zischte Juliana und versuchte, seiner streichelnden Hand zu entkommen.

Die Gefühle, die seine dreisten Berührungen in ihr auslösten, irritierten und verunsicherten sie. Sie spürte Feuchtigkeit zwischen ihren Schenkeln, die sie beschämte. Wie konnte sie nur derart auf ihn reagieren?

»Man hat mich schon Ärgeres genannt, Süße. Aber es ist doch erstaunlich, solche Ausdrücke aus dem Mund einer vornehmen Dame zu hören. Du sprichst eher wie eine Hure – vielleicht bist du das ja auch.«

Seine Stimme triefte vor Hohn, sein eiskalter Blick passte so gar nicht zu den fast zärtlichen Liebkosungen.

Juliana antwortete ihm mit einem kräftigen Tritt vors Schienbein.

Jason schrie vor Schmerz auf. Er packte sie grob an den Haaren und schaute ihr wütend in die Augen.

»Du kannst tun und denken, was du willst, aber früher oder später wirst du dich vor Lust windend unter mir befinden«, prophezeite Jason.

Er ließ sie ruckartig los und verschwand. Julianas Herz raste. Sie hätte ihm liebend gern noch etwas hinterhergeschrien, verkniff es sich aber. Wer weiß, vielleicht würde er dann zurückkommen und seine Behauptung unter Beweis stellen. Dabei hatte sie weniger Angst vor dem, was er tun könnte, als vor ihren Reaktionen.

Obwohl sie es nicht für möglich gehalten hätte, schlief Juliana tatsächlich ein. Sie konnte nur im Sitzen schlafen, da die Ketten nicht lang genug waren. Sie erwachte, weil das Schiff heftig zu schaukeln begann. Auf dem Deck herrschte Hektik. Ein Sturm braute sich zusammen, die Mannschaft hatte alle Hände voll zu tun. Jason lief auf dem Deck hin und her und erteilte knappe Befehle. Hier und dort legte er auch selbst Hand mit an. Juliana bewunderte seine Ruhe, er schien genau zu wissen, was er tat. Plötzlich blickte er zu ihr herüber. Er sagte etwas zu einem der Männer und ging dann auf die Brücke, während der Angesprochene auf Juliana zukam.

»Ich soll Euch in Eure Kabine bringen, Miss. Wir werden einen ordentlichen Sturm bekommen.«

Als er Julianas ängstliches Gesicht sah, fügte er hinzu: »Ihr braucht keine Angst zu haben. Der Käpt'n weiß, was zu tun ist. Er hat noch nie ein Schiff verloren. Kommt, ich löse Eure Fesseln.«

Unter Deck fühlte sich Juliana entsetzlich hilflos. Was, wenn das Schiff kenterte und sie hier unten allein ersoff? Es wäre ihr lieber gewesen, man hätte sie oben gelassen, wo sie sehen konnte, was passierte. Wegen der Feuergefahr durfte sie auch kein Licht haben. Sie saß im Dunkeln auf der Koje und ängstigte sich fast zu Tode. Zudem machte sie sich auch Sorgen um den Kapitän und die Mannschaft. Was, wenn einer über Bord gehen würde? Was, wenn der Kapitän über Bord gehen würde? Der Gedanke erfüllte sie mit Panik, sie fing an zu beten. Fast wäre sie aus der Koje gekippt, so heftig schlingerte das Schiff. Sie beschloss, dass es das Beste wäre, sich hinzulegen, drückte sich ganz an die Wand und starrte in die Finsternis. Immer, wenn das Schiff besonders stark schaukelte, krallte sie sich voller Angst am

Rahmen der Koje fest. Hier unten in der Dunkelheit zu liegen und nicht zu wissen, was da oben vor sich ging, war entnervend. Sie wusste von ihrem Vater, der früher auch zur See gefahren war, dass die Mannschaft sich in solchen Fällen festzubinden pflegte; trotzdem passierte es immer wieder, dass jemand über Bord ging. Im Geiste sah sie Jason vor sich, wie er auf der Brücke stand, dem Sturm trotzend, und sie war sicher, dass er Gefallen daran fand, mit den Naturgewalten zu kämpfen. Er war genauso wie das Meer – schön und gefährlich. Und auch genauso unberechenbar und launisch. Sie würde sich vorsehen müssen, denn seine Wirkung auf sie war geradezu beunruhigend.

Juliana wusste nicht, wie viel Zeit vergangen war, aber der Sturm schien langsam nachzulassen. Das starke Schlingern war zu einem Schaukeln abgeklungen. Juliana war erschöpft, und nach einer Weile schlief sie schließlich ein.

Am nächsten Morgen brauchte sie eine Weile, bis die Erinnerungen an die Ereignisse der vergangenen Nacht langsam zurückkehrten. Sie bemerkte, dass das Schiff jetzt ruhig durch das Meer glitt. Jason war nicht im Bett und auch nicht im Raum. Vielleicht hatte er noch zu tun. Die Unordnung, die sie in der Kabine angerichtet hatte, war nur grob zusammengeräumt – also stand sie auf und machte sich mit einem schlechten Gewissen daran, aufzuräumen. Als sie ein paar Unterlagen in die Schublade des Schreibtisches legen wollte, fiel ihr Blick auf ein kleines Gemälde. Es zeigte eine hübsche junge Frau mit dunklen Haaren und grünen Augen. Juliana registrierte mit Erstaunen, dass sie einen schmerzlichen Stich beim Anblick des Bildes verspürte.

»Verdammt, Juliana. Du wirst doch wohl nicht etwa eifersüchtig werden. Es geht dich gar nichts an, ob der Kerl eine Liebste hat«, schimpfte sie leise mit sich selbst.

Sie redete sich ein, dass ihr gutaussehender Entführer nicht das geringste Interesse in ihr weckte, aber ein Teil ihres Verstandes wusste, dass sie sich selbst belog. Wann hatte es nur angefangen? Es hatte keinen Zweck, sich etwas vorzumachen. Sie begehrte den Schuft.

Seit dem Sturm hatte Juliana Jason nicht zu Gesicht bekommen. Von Smith erfuhr sie, dass der Kapitän jetzt in seiner Kabine wohnte. Sie war sich nicht sicher, ob sie froh oder enttäuscht sein sollte. War er wegen der Verwüstung immer noch böse auf sie, dass er ihre Nähe mied? Juliana durfte sich seit der Bestrafung nur noch zu bestimmten Zeiten in Begleitung von MacLead oder Smith an Deck begeben – seltsamerweise war Jason dann nie auf der Brücke. Er schien ihr absichtlich aus dem Weg zu gehen. Noch immer konnte Juliana den Grund ihrer Entführung und das Ziel ihrer Fahrt nicht in Erfahrung bringen. Sie versuchte, etwas aus MacLead oder Smith herauszubekommen, aber beide wollten sich nicht dazu äußern. Diese Ungewissheit nervte sie. Obwohl sie wusste, dass sie mit ziemlicher Sicherheit wieder Ärger bekommen würde, beschloss Juliana, sich über die Anordnung hinwegzusetzen und die Kabine zu verlassen.

An Deck wurde sie von Smith entdeckt. Er kam sofort auf sie zugeeilt.

»Miss, Ihr dürft nicht hier sein. In einer Stunde hole ich Euch ab, jetzt müsst Ihr wieder zurück in die Kabine.«

»Ich denke gar nicht daran. Ich will sofort mit dem Kapitän sprechen. Wo ist er?«

»Er ist in meiner Kabine. Ihr könnt ihn aber nicht sprechen. Er wünscht, dass Ihr in Eurer Kabine bleibt. Bitte, geht jetzt wieder runter.«

Er sprach freundlich, aber Juliana wurde das Gefühl nicht los, dass er nicht aufrichtig war. Ihm schien irgendetwas Dunkles anzuhaften. Mit MacLead verband sie ein freundschaftliches Verhältnis, doch dieser Erste Steuermann hatte etwas an sich, das sie abschreckte.

Juliana tat so, als würde sie sich fügen.

»Gut, aber sagt ihm, dass ich ihn zu sprechen wünsche.«

Smith nickte.

»Später, jetzt muss ich auf die Brücke zurück. Geht jetzt.«

Juliana ging wieder unter Deck, steuerte allerdings die Kabine des ersten Steuermanns an. Vor der Tür lauschte sie eine Weile. Es war nichts zu hören. Ob er schlief? Vorsichtig klopfte sie.

»Ja«, ertönte Jasons Stimme von innen.

Mit klopfendem Herzen öffnete Juliana die Tür und trat ein. Jason saß an einem Schreibtisch über die etwas ramponierte Seekarte gebeugt. Sie schloss die Tür und trat auf ihn zu.

»Was gibt es denn?«, fragte Jason und blickte auf.

Augenblicklich verfinsterte sich sein Gesicht.

»Du? Hab ich dir nicht gesagt, du sollst …«

»Ja, ja. Ich weiß sehr wohl!«, unterbrach Juliana ärgerlich. »Ich werde sofort wieder gehen, wenn Ihr mir endlich sagt, warum ich hier bin und wohin wir segeln.«

»Nun, wir erreichen in Kürze Barbuda«, verkündete Jason.

»Barbuda? Hätten wir nicht schon lägst dort ankommen müssen?«

»Richtig, aber der Sturm hat uns ziemlich vom Kurs abgebracht.«

»Und was passiert, wenn wir Barbuda angelaufen haben?«, bohrte Juliana weiter.

»Wir werden heiraten«, verkündete Jason ungerührt.

Seine Miene war jetzt vollkommen unbeweglich.

»Wir werden was? Seid Ihr noch ganz bei Sinnen? Ich werde Euch niemals heiraten«, empörte sich Juliana.

Sie wähnte sich in einem Alptraum. Das konnte doch unmöglich sein Ernst sein.

»Ich glaube nicht, dass du was dagegen unternehmen kannst«, sagte Jason lässig und schaute sie aus zusammengekniffenen Augen an.

»Und ob ich das kann! Ich werde niemals ja sagen.«

Wütend funkelte Juliana ihn an. Seine Arroganz war einfach ungeheuerlich.

»Das brauchst du auch nicht. Die Ehe wird trotzdem geschlossen werden, und wenn die Ehe erst einmal vollzogen wurde, kannst du sie nicht mehr annullieren lassen«, konterte Jason mit einem triumphierenden Lächeln auf den Lippen.

»Warum?«, fragte Juliana verwirrt.

Das Ganze ergab für sie keinen Sinn.

»Warum wollt Ihr mich so unbedingt heiraten, dass Ihr mich von meinem Verlobten fortreißt?«

»Es tut mir leid, wenn ich Euer Liebesglück zerstört habe«, meinte er sarkastisch. »Ich werde Euch zu gegebener Zeit vielleicht die Hintergründe erklären.«

»Ist es die Mitgift, die Ihr haben wollt?«

»Ich habe gesagt, was ich zu sagen bereit bin. Jetzt wirst

du dich in deine Kabine begeben und warten, bis wir an Land gehen.«

Mit diesen Worten schien das Thema für ihn erledigt zu sein, denn er widmete sich wieder seinen Unterlagen.

»Ihr seid ein gewissenloser Schuft!«, keuchte Juliana aufgebracht. Ihre türkisfarbenen Augen verdunkelten sich und funkelten ihn zornig an. Ihre zarten Hände ballte sie zu Fäusten, und es sah fast so aus, als wollte sie tatsächlich gleich auf ihn losgehen.

Jason lächelte amüsiert, er stand auf und ging auf sie zu.

Sie sieht wirklich hinreißend aus, wenn sie so wütend ist. – Verdammt! Reiß dich endlich zusammen, sonst verlierst du noch dein Herz an diese Hexe.

Seine Miene änderte sich, wurde wieder abweisend und grimmig.

Ob er sie jetzt schlagen würde? Unwillkürlich wich Juliana einen Schritt zurück. Jason fasste sie bei den Schultern, um sie an seinen harten, männlichen Körper zu ziehen. Seine plötzliche Nähe irritierte sie. Er senkte seinen Mund auf ihren und küsste sie hart. Juliana stemmte die Hände gegen seine breite Brust, aber er hielt sie so fest, dass sie sich nicht rühren konnte. Eine Mischung aus Panik, Wut und aufflammendem Begehren erfüllte sie, ihr Herz schlug wild, ein süßes Ziehen machte sich in ihrem Unterleib breit. Sie fühlte sich schwindelig und verwirrt. Als er mit seiner Zunge die Konturen ihrer Oberlippe nachzog, erschauerte sie und öffnete unwillkürlich die Lippen. Sofort drang seine freche Zunge in ihren Mund ein, erkundete ihn dreist und mit präziser Gründlichkeit. Sie bemerkte gar nicht, dass sich ihr Unterleib wie von selbst gegen ihn presste. Der Kuss schien ihr gesamtes Denken ausgeschaltet zu haben, sie handelte nur noch instinktiv, suchte schamlos seine Nähe, die sie so berauschte. Sie sehnte sich nach etwas, dem sie noch keinen Namen geben konnte. Ihre Brüste schmerzten, die empfindlichen, aufgerichteten Spitzen drängten sich gegen den Stoff ihres Kleides, warteten auf seine Berührungen. Plötzlich stieß er sie von sich, als hätte er sich verbrannt. Sie wäre fast gestürzt, so jäh ohne Halt und mit weichen Knien. Verstört schaute sie ihn an. Warum unterbrach er seinen Kuss so plötzlich?

»Ein kleiner Vorgeschmack auf unsere Hochzeitsnacht, meine Liebe«, sagte er mit unergründlicher Miene. »Jetzt geh.«

Juliana schluckte die aufsteigenden Tränen der Demütigung hinunter und floh aus der Kabine. Als sie die Tür hinter sich zuschlug, fluchte Jason leise. Diese kleine Teufelin schien es gar nicht erwarten zu können, dass er sie endlich vögelte. Dass sie nicht mehr jungfräulich war, erfüllte ihn mit Wut. Er hatte irgendwie gehofft, dass er sich doch geirrt hätte. Ihr lüsternes Verhalten von eben bewies aber, dass dem nicht so war. Wie sie sich an ihm rieb – so benahm sich keine unerfahrene Jungfrau. Trotzdem begehrte er sie mit einer solchen Heftigkeit, dass er ihr am liebsten nachgerannt wäre, um ihr zu geben, wonach sie so offensichtlich verlangte.

»Zur Hölle mit diesem verfluchten Weibsstück!«

Er schlug mit der Faust auf den massiven Schreibtisch, das Tintenfass kippte um, und ein Schwall schwarzer Tinte ergoss sich auf die ohnehin schon ruinierte Karte.

»Verdammt. Alles nur wegen dieser zänkischen kleinen Sirene. Wenn wir sie erst mal auf Lacuma abgesetzt haben, werde ich sie meiden wie der Teufel das Weihwasser.«

Juliana schlug die Kabinentür hinter sich zu. Sie hatte große Lust, die aufgeräumte Kabine aufs Neue zu verwüsten, so wütend war sie. Wieso dachte eigentlich alle Welt, sie könnten sie nach Belieben verheiraten? Nur weil sie eine Frau war, musste sie es über sich ergehen lassen, dass Männer über ihr Leben verfügten. War sie denn nicht mehr als ein Stück Vieh? Sie dachte an ihren Vater – er würde sich sicher große Sorgen machen, denn sie war sein einziges Kind. Glaubte er, sie wäre weggelaufen? Würde er sie suchen? Was auch immer jetzt geschehen mochte, alles endete damit, dass sie einen Mann heiraten sollte, den sie sich nicht selber ausgesucht hatte. War ihr Entführer wirklich das geringere Übel? Bei Elias wusste sie, woran sie war – aber der Kapitän war undurchschaubar. Er strahlte eine unterschwellige Brutalität aus, die ihr Angst machte, aber sie zog sie auch auf geheimnisvolle Weise an. Frustriert wanderte Juliana in der Kabine hin und her. Sie dachte an Jasons Kuss. Wie schamlos sie sich benommen hatte. Er hatte es geschafft, irgendetwas in ihr wachzurufen, das sie nicht kontrollieren konnte. Als er sie dann so plötzlich von sich stieß, war ihr, als wäre sie um etwas betrogen worden. Etwas Unbekanntes.

5

Braut wider Willen

So hatte sich Juliana ihre Hochzeit wirklich nicht vorgestellt. Der Priester, ein kleiner nervöser Mann mit schütterem grauem Haar, wurde in die kleine Kapelle geführt, als habe man ihn dazu gezwungen, an dieser Maskerade teilzunehmen. Juliana und Jason standen vor dem Altar und warteten. Die Matrosen rutschten unruhig auf ihren harten Bänken hin und her. Zu ihrem Ärger musste Juliana sich eingestehen, dass ihr Bräutigam umwerfend gut aussah. Er trug sandfarbene, eng anliegende Hosen, die seine muskulösen Beine zur Geltung brachten, und einen cognacfarbenen Rock über einem blütenweißen Hemd. Sein Haar war mit einem ebenfalls cognacfarbenen Band zu einem Zopf gebunden. Auch Julianas Kleid, welches Smith eiligst besorgt hatte, war sandfarben, das bestickte Oberteil wies winzige, türkisfarbene Blüten auf. Das Kleid passte erstaunlich gut, nur war es einen Tick zu lang, so dass Juliana aufpassen musste, damit sie nicht auf den Saum trat. Alles in allem gaben sie ein wirklich schmuckes Brautpaar ab.

Von der Zeremonie bekam Juliana nur wenig mit, denn sie war viel zu aufgeregt. Hier wurde ihr Schicksal besiegelt, und sie hatte nicht die geringste Ahnung, was ihr die Zukunft an der Seite von Jason bringen würde. Als der Priester zu der entscheidenden Frage kam, schaute Juliana sich hilflos um. Würde denn gar niemand zu ihrer Rettung eilen? Sie spürte, wie Jason sie fest am Oberarm packte, und sie brachte ein krächzendes »Ja, ich will« über die Lippen. Ihr wurde schwindelig, als ihr bewusst wurde, dass sie nun für immer an diesen undurchsichtigen Mann gebunden war, der sie entführt und beinahe ausgepeitscht hatte. Als er seine Lippen auf ihre senkte, musste sie sich an ihm festhalten, so sehr zitterten ihr die Knie. Wider Willen musste Juliana sich eingestehen, dass er Gefühle in ihr auszulösen vermochte, die mit Abwehr rein gar nichts mehr zu tun hatten. Sie fühlte ihr Blut pulsieren und löste sich erst dann beschämt von Jason, als die Matrosen lauthals zu grölen und zu pfeifen anfingen. Jason grinste sie unverhohlen frech an, so dass sie hastig den Blick von ihm abwandte. Galant bot ihr Gatte ihr den Arm an, und gemeinsam gingen sie durch den Mittelgang der Kirche nach draußen. Dort wartete eine Kutsche, die sie zum Gasthaus bringen sollte, in dem ein Zimmer reserviert war.

Juliana stand verloren im Raum und überlegte händeringend, wie sie dem scheinbar unausweichlichen Vollzug der Ehe entgehen könnte. An Flucht war nicht zu denken – ihr Ehemann schien auch nicht geneigt, ihr Aufschub zu gewähren. Er war ein Mann, der sich ungeniert nahm, was er begehrte – das zeigte allein schon ihre Entführung. Noch immer war sie ahnungslos, was dahintersteckte. Sie fühlte sich wie ein Lamm, das zur Schlachtbank geführt werden sollte. Man hatte sie nach oben gebracht, wo sie auf Jason warten sollte. Er ließ sich gerade noch von seiner Mannschaft mit zotigen Ratschlägen versorgen. Das dröhnende Gelächter, welches von unten heraufdrang, zerrte an Julianas Nerven. Panisch registrierte sie, dass die Meute jetzt anscheinend die Treppe hinaufkam. Als die Tür aufgerissen wurde und Jason ins Zimmer torkelte, zuckte sie leicht zusammen.

»Hoffentlich ist er so betrunken, dass er seine Aufgabe nicht mehr erfüllen kann«, dachte Juliana. Die Matrosen ließen noch ein paar anzügliche Bemerkungen fallen, verließen dann das Zimmer des frischvermählten Paares.

Jason ließ sich in einem Sessel nieder und betrachtete seine Braut eingehend. Sie sah wirklich zauberhaft aus. Die türkisfarbenen Blüten brachten ihre wunderschönen Augen voll zur Geltung, ihr Busen wogte unter ihren heftigen Atemzügen. Sie schien ihm sehr nervös, beinahe wie eine echte jungfräuliche Braut. Vielleicht, weil sie befürchtete, er könnte merken, dass sie nicht mehr unberührt war.

»Ich hatte eigentlich erwartet, dass du dir mittlerweile dieses unbequeme Ding da ausgezogen hast«, ließ er verlauten.

Er legte lässig ein Bein über die Lehne, die verschnürten Bänder seines weißen Hemdes waren gelöst, seine gebräunte Haut kam gefährlich verführerisch zum Vorschein.

Warum muss der Mistkerl nur so unverschämt gut aussehen? Er ist entschieden zu sinnlich. Ich darf diesen Gefühlen niemals nachgeben, er würde mein Herz grausam zerquetschen wie ein lästiges Insekt. Nein! Niemals darf ich mein Herz an diesen Piraten verlieren. Er ist teuflisch und skrupellos. Er hatte kein Recht, mich zu entführen und zur Ehe zu zwingen. Dieser Schuft!

»Ich kann dir vielleicht nicht deine ehelichen Rechte verwehren, aber ich werde dir verdammt noch mal nicht dabei behilflich sein«, fauchte Juliana erbost.

Seine Arroganz machte sie rasend. Sie war fest entschlossen, es ihm nicht leichtzumachen.

»Ganz recht«, antwortete Jason mit gefährlich leiser Stimme, »ich habe gewisse Rechte, die ich auch einfordern werde. Du bist jetzt meine Frau und hast mir zu gehorchen – also zieh endlich dieses verdammte Kleid da aus, damit ich sehen kann, was ich geheiratet habe.«

Juliana standen Tränen in den Augen. Wütend ballte sie die Fäuste. Ihre Gefühle interessierten ihn anscheinend überhaupt nicht. Ihm ging es nur um seine ehelichen Rechte. Was für Rechte hatte eigentlich die Ehefrau? Gott, wie sie es hasste, eine Frau zu sein.

»Ich warte nicht ewig, Schätzchen.«

»Ich … ich kann nicht, ich meine, die Bänder …«, begann Juliana nervös, »… ich bekomm das Kleid allein nicht auf.«

Jason erhob sich aus dem Sessel und trat hinter sie. Seine überwältigende Nähe hing fast greifbar im Raum. Sein heißer Atem kitzelte sie im Nacken, sie bekam eine Gänsehaut. Ihr Herz klopfte aufgeregt in ihrer Brust. Angst und eine unbekannte Sehnsucht ließen sie erschauern. Als seine Hände sich auf ihren Rücken legten, zuckte sie zusammen. Mit geschickten Fingern löste er die Verschnürungen, und Juliana hatte das Gefühl, unter seinen Händen zu verglühen. Fast war sie versucht, sich gegen ihn zu lehnen – aber viel zu schnell lösten sich seine Hände wieder von ihr. Beinahe wäre ihr ein enttäuschter Seufzer entglitten, sie konnte sich gerade noch besinnen.

»Fertig!«, verkündete Jason.

Mühsam versuchte er, seiner Erregung Herr zu werden. Er hatte schon viele Frauen entkleidet, aber nie war sein Verlangen, eine Frau zu besitzen, so groß gewesen. Er widerstand der Versuchung, sie auf den anmutig geschwungenen Nacken zu küssen – er durfte sich nicht verlieren. Jason wollte die Ehe vollziehen und sie danach nicht mehr anrühren. Sie war gefährlich, das spürte er. Je eher er sie wieder los wurde, desto besser. Keine Frau würde ihn von seinem Leben auf See abhalten. Auch Juliana würde seinen Racheplänen und der Wiedererlangung seines Besitzes nicht im Wege stehen. Sie war lediglich ein Mittel zum Zweck, mehr nicht. Eine Frau passte einfach nicht in sein Leben. Trotzdem fühlte er ein leises Bedauern bei dem Gedanken, sie auf Lacuma zurückzulassen. Er atmete tief durch und setzte sich wieder in den Sessel. Juliana fühlte eine unerklärliche Enttäuschung, als er sich wieder zurückzog. Unschlüssig stand sie da, wagte nicht, sich zu ihm umzudrehen und ihn anzusehen. Er beobachtete sie, das konnte sie spüren, seine Blicke brannten auf ihrem nackten Rücken.

»Das Kleid ist auf, du kannst es jetzt ausziehen. Oder gibt es noch ein Problem?«, wollte Jason spöttisch wissen.

»Könntest du dich vielleicht umdrehen?«, fiepte sie verlegen.

Jason lachte verächtlich.

»Du bist mein Weib. Es gibt nichts an dir, was du verbergen müsstest. Außerdem kenne ich dich ja bereits nackt. Zieh dich aus, ich habe nicht vor, die ganze Nacht darauf zu warten.«

Mit klopfendem Herzen begann Juliana sich auszuziehen. Als sie schließlich nackt vor Jason stand, erhob er sich aus dem Sessel, um sich ebenfalls zu entkleiden. Obwohl die ganze Situation Juliana unsagbar peinlich war, konnte sie nicht anders, als ihn neugierig zu betrachten. Sein stolz aufgerichtetes Glied war beängstigend und erregend zugleich. Jason, dem ihr Blick nicht entgangen war, zog belustigt eine Augenbraue hoch.

»Ist er größer als der, den du sonst gewohnt bist?«

Juliana schaute ihn fragend an. Sie wusste nicht, worauf er anspielte, denn sie hatte ja keine Ahnung, dass ihr Gatte ihr unterstellte, mit Elias Blackwood bereits intim gewesen zu sein. Als Jason sie hochhob und zum Bett trug, schrie sie empört auf.

»Lass mich runter! Ich schreie das ganze Haus zusammen!«

Sie hämmerte mit ihren kleinen Fäusten auf ihn ein und zappelte.

Jason grinste anzüglich.

»Schrei ruhig, das wird heute sogar von dir erwartet, meine Liebe.« Er legte sie auf dem Bett ab und betrachtete sie einen Moment. Sie versuchte, sich mit ihren Händen vor seinen Blicken zu schützen.

»Nimm die Hände da weg, ich hab dir schon gesagt, dass du vor mir nichts zu verstecken hast.«

»Können wir es jetzt endlich hinter uns bringen, ja?«, fragte sie herausfordernd, um die Nervosität zu überspielen, die sie gefangen hielt.

»Lass mich in Ruhe«, dachte sie in einem Moment, und *»berühr mich«,* im nächsten Augenblick. Sie schwankte zwischen dem Wunsch, ihn von sich zu stoßen und ihn an sich zu ziehen.

»Hast du es so eilig, meinen Schwanz in dir zu haben?«, forschte er ironisch. »Soll ich dich zum Schreien bringen? Vielleicht kann ich dir noch etwas Neues beibringen, meine kleine Widerspenstige.«

Er legte sich neben sie, den Kopf aufgestützt und fuhr mit seiner Betrachtung fort. Sie war wirklich wunderschön. Spielerisch ließ er eine Hand über die Rundungen ihres Körpers gleiten, rief damit wohlige Schauer bei Juliana hervor, neckte ihre rosigen Spitzen, die sich sofort verhärteten und prickelnde Lustschauer durch Julianas Leib sandten. Heißes Begehren erfasste sie, machte sie unfähig, sich weiter zu sträuben. Auch als seine raue Hand über ihren Bauch strich und den Nabel umkreiste, hielt sie atemlos still. Erst als seine Finger den Weg durch ihre roten Löckchen fanden, um zart über ihre versteckte Perle zu streichen, zuckte sie entsetzt zusammen.

»Nein, hör auf damit …«, wollte sie abwehren – doch dann erfasste sie eine so köstliche Erregung, dass sie nur noch wollüstig aufstöhnen konnte und sich ihm entgegenbog. Heiße Wellen durchfluteten ihren erhitzten Körper, die sich in ihrem Schoß zu vereinen schienen, um dort mit einer nie gekannten Sehnsucht zu brennen, dass sie leise zu wimmern begann. Wieder spürte sie diese Feuchtigkeit zwischen ihren Schenkeln, seine geschickten Liebkosungen ließen ihr jedoch keinen Raum für falsche Scham. Sie vibrierte am ganzen Körper.

Nein! Wehr dich! Lass es nicht zu, dass er das mit dir macht. – Aber es ist so verdammt köstlich. – Es ist falsch, eine Sünde. Er ist ein Pirat, ein Geächteter – Gott, ist das gut. Hilfe!

Sie wusste nicht, worauf sie zusteuerte, und fand nicht den Mut, sich in den unbekannten Strudel fallen zu lassen. Sie durfte, sie wollte sich nicht in diesen Gefühlen verlieren, kämpfte verzweifelt dagegen an.

Jason bog ihre Schenkel weiter auseinander und platzierte sich dazwischen. Genüsslich betrachtete er die geschwollenen Schamlippen, während er mit dem Daumen über die Klitoris rieb. Ihr Stöhnen erregte ihn. Er hauchte einen Kuss auf ihre empfindliche Perle, ließ zart die Spitze seiner Zunge darüber kreisen. Juliana klammerte sich an ihrem Kissen fest. Was er da mit ihr tat, war sicher eine Sünde – aber es war so gut. Sie kämpfte gegen das unerhörte Bedürfnis, die Hände auf seinen Kopf zu legen und ihn dichter an ihren heißen, pulsierenden Schoß zu pressen.

Er leckte ihre heiße Spalte voller Hingabe, trank ihren süßen Nektar der Lust, der ihn vollkommen berauschte. Er spürte ihren innerlichen Kampf und grinste an ihrem Schoß.

Du hast schon längst verloren, meine Schöne. Ich werde dich besitzen!

Jason war so erregt, dass er kaum noch an sich halten konnte. Ihr Duft und ihr Geschmack betörten ihn mehr als bei den zahlreichen Frauen zuvor. Sein Weib war eine Versuchung. Er musste sie besitzen. Jetzt. Sofort. Er legte sich über sie und drang kraftvoll in sie ein.

Vom plötzlichen Schmerz übermannt, schrie Juliana auf und versuchte verzweifelt, ihn von sich zu schieben. Jason, dem das Hindernis, das er gerade durchbrochen hatte, nicht entgangen war, fluchte leise.

»Entschuldige, ich dachte … verdammt … beruhige dich, es hört gleich auf …«, sagte er verstört.

Er hielt ganz still, um ihr die Möglichkeit zu geben, sich wieder zu entspannen. Zärtlich begann er sie zu küssen und zu streicheln, bis er merkte, dass ihre Leidenschaft neu aufflammte. Sachte begann er, sich wieder in ihr zu bewegen. Ihre unglaubliche Hitze und die Enge brachten ihn schier um den Verstand. Er konnte sich nicht erinnern, dass er jemals so erregt war. Es kostete ihn unendlich große Beherrschung, sich zurückzuhalten, um ihr die Gelegenheit zu geben, sich an das Liebesspiel zu gewöhnen.

Juliana legte die Hände um seinen Nacken, zog ihn fest

an sich, ihre Beine schlossen sich wie von selbst um seine Hüften, um ihn noch intensiver zu spüren.

»Hör nicht auf …«, flüsterte sie verzückt.

»Keine Angst, Kleines, dazu wäre ich gar nicht mehr in der Lage«, raunte Jason erregt.

Er liebte sie mit einer für ihn ganz neuen Sanftheit. Mit seinen Händen und seinen Lippen verwöhnte er ihre Brüste, saugte an ihren Brustspitzen, die steil emporstanden, um dann vorsichtig mit den Zähnen daran zu knabbern.

Ihre Erregung war stark, und er merkte, dass sie unaufhaltsam auf den Höhepunkt zustrebte.

Er beschleunigte seinen Rhythmus, ergoss sich in dem Moment in ihren zuckenden Schoß, als sie laut stöhnend kam. Kraftlos rollte er zur Seite, ohne sie loszulassen, wollte sie noch im Arm halten, mochte sie nicht freigeben. Jason konnte nicht fassen, dass sie doch noch Jungfrau gewesen war, und kam sich wie ein mieser Schuft vor. Nicht, dass ihm das sonst etwas ausgemacht hätte – er hatte sich eine gewisse Härte zugelegt –, aber bei ihr war das irgendwie anders. Er wollte, dass sie ihr Liebesspiel genauso genoss, wie er das tat.

»Tut mir leid«, begann Jason nach einer Weile. »Ich hab gedacht, du und dieser Elias … ich dachte, ihr hättet schon mal …«

»Wie kommst du darauf?«, flüsterte sie verwirrt.

»Ich dachte, dieser Teich … damals, das wäre euer heimlicher Platz, immerhin hast du nackt auf seinem Grundstück gebadet, und dann auf dem Schiff, als ich dich geküsst habe, da hast du nicht gerade wie eine unerfahrene Jungfrau auf mich gewirkt.«

»Ich verabscheue Elias, mein Vater wollte mich zur Heirat zwingen«, erklärte Juliana leise. »Und der Teich … ich glaube, Elias kennt ihn gar nicht. Ich gehe schon seit Jahren zum Baden dorthin.«

Eine Weile herrschte Schweigen. Schließlich stellte Juliana die Frage, die sie am meisten interessierte. Vielleicht war er jetzt bereit, sie zu beantworten. Immerhin schien er jetzt ganz entspannt zu sein, auch wenn sie seine Miene nicht unbedingt freundlich nennen würde.

»Warum hast du mich entführt und zur Heirat gezwungen?«

Ihr Herz pochte schmerzhaft, als sie atemlos auf eine Antwort wartete.

Jason seufzte leise. Er wollte mit ihr nicht über seine Beweggründe sprechen; auch wenn sie und Elias kein liebendes Paar waren, traute er ihr nicht über den Weg. Jason wollte sie schnellstens wieder loswerden. Er war noch immer überzeugt, dass sie nicht in sein Leben passte. Verärgert über den Schlamassel, den er sich da eingebrockt hatte, rollte er sich vom Bett runter und begann sich anzuziehen.

»Wo gehst du hin?«, fragte Juliana irritiert und verletzt.

Warum war er nicht bereit, mit ihr über seine Beweggründe zu sprechen?

»Ich brauche frische Luft«, sagte er knapp, zog sich eilig seine Hose und das Hemd über, nahm seine Schuhe und öffnete die Tür.

Er drehte sich noch einmal zu ihr um, und Schuldbewusstsein erfasste ihn, als er ihren verletzten Blick sah. Schnell schüttelte er diese unpassenden Gefühle ab und setzte eine eisige Miene auf. »Wir reisen morgen ab«, verkündete er kurz.

»Wohin?«

»Das wirst du noch früh genug erfahren«, erwiderte er, eilig die Tür hinter sich schließend.

Eine Weile war Juliana vor Schmerz wie gelähmt, aber dann braute sich eine unvorstellbare Wut in ihr zusammen. Wie konnte er es wagen, sie so zu behandeln, nach allem, was sie gerade …

»Nicht mit mir, du elender Bastard. Ich werde nirgendwo hinfahren.«

Sie sprang aus dem Bett und begann sich hastig anzuziehen. Ihre entfernten Verwandten auf Barbuda würden ihr sicherlich helfen. Vorsichtig öffnete sie die Tür. Es war niemand zu sehen. Von unten hörte sie die Matrosen singen. Also konnte sie nicht durch den Schankraum fliehen. Vielleicht gab es einen weiteren Ausgang. Sie ging durch den Flur in die andere Richtung. Plötzlich vernahm sie heiseres Flüstern und kehliges Lachen. Vorsichtig schlich sie weiter und gelangte an eine Tür, die etwas aufstand.

Mit klopfendem Herzen spähte sie in den schummrigen Raum, der nur von einer einzigen Kerze dürftig erleuchtet wurde. Sie würde an dieser Tür vorbeimüssen, ohne gesehen zu werden. Was sie aber in dem Raum zu sehen bekam, verschlug ihr den Atem. Eine pralle Blondine mit üppigem Busen, dessen Höfe rot geschminkt waren, lag auf einem schmuddeligen Bett und zwischen ihren fleischigen Schenkeln eine schwarzhaarige Frau mit knabenhaft schlanker Figur. Die Dunkelhaarige tat ganz offensichtlich genau dass, was Jason gerade mit ihr getan hatte. Ihre Zunge kreiste um die Klitoris der Blondine, leckte an den vollen Schamlippen – und dem Treiben sahen ein paar Männer zu, die um das Bett herumstanden.

Juliana zählte fünf Matrosen, die bereits mehr oder weniger entblößt waren. Sie gaben zotige Bemerkungen von sich, und einer spielte bereits an seinem steifen Schwanz herum, der sich erwartungsvoll in die Höhe reckte. Der

Mann war auch der Erste, der in das Geschehen eingriff. Er trat ans Bett und umfasste die kleinen festen Brüste der Dunkelhaarigen. Ihre Brustwarzen mit den dunklen Höfen ragten steil empor. Sie stöhnte, als der Seemann ihre Nippel zwischen seinen Fingern rieb und dann die Brüste mit seinen groben Händen durchwalkte.

»Ach Gina, du hast so geile Titten«, sagte er schwärmerisch, während die anderen begeistert grölten.

»Los, Pepe. Nimm sie dir mal richtig vor«, feuerte ihn ein kleiner Dicker mit Vollbart an, sich an seine eigene erigierte Männlichkeit fassend, die er hektisch rieb.

»Ja, nimm dir ihren kleinen Arsch vor. Sie steht darauf, das weiß ich noch vom letzten Mal«, sagte ein blonder Hüne lüstern grinsend.

Pepe tätschelte Ginas Hintern, fuhr mit seiner Hand zwischen ihre Beine, um dann drei Finger auf einmal in ihre feuchte Scheide zu schieben. Gina stöhnte wollüstig auf, reckte sich ihm entgegen. Ihr Saft floss ihre Schenkel hinab und tränkte das Laken.

»Ja, Pepe. Fick mich in den Hintern. Das macht mich total heiß«, keuchte sie, auffordernd mit ihrem Hinterteil wackelnd. Ihre Schätze lagen offen vor ihm. Pepe verteilte ihren Saft um ihre enge Rosette und schob langsam sein Glied in sie hinein.

Der kleine Dicke zog eilig seine Hose aus, um sich dann vor der Blondine auf das Bett zu knien. Auffordernd hielt er ihr seinen halbsteifen Schwanz vor das Gesicht, und sie fing sogleich an, ihn mit ihrem Mund zu bearbeiten, bis er ganz hart und prall wurde. Sie glitt mit ihrem roten Mund den Schaft auf und ab, ließ ihre Zunge über die empfindliche Spitze züngeln, knabberte daran. Der Dicke keuchte und stieß rhythmisch in ihren Mund.

»Ja, gut so. Ich werd dir was zu schlucken geben.«

Pepe stieß mittlerweile immer schneller zu, um dann keuchend seinen Schwanz aus Ginas Hintern herauszuziehen und seinen Samen auf ihrem Rücken zu verteilen. Erschöpft ließ er sich zur Seite fallen, seine Kameraden angrinsend. Ein Mann mit langen braunen Haaren stieg ins Bett und drehte Gina auf den Rücken. Diese knetete ihre kleinen Brüste, fuhr sich mit der Zunge aufreizend über die roten Lippen.

«Na, Tom. Wie hättest du es denn gern? Soll ich dich reiten?«

Tom legte sich auf den Rücken und fuhr mit einer Hand an seinem langen Schaft auf und ab.

»Ja, aber andersherum. Ich will deinen Hintern dabei sehen.«

Gina ließ sich genüsslich auf ihn sinken, während der Hüne näher kam, um ihr sein Glied in den Mund zu schieben. Sie blies ihn, während sie Tom ritt. Tom steckte ihr einen Finger in den After, ließ einen zweiten folgen, dann einen dritten, bis alle fünf Finger in sie stießen. Gina stöhnte vor Geilheit, hätte dabei fast vergessen, den Schwanz des blonden Hünen weiter zu blasen. Der packte sie fordernd am Schopf und penetrierte ihren Mund immer heftiger. Er stöhnte laut, zog seinen Schwanz heraus und spritzte ihr mitten ins Gesicht. Gina und Tom kamen gleichzeitig laut schreiend zum Orgasmus.

Juliana war von dem Treiben gleichzeitig fasziniert wie abgestoßen. Sie war doch tatsächlich wieder nass geworden und dachte unwillkürlich an ihr Liebesspiel mit Jason.

Verdammt, ich bin ja nicht mehr ich selbst! Ich sollte mich schämen.

Sie entschied, dass die muntere Gruppe genug miteinander beschäftigt war, um unbemerkt an der Tür vorbeizuhuschen – schließlich wollte sie nach einem Ausgang suchen. Nach ein paar weiteren Türen gelangte sie tatsächlich an eine zweite Treppe, wesentlich schmaler und steiler, aber sie führte nach unten. Bei jedem Knarren der alten Stufen hielt sie atemlos mit klopfendem Herzen inne. Endlich war sie unten angelangt. Sie stand in einem kleinen Flur.

Eine Tür war nur angelehnt. Sie schaute vorsichtig durch den Türspalt. Das also war die Küche. Eine dicke Frau putzte gerade Gemüse. Juliana trat leise zurück und ging auf die zweite Tür zu. Zaghaft öffnete sie den Riegel. Vor Begeisterung hätte sie fast laut geschrien; denn die Tür führte nach draußen. Juliana konnte ihr Glück kaum fassen.

Das Hafenviertel war eigentlich nicht der Ort, an dem eine Dame um diese Uhrzeit allein umherspazieren sollte. Juliana schaute sich bedrückt um. Betrunkene Matrosen und leichte Mädchen, die ihre Reize offen zur Schau stellten, waren die einzigen Menschen, die sie weit und breit erblicken konnte. Entschlossen richtete Juliana sich auf und marschierte die dunkle Gasse entlang. Sie musste irgendwo eine Mietkutsche auftreiben, die sie zu ihren Verwandten bringen konnte. Sie erinnerte sich an einen Kutschenstand – zwei Straßen weiter. Als sie um eine Hausecke bog, stieß sie mit zwei Matrosen zusammen, die offensichtlich stark angetrunken waren. Sie stanken nach billigem Fusel und abgestandenem Schweiß.

»Hoppla, meine Süße. Wohin so eilig, hä?«, lallte einer der beiden Männer und packte sie am Arm. »Isse nich hübsch, die Kleine? Ham lange keine Frau mehr gehabt, nich wahr Eddy?«

»Hm, nettes Luder. Is bestimmt schon ganz heiß auf zwei so schmucke Kerls wie uns«, stimmte der andere zu.

Juliana schaute sich ängstlich um. Niemand war zu sehen, der ihr helfen konnte. Wenn sie um Hilfe rufen würde, konnte es sein, dass noch mehr von dem Gesindel dazukam, um ihren Spaß mit ihr zu haben. Sie saß in der Falle.

»Lass mich los! Mein Mann kann jeden Augenblick kommen, er wurde nur aufgehalten. Er ist ein guter Schütze und stark wie ein Ochse. Ihr solltet lieber sehen, dass ihr wegkommt.«, versuchte Juliana zu bluffen, aber ihre Stimme zitterte.

»Soso, dein Mann, hä? Stark wie ein Ochse, hä? Ich glaube, du willst uns für dumm verkaufen, aber wir sind nich dumm, nich wahr, Eddy?«

»Hm, dumm sind wir nich.«

Eddy grapschte gierig nach Julianas Brust, quetschte sie grob, so dass sie vor Schmerz und Empörung aufschrie. Entschlossen, sich nicht kampflos missbrauchen zu lassen, zog Juliana ihr Knie hoch und rammte es Eddy in die Weichteile. Der jaulte auf, ließ sie los, Juliana nutzte die Gelegenheit, um zu entkommen – doch nach wenigen Metern hatte Eddys Kumpan sie bereits eingeholt und zu Boden gerissen. Juliana schrie und zappelte.

»Du dreckige kleine Hure. Dafür wirste bezahlen, daste mein Kumpan entmannt hast. Dir muss mal'n richtiger Mann zeign, wo's langgeht.«

»Das könnte man auch von dir behaupten«, ertönte plötzlich eine drohende Stimme.

Juliana erblickte Jason, der – lässig an eine Hauswand gelehnt – hinter ihrem Peiniger stand. Er wirkte äußerlich sehr ruhig, aber aus seinen Augen sprach die blanke Mordlust. Julianas Peiniger drehte sich erschrocken um und musterte Jason.

»Misch dich nich ein. Geht dich gar nichts an, was ich mit der Braut hier mach, hä!«

»Diese Braut gehört zufällig zu mir. Ich habe entschieden etwas dagegen, wenn man mein Eigentum beschädigt.«

»Ich bin nicht dein Eigentum!«, mischte sich Juliana erbost ein.

»Du schweigst lieber. Wir sprechen uns später«, zischte Jason.

Sein Blick war so kalt, dass Juliana innerlich zusammenzuckte. Natürlich war er wütend auf sie, schließlich war sie abgehauen.

Jason kam langsam auf sie zu, packte Eddys Kumpan am Kragen, schleuderte ihn gegen die Hauswand und setzte noch einen Schlag in die Magengrube hinterher. Teilnahmslos betrachtete er die am Boden kauernde Gestalt und spuckte verächtlich aus.

»Sei froh, dass ich dich nicht kaltgemacht habe«, fauchte er den Seemann an, dann schnappte er Juliana am Arm und zog sie auf die Beine. Wütend funkelte er sie an.

»Was zur Hölle hast du dir dabei gedacht, hier um diese Zeit in der übelsten Gegend herumzustolzieren? Warum bist du nicht im Gasthaus geblieben? Bist du von allen guten Geistern verlassen?« Er schüttelte sie, dass ihre Zähne klapperten. Plötzlich ließ er sie los, wodurch sie zurücktaumelte.

»Ich wollte nur weg von dir, du elender Bastard. Ich will dich nicht, und ich will nicht von dir irgendwohin verschleppt werden. Lieber bringe ich mich um, als mit dir zu gehen«, spuckte sie ihm wütend entgegen.

»Gratuliere! Das wäre dir auch beinahe gelungen, wenn ich nicht zufällig gesehen hätte, dass meine Frau mitten in der Nacht mit zwei dreckigen, betrunkenen Matrosen anbändelt«, antwortete Jason schneidend.

»Ich habe nicht mit ihnen angebändelt, du hirnverbrannter Idiot!« Jetzt war Juliana aber wirklich wütend. Wie konnte er ihr so was unterstellen?

»Aber es ist dir anscheinend lieber, von solchem Abschaum vergewaltigt zu werden, als mein Bett zu teilen!«, grollte Jason.

»Besteht da etwa ein Unterschied?«, schrie Juliana boshaft.

Augenblicklich bereute sie, was sie gesagt hatte, als sie den verletzten Ausdruck in seinen Augen sah. Seine Miene verhärtete sich. Er packte sie am Arm und schleifte sie hinter sich her.

»Lass mich sofort los! Wo willst du mit mir hin?«

»Ins Bett, wo du hingehörst«, knurrte Jason. Er zog sie ungeachtet ihres Widerstandes und der neugierig glotzenden Menschen weiter.

Als sie an ihrem Zimmer angekommen waren, verriegelte Jason von außen die Tür. Juliana hämmerte aufgebracht gegen das massive Holz.

»Oh, du verfluchter Mistkerl, mach sofort die Tür wieder auf! Du Hurenbock, lass mich raus! Sofort!«

Nach einem letzten, frustrierten Tritt gegen die Tür gab sie schließlich auf. Erregt lief sie im Zimmer auf und ab. Was bildete der Kerl sich eigentlich ein? Juliana hatte große Lust, alles im Raum kurz und klein zu schlagen.

Nach einer Weile hörte sie Schritte und das Quietschen des Riegels. Die Tür öffnete sich, und Jason trat mit finsterer Miene ins Zimmer.

Er trug ein Seil bei sich. Juliana schwante Fürchterliches. Entsetzt und ungläubig sah sie ihn an.

»Nein! Das tust du nicht!« Sie wich entsetzt vor ihm zurück.

»Wer sollte mich daran hindern? Ich bin stärker als du, meine Liebe. Was jetzt geschieht, hast du dir selbst zuzuschreiben.«

Zielstrebig ging er auf sie zu. Juliana schaute abschätzend zur Tür. Ob sie es schaffen würde, dorthin zu kommen und die Tür von außen zu verriegeln, bevor er sie erreichte? Einen Versuch war es wert. Blitzschnell hastete sie los, doch er hatte sie eingeholt, bevor sie die Tür erreichte. Er riss sie hart zu sich herum und hielt sie fest umschlossen. Sie wand sich verzweifelt in seinen Armen – doch vergeblich. Fest presste er sie an sich, so dass sie spüren konnte, wie erregt er war. Seine Augen loderten dunkel über ihr, seine Miene war unheilverkündend.

»Leider nicht schnell genug, meine kleine Wildkatze. Ich muss sagen, dass ich langsam Gefallen an deinen Spielchen finde – ich als Jäger und du als meine Beute.«

Er grinste anzüglich, schaute unverhohlen lüstern auf ihren Busen, der sich mit jedem Atemzug hob und senkte und verführerisch aus dem Ausschnitt quoll, da er sie so fest an sich presste.

»Du bist ein Scheusal. Ich hasse dich!«, zischte sie wütend, aber ihr verräterischer Körper drängte sich völlig eigenmächtig an seine erregende Männlichkeit.

Zu frisch waren noch die Erinnerungen an die aufregenden Dinge, die er mit ihr angestellt hatte. Sie verfluchte ihre Schwäche. *Bleib stark! Wehr dich dagegen.*

»Aber, aber. Ich kann mich noch gut erinnern, wie du vor Verzückung geschrien hast, als ich dich vorhin genommen habe. Du wirst wieder schreien, mein Herz«, prophezeite er.

Er packte sie am Arm und zog sie zum Bett, wo er sie niederdrückte. Juliana rollte sich zur Seite, um ihm zu entkommen, aber er rollte mit und kam auf ihr zu liegen. Mit flinken Händen band er ihr die Hände mit dem Seil, die er dann mit dem Seilende am Bett befestigte.

»Nein, bitte mach mich wieder los«, flehte Juliana.

»Ich denke nicht daran. Ich will dich so haben, wie du jetzt bist, mein kleiner Wildfang. Jetzt werde ich dich zähmen.«

»Ich hasse dich!«, zischte Juliana, ihn wütend anfunkelnd.

Jason zuckte unbekümmert mit den Schultern und lächelte grausam.

»Das sagtest du bereits. Es ändert aber nichts.«

Er zauberte ein Tuch aus seiner Hosentasche, verband Juliana damit die Augen, stand dann auf, ging zu seinem Seesack, aus dem er ein Messer hervorholte.

Juliana konnte ihn aufgrund der verbundenen Augen nicht sehen. Ängstlich lauschte sie auf seine Schritte. Was tat er jetzt? Was hatte er mit ihr vor? Plötzlich spürte sie entlang ihrer Wange etwas Kaltes. Wie machte er das? Sie hatte nicht gehört, dass er wieder zum Bett gekommen war. Das kalte Ding glitt tiefer, an ihrem Hals entlang zu ihrem Ausschnitt, dann hörte sie das Reißen des Stoffes, als er ihr Kleid aufschlitzte. Entsetzt schrie sie auf.

»Lieg still! Du willst doch nicht, dass ich dich verletze«, raunte Jason.

»Was hast du vor? Willst du mich umbringen?« Juliana schwankte zwischen Angst und Begehren.

Sie war ihm hilflos ausgeliefert. Er konnte mit ihr tun,

was ihm beliebte, und ein Teil von ihr wartete bereits begierig darauf.

»Warum sollte ich das tun? Ich habe einige getötet – aber nie eine Frau.«

Er fuhr fort, ihr die Kleider mit dem Messer förmlich vom Leib zu schälen. Julianas Herz pochte wild, Angst und Erregung vermischten sich zu einem sinnverwirrenden Cocktail. Das kalte Metall des Messers bescherte ihr eine Gänsehaut. Als er vorsichtig mit der Spitze ihren Bauchnabel umkreiste, keuchte sie auf. Sie spürte, wie ihr Unterleib sich zuckend zusammenzog.

Jason betrachtete seine Beute. Ihr kleiner Busen mit den rosigen Knospen hob und senkte sich mit jedem Atemzug. Er beugte sich herab, um eine der verführerischen Knospen in den Mund zu nehmen. Juliana, die nichts sehen konnte, zuckte zusammen, um gleich darauf leise aufzustöhnen, als er an ihrem Nippel zu saugen begann. Jason verwöhnte erst die eine, dann die andere Brust.

»Sag, willst du, dass ich dich nehme – soll ich dich zum Schreien bringen?«, raunte er und ließ seine Zunge zu ihrem flachen Bauch gleiten.

Er hauchte zarte Küsse auf den Ansatz ihrer gelockten Scham und auf ihren Bauch.

»Nein!«, keuchte Juliana atemlos.

Sie versuchte verzweifelt, dem Sog der Leidenschaft zu entrinnen. *»Sei stark, Juliana. Wehre dich dagegen. Gib ihm nicht nach«*, sagte ihre innere Stimme. Sie wollte ihm diese Genugtuung nicht geben, obwohl ihr Körper immer heftiger gegen ihren Verstand rebellierte, ja sogar ein Eigenleben zu entwickeln schien. Längst brannte ihr Leib lichterloh, und das Ziehen im Unterleib breitete sich rasant auf den ganzen Körper aus. Jason zog eine feuchte Spur bis zu ihrem Venushügel, ließ kurz die Zungenspitze über ihre Perle gleiten, um dann tiefer bis zu ihrem Knie zu wandern. Die Spannung, die sich in Julianas Körper aufbaute, wurde immer unerträglicher.

»Du Bastard!«, schimpfte Juliana schwach.

Warum quälte er sie so? Sie wollte seine Zunge dort spüren, wo sie bereits vor Begierde überquoll, dass er über ihre Schamlippen leckte, mit seiner Zunge in ihre heiße Höhle eindrang.

Was für sündige Gedanken!

Jason grinste. Es würde nicht mehr lange dauern, bis seine kleine Wildkatze ihn bitten würde. Er wanderte quälend langsam die Schenkel hinauf zu ihrem Lustzentrum. Geschickt verwöhnte er sie mit seinem Mund, leckte die sämige Feuchtigkeit von ihren geschwollenen Lippen und saugte sanft daran, bis sie sich in Ekstase hin und her warf. Er ließ ihr jedoch keine Chance zu kommen, sondern zog sich immer wieder zurück.

Gott, gib mir Kraft. Ich ertrage diese süße Folter nicht mehr länger.

»Ich werde dir keine Erfüllung gewähren, wenn du mich nicht darum bittest, dich zu nehmen«, verkündete Jason.

»Niemals!«, brachte sie mühsam hervor.

Noch immer war sie fest entschlossen, ihm nicht entgegenzukommen – auch wenn sie sich nichts sehnlicher wünschte. Ihre Scham pochte, verlangte nach der Erfüllung, die Jason ihr verweigerte.

»Dann sollst du weiter leiden.«

Er setzte sein Spiel fort, reizte sie mit der Zunge und den Fingern bis an den Rand des Wahnsinns und zog sich wieder zurück. Juliana stöhnte gequält auf – lange konnte sie diese Marter nicht mehr durchhalten. Sie fühlte nichts mehr – außer ihrer pulsierenden und nach Erfüllung schreienden Weiblichkeit.

Da war sie wieder, seine verdammte Zunge. Quälend langsam strich sie ihre Schamlippen entlang, tauchte zu ihrer feuchten Höhle hinab. Sie bohrte sich hinein. Rein, raus, rein, raus … Juliana stand der Schweiß auf der Stirn. Wieder zog Jason sich zurück, als sie kurz vor dem ersehnten Höhepunkt stand. Juliana glaubte, sie müsse wahnsinnig werden, wenn er sie nicht endlich von ihren Qualen erlöste. Sie hob ihm ihr Becken einladend entgegen, bereit, sich bis zum Äußersten zu erniedrigen, wenn er ihr nur endlich gab, was sie so verzweifelt ersehnte.

»Bitte«, wisperte sie.

Jason grinste triumphierend. Jetzt hatte er sie endlich so weit.

»Was hast du gesagt? Ich kann dich nicht verstehen, wenn du so leise sprichst.«

Er grinste diabolisch, was sie natürlich nicht sehen konnte.

»Bitte!«, wiederholte sie etwas lauter.

»Verdammt, nimm mich«, schrie es in ihr.

»Bitte, was? Soll ich aufhören? Willst du, dass ich dich allein lasse?«

»Bitte … bitte, nimm mich …«, wimmerte Juliana.

Ihr war jetzt alles egal, und obwohl die Demütigung sie schmerzte, verlangte es sie so sehr nach Erfüllung, dass sie bereit war, dafür alles zu tun. Auch wenn er der Teufel persönlich war und sie ihm ihre Seele anbot – sie wollte ihn endlich in sich spüren.

Jason schob Juliana die Binde von den Augen und zerschnitt die Fesseln. Tränen glitzerten in ihren Augen. Aufstöhnend schob er sich über sie und ließ sein hartes Glied in ihre herrlich feuchte, warme Höhle gleiten. Er stand selbst kurz vor der Explosion, denn die Marter war auch für ihn quälende Folter gewesen, sehnte er sich doch so sehr danach, sie auszufüllen. Er liebte sie heftig. Ihre Nägel hinterließen blutige Spuren auf seinem Rücken. Sie kam seinen kraftvollen Stößen begierig entgegen. Als sie auf dem Gipfel der Ekstase seinen Namen rief, wusste er in seinem Innersten, dass er sie niemals gehen lassen würde – doch das wollte er sich nicht eingestehen. Er stieß noch einige Male tief in sie und verströmte sich dann mit einem dumpfen Grollen in ihr.

Kraftlos rollte er sich zur Seite. Eine Weile lagen sie schweigend nebeneinander.

»Lauf nie wieder von mir fort«, flüsterte er drohend, aber Juliana meinte, eine unterschwellige Bitte in seiner Stimme zu hören.

Sie drehte sich auf die Seite und schaute ihn an. Er hatte die Augen geschlossen. Es dauerte eine Weile, bis sie erkannte, dass er tatsächlich eingeschlafen war. Jetzt könnte sie fliehen. Sie betrachtete sein gutgeschnittenes Gesicht. Er sah fast jungenhaft aus, wenn er so entspannt schlief. Sie wusste, dass sie ihn niemals mehr verlassen konnte. Sie hatte das Spiel verloren und gerade begonnen, ihn zu lieben.

6

Köche und Meuchelmörder

Juliana stand an Deck und schaute gedankenverloren auf das weite Meer hinaus. Sie waren nun seit zwei Tagen auf See. Jason hatte sich ihr seit der Nacht ihrer Hochzeit nicht mehr genähert. Sie logierte in seiner Kabine, er selbst war wieder bei seinem ersten Steuermann eingezogen. Sie wusste nur zu gut, dass die Mannschaft heimlich darüber spekulierte, warum der Kapitän seine schöne junge Frau nicht anrührte, denn sie spürte die mitleidigen Blicke, wenn sie an ihnen vorbeiging. Das machte es noch viel schlimmer. Sie sehnte sich sehr nach dem Mann, der ihr gezeigt hatte, welche Leidenschaften tief in ihr schlummerten. Allein der Gedanke an die Dinge, die er mit ihr angestellt hatte, trieb ihr die Röte ins Gesicht und eine quälende Hitze in ihren Schoß.

Doch es war zu keinen weiteren Verführungen mehr gekommen. Juliana konnte sich keinen Reim darauf machen, warum er sie so plötzlich verschmähte. Als sie am Morgen nach ihrer Hochzeit aufgewacht war, fand sie Jason schon nicht mehr vor. Smith hatte sie zum Frühstück geholt und sie dann auf das Schiff gebracht. Seitdem war Jason ihr aus dem Weg gegangen, und wenn sie sich über den Weg liefen, war er kühl und distanziert.

»Mrs. Whitfield«, ertönte die Stimme von MacLead hinter ihr. »Ihr solltet um diese Zeit nicht so lange an Deck bleiben. Die Sonne auf dem Meer ist tückisch. Ihr könntet Euch einen Sonnenbrand holen.«

»Wen kümmert das? Meinem Mann bin ich doch sowieso egal.«

»Ich glaube, dass Ihr Euch irrt. Ich kenne den Käpt'n schon lange. Er war nicht immer so hart und verbittert. Wir haben alle einmal ein anderes Leben geführt. Die Mannschaft ist dem Käpt'n treu ergeben, wir haben schon einiges zusammen durchgemacht. Seit ich Euch das erste Mal sah, glaube ich daran, dass sich wieder etwas ändern kann. Zum Guten, mein ich. Der Käpt'n ist sich nur noch nicht im Klaren darüber, was er für Euch empfindet. Ich habe ihn noch nie so schlechtgelaunt erlebt.«

»Ja, weil er mich am Hals hat und nicht weiß, wie er mich wieder loswerden kann«, sagte Juliana verbittert.

»Gebt ihm etwas Zeit. Er wird es früher oder später erkennen.«

»Was wird er erkennen?«

»Dass er Euch liebt«, erklärte der Schotte. »Als Ihr aus dem Gasthaus geflohen wart, war er ganz krank vor Sorge. Ich habe ihn noch nie so verzweifelt erlebt. Dass er sich jetzt von Euch fernhält, ist reiner Selbstschutz. Die Seereise ist lang. Er wird früher oder später erkennen, dass es keinen Sinn macht, vor Euch davonzulaufen.«

Juliana wischte sich eine Träne von der Wange. Hilfreich bot MacLead ihr ein Taschentuch an, welches sie dankbar entgegennahm.

»Ihr liebt ihn auch, nicht wahr?«

»Ich weiß es nicht. Ich weiß nur, dass mein Herz wehtut, wenn ich ihn sehe«, schniefte Juliana. »Ich danke Euch für Eure netten Worte und das Taschentuch. Ich werde jetzt in meine Kabine gehen. Ihr habt sicher noch zu tun.«

»Keine Ursache. Soll ich Euch unter Deck begleiten?«

»Danke, aber ich komm jetzt allein zurecht«, entschied Juliana.

MacLead nickte und ging wieder an seine Arbeit. Juliana atmete noch einmal tief durch, bevor sie sich abwandte. Als sie an der Kombüse vorbeiging, sah sie, dass die Tür nur angelehnt war. Ein köstlicher Duft stieg ihr in die Nase, und sie blieb schnuppernd stehen. Sie hatte den Schiffskoch, der ausgezeichnet kochte, bisher noch nie zu Gesicht bekommen. Vorsichtig öffnete sie die angelehnte Tür ein wenig weiter.

»Raus hier, elendes Lumpenpack!«, wurde sie nicht sehr freundlich empfangen.

Der Koch, ein kleiner und überraschend dünner Mann mit Vollglatze, drehte sich zur Tür um und erstarrte kurz, als er sie erblickte.

»Oh, entschuldigt meine hässlichen Worte. Ich wusste ja nicht, dass Ihr es seid. Kommt nur herein. Die verlauste Bande da oben versucht ständig, mir meine Haferplätzchen zu stehlen. Sie können Filet nicht von einem Ochsenpimmel unterscheiden, aber auf meine Haferplätzchen sind sie ganz wild«, plapperte der kleine Mann munter drauflos.

Juliana kam der Aufforderung nach. Die Kombüse war sehr klein, und deswegen wurde jeder Zentimeter voll ausgenutzt. Die Fächer der Regale waren mit allen möglichen Fässchen, Flaschen und Dosen gefüllt, von der Decke baumelten Schinken, Würste und verschiedene Kräuter. An einer Wand stapelten sich große Fässer, die mit Seilen gesichert waren, damit sie nicht ins Rollen kamen.

»Das riecht wirklich köstlich«, sagte Juliana, die dem Koch problemlos über die Schulter schauen konnte.

»Wollt Ihr mal kosten?« Er hielt ihr eines der ofenwarmen Plätzchen hin.

Es schmeckte wirklich gut. Sie stopfte den Rest in den Mund und kaute genüsslich.

»Hm, wirklich lecker. Was ist da drin?«, erkundigte sie sich.

»Ingwer«, antwortete der Koch verschwörerisch und zwinkerte ihr zu. »Nicht weitersagen, ja?«

Er gab ihr noch ein Plätzchen, welches sie sofort in den Mund schob.

»Wenn ich mich vorstellen darf. Ich bin Heinrich van Gorten. Holländer.«

»Sehr erfreut. Ich bin …«

«Mrs. Whitfield – ich weiß. Ich lasse mich zwar nie da oben …«, er schaute deutend zur Decke, »… blicken, aber ich weiß über alles und jeden Bescheid. Sie sind die Frau, die die Kabine vom Käpt'n verwüstet hat«, sagte Heinrich und kicherte glucksend, wobei sein Adamsapfel auf und ab hüpfte.

Juliana errötete verlegen. An diese unglückselige Geschichte wollte sie lieber nicht erinnert werden. Es war ihr noch ein wenig peinlich.

»Ach, macht Euch nichts draus, es war an der Zeit, dass ein Frauenzimmer ihm mal die Stirn bietet. Es ist nicht mit anzusehen, wie die Weiber ihn sonst anhimmeln – entweder sind sie verrückt nach ihm oder fürchten sich – oder beides.«

Heinrich machte eine abwertende Handbewegung und grunzte missmutig. Als er Julianas trauriges Gesicht sah, warf er aufmunternd ein:

»Macht Euch keine Sorgen. Er wird sich nicht immer so verhalten. Ihr seid auf dem besten Wege, den Teufel zu bekehren. Hat viel durchgemacht, der Käpt'n. Hasst Gott und die Welt, aber am meisten hasst er sich selbst.«

Diese Worte hallten auch später noch in Julianas Kopf nach, als sie allein in ihrer Kabine saß und über ihr unbestimmtes Schicksal grübelte.

»Ich bringe ihn um!«, brüllte Elias aufgebracht und sprang vom Stuhl auf. »Dieser verdammte Sohn einer Hure! Ich schlitz ihn auf und lass ihn seine Eingeweide fressen!«

Er begann unruhig in seinem Arbeitszimmer auf und ab zu gehen. Was war jetzt zu tun?

»Schaff mir Bill und Horace hierher! Sofort!«, befahl er nach einer Weile.

Er würde ein für alle Mal mit diesem verdammten Piraten kurzen Prozess machen.

Saul, der schwarze Diener, der die beglaubigte Kopie von Julianas Heiratsurkunde überbracht hatte, eilte davon. Er wusste nicht, was in dem Papier stand, aber es musste etwas sehr Unangenehmes sein, dass sein Herr so außer sich war. Dafür würde wieder jemand bluten müssen, dachte er traurig. Als sein Herr das letzte Mal so wütend war, hatte er eine Sklavin fast zu Tode geprügelt. Dass er nach Bill und Horace schickte, ließ vermuten, dass etwas Schmutziges zu erledigen war. Die beiden waren äußerst unangenehme Zeitgenossen, die vor nichts zurückschreckten. Saul musste sich beeilen, sie zu finden, denn jede Minute, die Mr. Blackwood warten musste, würde seine schlechte Laune noch verstärken. Er war von jeher durch und durch grausam, aber wenn er wütend war, dann wurde er zu einer rasenden Bestie. Saul hoffte, die beiden Halunken in einer der Spelunken im Hafen zu finden – dort hielten sie sich meistens auf, denn ihre liebsten Beschäftigungen waren Saufen und Vögeln.

Bill und Horace beschäftigten sich unterdessen im »Goldenen Anker« mit einer blonden Hure. Die etwas füllige Frau lag nackt auf einem Bett, die Arme und Beine an die Bettpfosten gebunden, so dass sie wie ein X dalag. Bill saß entspannt in einem Sessel und schaute gebannt auf das Treiben seines Kumpels Horace. Der ließ eine Peitsche immer wieder auf den Körper der Hure hinabsausen. Er zielte auf die Brüste, die Oberschenkel und den belockten Venushügel. Die Frau wand sich vor Schmerz und auch Lust unter den Schlägen. Diese waren nicht hart genug, um sie zu verletzen, hinterließen aber rote Striemen auf ihrer weißen Haut.

»Schlampe! Hör auf zu stöhnen, du versaute Hure. Du willst ja nur, dass ich ihn dir endlich reinstecke, aber das kannst du vergessen. Ich werd dir was ganz anderes geben«, grunzte Horace und ließ einen weiteren Schlag auf sie herniedergehen.

Das Ende der Peitsche traf zielsicher auf ihre geschwollenen Schamlippen. Die Frau keuchte erregt, ihr Leib begann zu zucken, sie war dem Höhepunkt so nah, bekam aber nicht, was sie noch benötigte, um ihn endlich ganz zu erreichen.

»Sieh dir diese Schlampe an, Bill. Ihr Loch ist schon so nass und noch immer ganz leer. Soll ich mal was dagegen tun?«

»Wie du willst«, antwortete Bill scheinbar gelangweilt,

doch die mächtige Beule in seiner Hose verriet seine Erregung.

Horace griff an seinen Gürtel und zog sein großes Messer aus dem ledernen Etui. Die Frau weitete ängstlich die Augen. Genüsslich langsam betrachtete Horace das Messer mit dem dicken Horngriff von allen Seiten.

»Ja, das wäre genau das Richtige«, sagte er andächtig, ließ den Griff aus poliertem Horn an der Innenseite ihres Schenkels hinaufgleiten, rieb damit über die klaffende, feuchte Öffnung, die Schamlippen und die Klitoris.

Die Hure stöhnte und hob erwartungsvoll ihr Becken etwas an.

»Soll ich ihn dir reinstecken? Willst du, dass ich dich mit dem Messer hier ficke?«.

»Ja, steck es rein«, keuchte die Hure und rieb ihren Schoß verlangend an dem Horngriff.

Horace ließ den Griff zwischen ihren fleischigen Schamlippen hinab zur Öffnung gleiten. Er versenkte den Griff in ihrer Möse, die den Fremdkörper gierig schmatzend aufnahm. Er ließ den Griff hinein- und hinausgleiten, immer fester und schneller stieß er zu, bis sie sich schreiend aufbäumte, und ihr Liebessaft in einem Schwall an dem Messergriff vorbei aus ihr herausschoss.

Bill stand langsam aus seinem Sessel auf und zog seine Hose aus. Mit hoch aufgerichtetem Schwanz trat er ans Bett und kniete sich über den Brustkorb der Hure. Fordernd schob er ihr sein hartes Glied in den Mund, während Horace, der sich jetzt ebenfalls entkleidet hatte, die Fußfesseln durchtrennte und sich zwischen ihren Schenkeln platzierte. Er legte sich ihre Beine über seine massigen Schultern und drang in ihre geweitete Grotte ein. Bill penetrierte ihren Mund gnadenlos. Sie hatte die Augen weit geöffnet, doch sie hielt seinem Ansturm stand und schluckte seinen Samen, als er sich laut stöhnend in ihr entlud. Horace stieß immer wilder in die feuchte Höhle. Die Hure stöhnte, ihr Leib begann zu vibrieren, als sie einen atemberaubenden Höhepunkt erreichte. Horace Leib klatschte hart auf ihren, und als er spürte, dass sein Höhepunkt kurz bevorstand, zog er sein Glied heraus, rieb sich, bis sein Samen auf die Scham der Frau spritzte.

Eine halbe Stunde später saßen Bill und Horace im Schankraum über ihren Drinks und starrten ins Leere. Sie waren völlig betrunken, randvoll abgefüllt.

Saul betrat die Gaststube, ließ seinen Blick über die anwesenden Gäste schweifen, bis er schließlich die Männer entdeckte, die er suchte. Er trat entschlossenen Schrittes an ihren Tisch und räusperte sich.

«Mr. Bill, Mr. Horace. Mein Herr schickt mich. Er hat einen Auftrag für die Herren«, sprach er die betrunkenen Ganoven an.

Bill blickte kurz auf, rülpste laut und sackte dann wieder in sich zusammen.

»Meine Herren, es ist sehr dringend!«

Bill und Horace zeigten keine Reaktion.

»Haben die Herren mich nicht verstanden? Ich sagte, mein Herr hätte einen dringenden Auftrag zu vergeben!«, setzte Saul nun etwas verärgert nach.

Horace hob den Blick und schaute den Sklaven so finster an, dass diesem eine eiskalte Gänsehaut über den Körper kroch.

»Dein vermaledeiter Herr ist mir im Moment scheißegal!

Ich bin betrunken, hab gut gefickt, und Geld hab ich auch noch was. Glaub ich jedenfalls. Hicks!«

»Mein Herr zahlt gut. Es ist ein sehr lukrativer Auftrag«, sagte Saul einer Eingebung folgend.

Geld brauchte dieses verkommene Pack doch immer. Zum Saufen und Rumhuren.

»Worum geht es denn bei diesem Auftrag?«, wollte Bill wissen, der bei dem Thema Bezahlung nun doch aus seiner Starre erwachte.

»Das, meine Herren, wird er euch mitteilen, wenn ich euch zu ihm gebracht habe.«

»Nun gut! Wir werden uns mal anhören, was der Herr und Meister uns zu verkünden hat.«

Die beiden Schurken erhoben sich wankend, Saul schickte ein Stoßgebet zum Himmel, dass sie den Weg zur Kutsche schafften.

Die Kutsche fuhr vor dem Anwesen von Elias vor. Saul half den betrunkenen Ganoven heraus, brachte sie in Mr. Blackwoods Arbeitszimmer und entfernte sich rasch.

Elias saß an seinem Schreibtisch, eine dicke Zigarre rauchend. Die Brandykaraffe auf dem silbernen Tablett war fast leer. Seine Augen wirkten glasig, kleine Schweißperlen standen auf seiner Stirn.

»Ihr habt Arbeit für uns?«, fragte Bill.

»Ja. Ich möchte, dass ihr mir den Mann bringt, der mir meine Verlobte geraubt hat. Sein Name ist Jason Whitfield.«

«Whitfield? Ist das nicht ...«

»Der Bruder meiner verstorbenen Frau. Ganz richtig«,

unterbrach Elias. »Ich will ihn lebend. Was meine teure Verlobte angeht – macht mit ihr, was ihr wollt. Sie hat jetzt keinen Wert mehr für mich.«

Horace grinste lüstern. Das war ein Auftrag nach seinem Geschmack. Wenn er seine sadistischen Gelüste an den Huren ausleben wollte, gab es immer Ärger. In diesem Fall lagen die Dinge anders. Er würde die Schlampe einfach verschwinden lassen, wenn er mit ihr fertig war.

»Was springt dabei für uns heraus?«, fragte Bill, dem Geld wichtiger war als das zweifelhafte Vergnügen, eine Frau zu schänden und zu quälen.

»Das Doppelte wie sonst – eine Hälfte sofort und die andere, wenn der Auftrag erledigt ist. Aber wenn etwas schiefgehen sollte, dann kenne ich euch nicht. Ich habe euch nie zuvor gesehen, verstanden?«

»Klar doch, Ihr könnt Euch ganz auf uns verlassen«, versicherte Bill.

»Gut, ihr werdet morgen ein Kuvert erhalten. Da stehen alle genauen Anweisungen drin. Prägt euch die gut ein und verbrennt den Brief. Seht zu, dass ihr bis dahin wieder nüchtern seid, verstanden?«

»Ihr könnt ganz unbesorgt sein, wir werden unser Bestes geben – wie immer.«

Bill stupste Horace, der noch immer dümmlich grinsend dastand, in die Seite.

»Was …? Ach so, na ja … geht klar. Natürlich.«

Elias rieb sich die Hände und schaute die beiden Meuchelmörder zufrieden an.

»Also gut, dann verschwindet jetzt und schlaft euren Rausch aus.«

Als Bill und Horace gegangen waren, holte er ein Blatt Papier aus der Schublade, nahm die Feder, tunkte sie in das

Fässchen mit der Tinte und begann zu schreiben. Gut, dass Bill des Lesens mächtig war. Er war der Kopf der beiden, der dämliche Horace das Werkzeug fürs Grobe.

Juliana besuchte Heinrich jeden Tag. Er zeigte ihr, wie man seine heißbegehrten Plätzchen backte und wie man es schaffte, dass ein Soufflé locker und luftig wurde. Juliana hatte Spaß am Kochen und lernte schnell. Der kleine Koch verfügte nicht nur über ein großes Wissen, sondern hatte auch einen köstlichen Humor, der Juliana die Tränen in die Augen trieb. Seine Spezialität war das Imitieren von Stimmen, und so nahm er mit Vorliebe den Kapitän oder die Mannschaft aufs Korn. Auch mit MacLead verstand sie sich ausgezeichnet. Er brachte ihr in seiner Freizeit das Schachspielen bei. Von ihm erfuhr sie auch, dass Jason immer unleidlicher wurde, sich jeden Abend mit Branntwein betäubte. Sie war sich nicht sicher, wie sie darauf reagieren sollte. Ebenso wusste sie nicht, was am Ende der Reise mit ihr geschehen würde. Gedankenverloren bürstete Juliana ihr langes Haar. Sie schloss die Augen und seufzte. Wie sehr sehnte sie sich nach Jasons Berührungen. Sie legte die Bürste auf die Truhe, die neben der Koje stand, und legte sich auf das kühle Laken. Wie von selbst begannen ihre Hände über ihren Körper zu wandern. Sie strich über ihre Brüste, und augenblicklich verhärteten sich die Spitzen unter dem dünnen Stoff ihres Hemdes. Voller Sehnsucht dachte sie daran, wie es sich angefühlt hatte, als Jason ihre Brustwarzen mit seinem Mund umschloss, um daran zu saugen. Hitze schoss durch ihren Leib und sammelte sich im Zentrum ihrer Lust. Aufstöhnend rieb sie über die schmerzlich erregten Spitzen. Ihr Körper prickelte köstlich, sie bemerkte die Feuchtigkeit, die sich zwischen ihren Schenkeln ausbreitete. Langsam ließ sie eine Hand hinabgleiten, um erst zögernd und dann immer kühner ihre eigene Weiblichkeit zu erkunden. Sie ertastete die Schamlippen, fuhr mit den Fingern ihre Ränder entlang, suchte und fand die verborgene Knospe und rieb sie, bis sie rot und geschwollen aus ihrem feuchten Fleisch hervorlugte. Nie zuvor hatte sie sich selbst so berührt. Als sie mit dem Finger in ihre feuchte Höhle tauchte, war sie überrascht über die samtene Weichheit des Fleisches in ihrem Inneren. Neugierig und erregt erforschte sie ihr Innerstes, bis sie an einen Punkt stieß, der sofort ein schwaches Brennen auslöste. Irritiert zog sie den Finger zurück, doch die Neugier siegte, so suchte und fand sie den Punkt erneut. Mit vorsichtigem Druck rieb sie darüber, bis das Brennen sich in ein lustvolles Ziehen verwandelte, sie in einen atemberaubenden Taumel stürzte, der in einer gewaltigen Explosion der Empfindungen gipfelte. Erschöpft und mit wild pochendem Herzen lag sie da, staunte darüber, dass sie sich selbst so viel Lust bereiten konnte.

Nach einer Weile jedoch spürte sie deutlich, dass ihre Sehnsucht nach Jason dadurch nicht weniger geworden war, vielmehr hatte sich das Verlangen nach ihm noch gesteigert.

Juliana saß grübelnd auf ihrer Koje. Ihre Sehnsucht nach Jason war so groß, dass sie an nichts anderes mehr denken konnte. Sie hatte MacLead und Heinrich sehr liebgewonnen und genoss ihre Gesellschaft – aber sie vermochten nur für kurze Zeit darüber hinwegzutäuschen, dass sie Jason brauchte, um sich erfüllt und glücklich zu fühlen.

Fieberhaft überlegte sie, wie sie den grimmigen Kapitän

dazu bringen könnte, sich ihr wieder zu nähern. Langsam nahm ein Plan in ihrem Kopf Gestalt an.

»Du hast verstanden, wie mein Plan aussieht?«, fragte Juliana.

MacLead nickte. Er fand ihren Plan gut und war optimistisch, dass er gelingen würde. Er nahm Julianas zarte Hand in seine großen Pranken und drückte sie freundschaftlich.

»So wirst du mir also helfen?«

Juliana fühlte eine große Erleichterung. Endlich würde sie nicht mehr tatenlos rumsitzen, sondern ihr Schicksal in die Hand nehmen.

»Ja, ich helfe Euch. Wann soll's losgehen?«

»Gib mir eine Stunde, mich vorzubereiten. Dann kannst du zu ihm gehen.« Julianas Herz klopfte aufgeregt. Ihr war ein wenig flau zumute, aber sie war auch von einer erwartungsvollen Freude erfüllt.

»Gut. Dann werde ich jetzt erst mal wieder an meine Arbeit gehen. Ich wünsche Euch viel Glück. Ihr seid eine begehrenswerte und mutige Frau. Wenn der Käpt'n sich weiter blind stellt, ist er ein Esel.«

MacLead stand vom Tisch auf und verließ die Offiziersmesse. Juliana fasste sich ein Herz, ging in ihre Kabine, um sich auf ihren Einsatz vorzubereiten. Heute würde sie entweder einen Sieg davontragen oder für immer alles verlieren.

Jason entkorkte die Flasche und schenkte seinen Becher voll. Ohne den Branntwein war er nicht fähig, in seine Koje zu steigen und zu schlafen. Immer wieder hatte er seine temperamentvolle, rothaarige Frau vor Augen. Sie verfolgte ihn bis in seine Träume, lockte ihn mit ihrem süßen Fleisch. Er hatte einen Fehler begangen – er hätte sie nicht noch einmal anrühren dürfen. Jason setzte den Becher an die Lippen, nahm einen tiefen Zug, begrüßte das Brennen, das die feurige Flüssigkeit in seiner Kehle erzeugte und ein warmes Feuer in seinem Inneren anzündete. Es würde noch ein paar Becher brauchen, um den Nebel des Vergessens um seinen Verstand und sein Herz zu legen. Er nahm einen weiteren Zug und lehnte sich in dem Stuhl zurück.

Ein forsches Klopfen an der Tür riss ihn aus der Versenkung, in die er sich gerade zu begeben versuchte.

»Käpt'n! Es ist etwas passiert. Ihr müsst unbedingt kommen«, ertönte die aufgeregte Stimme von MacLead.

»Komm schon rein, verdammt«, schrie Jason und setzte sich verärgert auf.

Sein Kopf dröhnte. Er hatte sich zu schnell bewegt.

Die Tür sprang auf, und der Schotte kam aufgeregt herein.

»Käpt'n, Ihr müsst schnell kommen. Es … es ist etwas mit Eurer Frau. Sie … sie ist …«

Jason war sofort hellwach und sprang auf. Sein Herz hatte sich schmerzhaft zusammengezogen. Juliana! Was konnte mit ihr geschehen sein, dass der Schotte so aufgelöst war?

»Was ist mit ihr? Sag schon, was ist mit Juliana? Ist sie verletzt?«

»Nein, sie ist krank. Ich weiß nicht, was ihr fehlt, aber sie sieht nicht gut aus, sie ist …«

Jason wartete nicht weiter ab, was MacLead ihm zu berichten hatte, und stürmte aus der Kabine. Er sah nicht mehr, wie der Schotte von einem Ohr zum anderen grinste. MacLead kratzte sich zufrieden am Kinn – er hatte seinen Teil der Komödie gespielt, jetzt war Juliana dran.

Der Kapitän stürmte den Gang entlang. Er riss die Tür zu Julianas Kabine auf und eilte an ihr Lager. Sie lag mit geschlossenen Augen bis zur Nasenspitze zugedeckt da. Eigentlich sah sie recht gesund aus, keine geröteten Fieberwangen oder auffällige Blässe. Ihr Atem schien auch regelmäßig zu gehen.

Als die Tür, die er hatte offen stehen lassen, mit einem Knall zufiel, schreckte er zusammen. Er hörte, wie der schwere Riegel, den er dort selbst hatte anbringen lassen, vorgeschoben wurde. Irgendetwas stimmte hier ganz und gar nicht! Hier war doch was faul!

»Was zur Hölle …«, begann er, schaute erst zur Tür, dann zu Juliana, die ihre Augen aufschlug und ihn mit einem merkwürdig entschlossenen Blick ansah.

»Du bist gar nicht krank«, stellte er mit Verblüffung fest.

»Doch, ich bin krank«, sagte Juliana. »Aber nicht so, wie du denkst. Ich bin krank, und nur du hast die Medizin dafür.«

Jason schaute sie begriffsstutzig an. Waren jetzt hier alle verrückt geworden? MacLead musste in der Sache mit drinstecken – schließlich hatte er ihn alarmiert.

Juliana schlug die Decke zurück, und Jason schnappte nach Luft. Sie war vollkommen nackt. Wollte sie ihn etwa …? Das konnte er nicht glauben, dass sie so eine Verschwörung angezettelt hatte, nur um ihn in ihr Bett zu locken. Er schluckte, als sein Blick über ihren herrlichen Busen mit den rosigen Spitzen glitt, hinab zu ihrem flachen Bauch über den verführerischen, mit roten Locken bedeckten Venushügel, zu ihren schlanken Beinen und zurück. Das Begehren, das er versucht hatte mit Alkohol zu betäuben, kehrte augenblicklich zurück. Er verfluchte seinen Körper und seine mangelnde Kontrolle darüber. Er verfluchte sein Weib, das ihn mit seinen Reizen lockte wie eine Sirene. Sie schaffte es immer wieder, dass sein Verlangen nach ihr sein ganzes Denken und Fühlen beherrschte. Wie ein Parasit hatte sie sich in seinem Hirn und seiner Seele eingenistet und zehrte an seinen Kräften.

»Was soll die Komödie hier? Wie zur Hölle hast du es fertiggebracht, dass einer meiner treuesten Männer sich für so eine Verschwörung hergibt?«

Jason fühlte Wut in sich aufsteigen. Er würde den verräterischen Schotten schon noch in die Finger bekommen, und dann Gnade ihm Gott.

Juliana, die sich von seiner plötzlichen Wut etwas entmutigt fühlte, atmete tief durch. Sie durfte jetzt nicht klein beigeben, sonst war alles verloren. Entschlossen, ihren Plan bis zum Ende durchzuführen, setzte sie sich auf, schaute ihn verführerisch an, strich über ihre Brüste und rieb mit den Daumen über die Spitzen, bis sie sich keck aufstellten. Lüstern leckte sie sich über die rosigen Lippen. Sie nahm ihre Brüste und hob sie an, so dass sie ihre Warzen mit der Zunge liebkosen konnte. Aufreizend züngelte sie über die steifen Nippel. Sie bemerkte den Funken des Begehrens in seinen dunklen Augen, aber noch schien der Ärger in ihm die Oberhand zu haben.

Jason wollte den Blick von ihrer rosigen Zunge abwenden, die so sinnlich und verlangend über ihre wundervollen festen Brüste streichelte, aber gebannt verfolgte er das Spiel. Als sie eine leichte Drehung machte, so dass sie ihm zugewandt saß, leicht ihre Schenkel spreizte und ihm einen guten Blick auf ihr weiches feuchtes Fleisch bot, fühlte er zu seinem Entsetzen, dass sein verräterischer Schwanz hart wurde.

Verfluchte Hexe!

»Was glaubst du, was du damit erreichst?«, fragte er eisig, doch das leichte Zittern seiner Stimme konnte er nicht verbergen.

Hin- und hergerissen zwischen dem aufflammenden Verlangen und der immer mehr in den Hintergrund tretenden Wut, ballte er die Hände zu Fäusten. Juliana sah, wie seine Halsschlagader heftig pulsierte. Er hatte die Lippen zu einem dünnen Strich zusammengepresst. Sie sah aber auch die deutliche Beule in der Hose und triumphierte innerlich. Nun hatte sie ihn am Haken, jetzt musste sie dafür sorgen, dass er nicht wieder absprang.

So weit, so gut, mein Schatz. Jetzt pass gut auf, jetzt wird es noch eine Spur heißer.

Sie legte sich rücklings auf die Koje, öffnete ihre wohlgeformten Schenkel, ließ eine Hand über ihren Venushügel zu ihrer Scham gleiten, teilte die feuchten glänzenden Schamlippen, zeigte ihm alles. Offen und verletzlich lag sie vor ihm und lockte wie eine verführerische Sirene. Ihren Kitzler ertastete sie, rieb ihn verlangend. Heiße Wellen der Erregung schossen durch ihren Leib, als sie mit leichtem Druck ihren Lustpunkt massierte. Sie begann zu vergessen, warum sie das eigentlich tat, und stöhnte leise vor anschwellender Lust. Jason schaute gebannt und ungläubig hin. Er konnte kaum glauben, was sich da vor seinen

Augen abspielte – aber es erregte ihn zu sehen, wie sie sich ihrem Verlangen hingab. Der Duft ihrer Lust hing im Raum, benebelte seine Sinne. Noch haderte er mit sich, aber als einer ihrer schlanken Finger mit leisem Schmatzen in ihrer feuchten Höhle verschwand, war es endgültig um seine Beherrschung geschehen. Er kapitulierte vor seiner selbstauferlegten Zurückhaltung, riss sich hastig die Kleidung vom Leib, drückte Juliana auf das Bett nieder und legte sich über sie.

»Verfluchtes Weib«, knurrte er rau, dann senkte er seinen Mund auf ihre leichtgeöffneten Lippen und küsste sie wie ein Besessener. Juliana kapitulierte nur zu gern, legte die Arme um seinen Nacken, um ihn fest an sich zu pressen. Sie hatte es geschafft! Jason hatte das Spiel verloren, und sie triumphierte. Zum ersten Mal wurde ihr deutlich, dass sie eine gewisse Macht besaß, und sie genoss es in vollen Zügen. In seinen dichten Haaren wühlend, erwiderte sie sein Zungenspiel mit der gleichen Wildheit. Sie fühlte seinen kräftigen Herzschlag an ihrer Brust. Nach einer Weile löste sich Jason von ihren Lippen und schaute sie verlangend an.

»Warum hast du das getan?«, fragte er leise.

»Weil ich dich vermisst habe«, lautete die einfache Antwort.

Sie legte eine Hand an seine Wange und fuhr mit dem Daumen seine Lippen nach. Jason drehte den Kopf ein wenig, schnappte nach ihrem Daumen, um daran zu saugen.

Juliana stöhnte lustvoll bei dieser erotischen Liebkosung.

»Ich verlange nichts von dir, nur dass du die Sehnsucht stillst, die du in mir geweckt hast«, flüsterte Juliana und entzog ihm ihren Daumen.

Auffordernd begann sie, sich unter ihm zu bewegen. Sie wollte mehr, wollte ihn dort fühlen, wo sich ihre Empfindungen bündelten, sie zu verbrennen drohten. Ihre feuchte Scham dürstete nach seinen Liebkosungen, ihr Fleisch drängte begierig danach, ihn zu verschlingen.

Jason stöhnte und senkte den Kopf, um an ihren steifen Nippeln zu saugen. Ein süßes Ziehen breitete sich von ihrer Brust zu ihrem Bauch und tiefer zum Zentrum ihres Verlangens aus. Ihre Vagina zog sich erwartungsvoll zusammen.

Tiefer! Verdammt, berühr mich endlich! Schmeck mich, wie sehr ich dich begehre!

Jason zog eine feuchte Spur über ihre Brüste, an ihrer empfindlichen Körperseite hinab bis zu ihrem Bauchnabel, ließ seine Zunge in die Mulde tauchen und entlockte ihr ein kehliges Stöhnen.

»Das … das ist wundervoll, mach weiter«, forderte Juliana ihn atemlos auf.

Jasons Zunge tanzte federleicht über ihren Bauch, während seine Hände ihre festen Brüste kneteten. Ihr Geschmack und ihr Duft verwirrten seine Sinne. Er wollte sie nur noch fühlen, riechen und schmecken, sich in ihrer Weichheit und Hitze verlieren und mit ihr ins Paradies fliegen.

Juliana fühlte, wie die Hitze in ihrer Körpermitte immer mehr zunahm, alles an ihr schien nur noch zu prickeln und zu pulsieren. Sie schloss die Augen, gab sich ganz dem Gefühl hin. Als Jason seine Zunge tiefer gleiten ließ und über ihren Lustpunkt kreiste, krallte sie sich haltsuchend in den Laken fest. Verlangend hob sie ihm ihren Schoß entgegen. Diesmal gab es keine Scheu mehr, keine hemmende Scham, nur noch pure Lust und Freude an seinen Liebkosungen. Und das brennende Verlangen nach mehr.

Jason erforschte ihre Weiblichkeit mit aller Gründlichkeit, ließ keinen Zentimeter aus. Er leckte und saugte, bis sie glaubte, den Verstand zu verlieren. Mit einem Finger drang er langsam in ihre feuchte Höhle ein, ertastete die einzigartige Weichheit ihres inneren Fleisches, während seine Zunge über ihre empfindliche Perle züngelte und Juliana zu schwindelerregenden Höhen emporpeitschte. Julianas Leib zuckte und bog sich ihm noch weiter entgegen, bis sie erfüllt aufschrie, dann erschöpft und selig auf die Laken zurücksank.

Jason glitt über sie, drang langsam mit seinem nach Erfüllung schreienden Glied in sie ein. Er küsste sie auf die Stirn, die Augenlider, Nase, Wangen und schließlich auf den leichtgeöffneten Mund. Mit seiner Zunge malte er die Konturen ihrer Lippen nach, knabberte sanft daran und eroberte ihren Mund. Sie schmeckte so süß, er konnte gar nicht genug von ihr bekommen. Juliana schlang ihre Beine um seine Hüfte und presste ihn fester an sich. Jason rollte sich auf den Rücken, nahm sie mit sich, so dass sie auf ihm zu liegen kam. Verwundert sah sie ihn an.

»Setz dich auf mich«, flüsterte er rau.

Er legte seine Hände um ihre schlanke Taille und gab ihr den Rhythmus vor, den sie schon bald von selbst aufnahm. Sie genoss das neue Gefühl der Macht und der Kontrolle, kostete es voll aus, indem sie ihn in immer schnellerem Takt dem Höhepunkt entgegentrieb – und dann wieder langsamer wurde. Als sie ihn mit diesem Spielchen genug gemartert hatte, knurrte Jason auf, packte sie, drehte sich mit ihr wieder herum, um die Kontrolle über sein raffiniertes Weib zurückzubekommen.

»Wie durchtrieben du bist, mein feuriges Weib. Aber jetzt bestimme ich, wo's langgeht«, raunte er.

»Du gibst nicht gern die Führung aus der Hand, nicht wahr?«, fragte Juliana mit einem Schmunzeln.

Die einzige Antwort, die sie erhielt, war ein dumpfes Grollen und die immer heftiger werdenden Stöße, mit denen Jason sie gnadenlos traktierte. Juliana spürte, wie die Wogen immer höher schlugen, bis sie sich endgültig in dem Strudel aus marternder Pein und erfüllender Erlösung verlor. Ihren Schrei der ungezügelten Lust erstickte Jason mit seinem Mund. Er stieß noch ein paarmal tief in sie hinein und ergoss sich aufstöhnend in ihrem heißen Schoß.

Juliana hätte nicht glücklicher sein können. Fünf Tage war es her, seit sie Jason in ihre Kabine gelockt und verführt hatte. Seitdem hatten sie sich unzählige Male geliebt. Keiner schien genug von dem anderen bekommen zu können. Wenn Juliana ihn jedoch auf das Ziel ihrer Reise oder seine Pläne für die Zukunft ansprach, reagierte er abweisend und zog sich wieder hinter die Fassade der kühlen Unnahbarkeit zurück. Es schien zwei Jasons zu geben. Den sinnlichen Liebhaber und den verschlossenen Entführer, der seine Pläne streng geheim hielt. Es reichte Juliana nicht, nur sein Begehren zu wecken, sie wollte auch sein Herz besitzen, so wie sie schon längst ihr Herz an ihn verloren hatte. Die Mauer jedoch, die Jason um sich errichtet hatte, schien unüberwindlich zu sein.

Es klopfte an der Kabinentür. Auf Julianas Aufforderung hin trat MacLead in den Raum.

»Mrs. Whitfield, geht es Euch nicht gut? Ihr habt Euch den ganzen Tag nicht oben blicken lassen. Es ist so wunderbares Wetter. Wollt Ihr nicht einen kleinen Spaziergang an Deck machen?«

»Ich habe keine Lust«, erwiderte Juliana betrübt.

»Euch fehlt doch etwas. Ich dachte, es würde jetzt gut laufen zwischen Euch und dem Käpt'n.«

»Ja, es ist wunderbar, aber …«, Juliana suchte nach den passenden Worten, »… er teilt mein Lager, doch er weigert sich mir zu sagen, was er mit mir vorhat. Ich besitze seinen Körper, doch sein Herz gibt er mir nicht. Dabei …«

Juliana seufzte.

»Hm, verstehe. Ich glaube, Ihr solltet ihm noch Zeit geben. Ich bin sicher, es wird sich alles regeln, wenn wir erst mal auf La…, ich meine, wenn wir am Ziel sind.«

»Kannst du mir nicht sagen, wohin wir segeln?«, fragte Juliana und schaute MacLead aus bittenden Augen an.

»Tut mir leid, das geht nicht. Der Käpt'n ist schon böse genug mit mir, weil ich mich mit Euch gegen ihn verschworen habe. Wenn ich jetzt noch sein Ziel verrate, wird er mich wahrscheinlich Kiel holen lassen.«

»Ja, du hast recht. Ich kann das nicht von dir verlangen«, stimmte Juliana zu.

»Eines kann ich Euch aber verraten. Wir reisen nicht auf direktem Wege, sondern machen einen Umweg, weil der Käpt'n noch etwas zu erledigen hat. Mehr kann ich Euch leider wirklich nicht sagen. Ich geh dann mal wieder an meine Arbeit – wollt Ihr wirklich nicht mit an Deck kommen?«

»Vielleicht später. Danke, dass du so um mein Wohlergehen besorgt bist. Ich bin sehr froh, dich zum Freund zu haben. Ich hatte am Anfang – ehrlich gesagt – ein wenig Angst vor dir.«

Der Schotte winkte ab.

»Och, keine Ursache. Man muss Euch einfach gernhaben. Der Käpt'n wird das auch noch erkennen. Kopf hoch, Mrs. Whitfield.«

Juliana nahm sich vor, den Rat des Schotten zu beherzigen und ihrem Gatten mehr Zeit zu lassen. Wenn sie erst einmal sein Heim erreicht hatten, würde sie sich darum kümmern, dass er es schön hatte – und so sicher sein Herz gewinnen. Sie malte sich aus, wie sie ihm bei der Arbeit auf seiner Plantage …, *hatte er überhaupt eine? Ach, sicher hatte er eine*, … helfen würde. Sie würde dafür sorgen, dass seine Lieblingsspeisen auf den Tisch kamen …, *Liebe ging schließlich durch den Magen*, … und das Haus heimelig würde. Sie seufzte leise, legte sich zurück auf die Koje und gab sich ihren Tagträumen hin.

7

Piraten

Juliana machte ihren täglichen Rundgang über das Deck. Das Wetter war strahlend schön. Die *Doreen* wurde von einem Schwarm spielender Delphine begleitet, und sie beobachtete verzückt die possierlichen Tiere, als plötzlich ein aufgeregter Ruf über das Deck schallte.

»Schiff in Sicht! Drei Grad Steuerbord. Es ist ein Franzose! – Nein, sie hissen die schwarze Flagge. Es ist ein Piratenschiff!«

Aufgeregtes Stimmengewirr folgte der Ankündigung. Jason erklomm die Takelage, um selbst vom Krähennest einen Blick durch das Fernrohr zu werfen. Aufgeregt verrenkte Juliana sich den Hals, konnte das Schiff aber nur undeutlich in der Ferne erkennen. Kalte Angst machte sich in ihrem Inneren breit. Hoffentlich kam es zu keiner Seeschlacht. Sie versuchte, am Verhalten der Mannschaft die Stimmung abzulesen. Die Matrosen schienen erregt, aber auch erwartungsvoll.

Jason schaute durch sein Fernrohr. Tatsächlich hatte das Schiff die schwarze Flagge mit dem Totenkopf gehisst. Es kam direkt auf sie zu. Er wartete, bis das Schiff etwas näher herankam. Als es ein Manöver nach Backbord machte, hatte er die Gewissheit.

»Es ist die Marina. Elias, der verdammte Hurensohn! Er hat seine Kopfgeldjäger auf uns angesetzt.«

Jason kletterte wieder vom Ausguck herunter. Als er an Deck war, schaute er sich nach Juliana um. Sie stand mit leichenblassem Gesicht vor der Brücke und schaute ihn ängstlich an.

»MacLead!«, brüllte Jason. »Bring Mrs. Whitfield unter Deck.«

Der Schotte trat auf Juliana zu, fasste sie am Arm. Sie zitterte. Piraten! Sie würden angreifen.

»Kommt, Ihr braucht keine Angst zu haben. Es wird schon alles gut.«

Sanft, aber bestimmt zog der Schotte die geschockte Frau des Kapitäns nach unten und brachte sie in ihre Kabine.

Jason wandte sich wieder seiner Mannschaft zu, um die erforderlichen Befehle zu erteilen.

»Alle Mann auf ihre Plätze, macht die Kanonen bereit! Wir werden ihnen einen gebührenden Empfang bereiten.«

Juliana saß wie betäubt auf ihrer Koje. Über ihr waren hektische Schritte und laute Rufe zu hören. Die Mannschaft bereitete sich auf ein Gefecht vor. In was für eine Lage war sie da nur wieder geraten? Würde dieses verdammte Schiff ihr Grab werden? Was, wenn das Schiff geentert wurde! Sie hatte nicht einmal eine Waffe, um sich zu verteidigen. Juliana fühlte, wie die Angst mit eisiger Klaue ihr wild schlagendes Herz ergriff. Es schien Ewigkeiten zu dauern, ohne dass etwas geschah. Das Warten war einfach unerträglich. So hilflos war sie, konnte nur dasitzen und abwarten, bis da oben Dinge geschahen, an die sie lieber nicht denken wollte. Plötzlich krachte der erste Kanonenschuss – offensichtlich hatten die Angreifer das Feuer eröffnet. Die Kugel schlug irgendwo neben dem Schiff ins Wasser. Juliana kreischte entsetzt auf und schlug aufschluchzend die Hände über dem Kopf zusammen. Dann wurde das Feuer erwidert. Ein Rucken ging durch das Schiff, als aus allen Rohren gefeuert wurde. *»Lieber Gott, lass das nicht mein Ende sein. Und … bitte mach, dass Jason nichts geschieht«*, flehte Juliana in Gedanken. Ein ohrenbetäubender Knall ließ Juliana schreiend zusammenfahren. Das Schiff war getroffen worden. Panik befiel sie.

O Gott, das ist das Ende! Ich werde meinen Vater und Antigua nie mehr wiedersehen.

Sie kauerte sich auf der Koje zusammen. Beißender Qualm drang unter der Kabinentür hindurch. *»Es brennt! Hilfe, das verdammte Schiff brennt!«*, dachte sie voller Schrecken. Dass der Rauch von den Kanonen kam, die die Mannschaft ohne Unterlass abfeuerte, wusste sie nicht. Der Kanonendonner schien ewig zu dauern und zerrte an Julianas Nerven. Doch dann ertönte auf einmal lautes Jubelgeschrei an Deck, und der Donner verstummte. War jetzt alles vorbei? Hatten sie das feindliche Schiff versenkt? Juliana traute sich nicht an Deck zu gehen, um nachzuschauen.

Jason stand an Deck und sah missmutig der *Marina* hinterher, die ihr Heil in der Flucht suchte. Es wäre zwecklos, sie zu verfolgen, denn die Korvette war schneller als seine Brigg, auch wenn sie einige schwere Treffer eingesteckt hatte. *»Diese feigen Bastarde hauen einfach ab«*, fluchte Jason im Stillen. Jetzt hatte Jason Gewissheit, dass Elias ihn endgültig aus dem Weg räumen wollte. Es war nun sehr wichtig, dass er möglichst schnell nach Lacuma kam, wo Juliana in Sicherheit war – aber zuerst musste er noch einen Abstecher nach Mayaguana machen.

Der Treffer, den die *Doreen* eingesteckt hatte, war nicht

so schlimm, und der Schaden wurde bereits repariert. Sie hatten Glück gehabt, dass Elias' Männer nicht viel von Seeschlachten verstanden – auch wenn sie mit der wendigen Korvette das bessere Schiff hatten.

»Denen haben wir es aber gezeigt Käpt'n«, sagte MacLead, der sich von den feiernden Matrosen gelöst hatte und auf die Brücke getreten war.

»Ja«, sagte Jason tonlos, »aber sie werden wiederkommen. Ich frage mich, woher sie wussten, wo sie uns finden können – das war sicher kein Zufall.« Er ballte die Hände zu Fäusten. »Sorg dafür, dass ab jetzt immer jemand im Krähennest Ausschau hält. Ich will sichergehen, dass sie uns nicht verfolgen.«

»Geht klar, Käpt'n«, bestätigte der Schotte und verließ die Brücke.

Jason warf noch einen letzten Blick auf den Horizont, wo die *Marina* verschwand, und machte sich dann auf den Weg zu Julianas Kabine. Sicher war sie völlig verängstigt.

Beim Betreten der Kabine warf sich Juliana aufschluchzend in seine Arme. Sie hatte tausend Ängste ausgestanden.

»Gott sei Dank, du lebst noch. Ist das Schiff schlimm getroffen? Werden wir sinken? Ist jemand verwundet?«

Ihre Stimme überschlug sich förmlich.

»Na, na, langsam. Immer der Reihe nach. Es ist alles in Ordnung. Der Schaden wird bereits behoben, und niemand ist verwundet. Beruhige dich.«

Er strich ihr zärtlich über die Locken, die ihr wirr vom Kopf abstanden, und küsste sie sanft auf den Haaransatz. Juliana hob ihm ihren Mund entgegen, und er folgte der stummen Aufforderung. Er wollte sanft sein, aber sie küsste ihn voller Inbrunst – alle Ängste, die sie ausgestanden hatte, lagen in ihrem Kuss. Sie zerrte ungeduldig an seinem Hemd, bis es zerriss. Hastig entkleideten sie sich, Jason drängte sie auf die Koje, wo er sie ohne Umschweife mit einem gewaltigen Stoß in Besitz nahm. Ihre Leiber klatschten hart aufeinander, und Juliana kam seinen harten Stößen voller Verlangen entgegen. Sie brauchte und wollte jetzt keinen sanften Liebhaber. Ihre Fingernägel krallten sich in Jasons Rücken und Schultern, hinterließen lange, blutige Spuren. Sie biss, kratzte und stöhnte laut, bis sich ihr Gefühlschaos im Orgasmus auflöste, sie erschöpft und tief befriedigt auf die Koje zurücksank. Jason stieß noch einmal fest in sie und verströmte sich mit einem knurrenden Laut in ihr, um dann ebenfalls erschöpft auf sie zu sinken.

»Ich wusste gar nicht, dass du so wild sein kannst, meine kleine Tigerin. Ich werde wohl ein paar Tage nicht ohne Hemd rumlaufen können«, sagte Jason nach einer Weile.

Er stützte sich auf den Ellbogen auf und schaute seine Frau fasziniert an.

»Hab ich dir arg wehgetan?«, erkundigte sich Juliana zerknirscht.

Jason lachte leise und schaute sie liebevoll an.

»Kleines, wenn ich auch Narben davontrage, dieses Erlebnis war jede einzelne Narbe wert.«

Juliana errötete und schlug die Augen nieder.

»Nein, sieh mich an, Liebes. Ich will nicht, dass du dich schämst. Du bist meine Frau – und was wir miteinander teilen, ist nichts Verwerfliches. Ich mag es, wenn du so … so wild bist. Ich bin sicher, man hat uns bis aufs Deck gehört.«

»Du … du Scheusal, du findest das wohl komisch«, sie

boxte ihm auf die Brust, »sie werden mich alle ansehen und ihre Witze reißen, wenn ich mich das nächste Mal oben blicken lasse.«

»Lass sie doch. Die meisten von ihnen haben selbst eine Frau und sind bestimmt nicht unschuldiger.«

Er strich ihr über die Wange, hauchte einen Kuss auf ihre Nasenspitze.

»Schlaf ein wenig. Ich muss wieder auf die Brücke.«

Während er sich anzog, beobachtete Juliana seine Bewegungen. Sie konnte sich einfach nicht an ihm sattsehen, er war so verdammt aufregend. Am liebsten hätte sie ihn wieder in ihr Bett gezogen, um aufs Neue mit ihm ins Paradies zu segeln, aber sie wusste, dass er oben noch zu tun hatte, und wollte der Mannschaft auch keinen weiteren Stoff für Spott geben.

»Ruh dich aus, ich werde dich heute Nacht noch mal in Anspruch nehmen«, kündigte Jason mit einem Augenzwinkern an und verließ die Kabine.

Seufzend schloss Juliana die Augen, kuschelte sich wohlig in die Decken und war wenig später eingeschlafen.

8

Mayaguana

Die *Doreen* glitt anmutig durch die Wellen, ihre weißen Segel blähten sich im Wind, der es heute gut mit ihnen meinte.

»Käpt'n, Land in Sicht!«, ertönte es vom Krähennest übers Deck. Sofort hielten alle an Bord mit der Arbeit inne und drängten zum Bug, doch noch war mit bloßem Auge nichts zu erkennen. Juliana, die an der Backbordseite auf einer Kiste mit Tauen saß, erhob sich, um ebenfalls einen Blick nach vorne zu werfen. Sie blinzelte in die Sonne, konnte aber nichts erkennen. Doch dann war plötzlich am Horizont ein dunkler Streifen zu entdecken, fast nicht erkennbar, aber bei genauerem Hinsehen konnte man etwas ausmachen. Sie ging zu MacLead, der gerade mit dem Ersten Steuermann diskutierte.

»Steuern wir diese Insel an?«

»Aye, wir werden bald festen Boden unter den Füßen haben. Wir bleiben ein oder zwei Wochen.«

»Um was für eine Insel handelt es sich? Jetzt kannst du es mir doch sagen, oder?«

Der Schotte sah sie unsicher an, als überlegte er, ob er ihr Auskunft geben durfte. Bei aller Freundschaft zu Juliana, er schuldete doch in erster Linie seinem Kapitän die Loyalität und den Gehorsam.

»Das ist Mayaguana, Lady!«, antwortete Smith stattdessen. »Sie sollten unter Deck gehen und sich bereitmachen für den Landgang.«

Mit diesen Worten ließ der Erste Steuermann Juliana und den Schotten allein und begab sich zum Kapitän, der seiner Mannschaft Befehle erteilte.

Juliana eilte in ihre Kabine. Viel brauchte sie nicht zu packen. Smith hatte auf Barbuda ihre Garderobe um vier Unterkleider, vier Reisekleider, zwei Hüte, zwei Paar Schuhe, Unterwäsche und eine Reisetasche ergänzt. Ferner hatte er damals diverse Bänder, Haarklemmen, einen Kamm mit passendem Spiegel und einen Sonnenschirm für sie erstanden. Juliana entschloss sich, sich für den Landgang umzuziehen. Sie überlegte, wen sie für das Umkleiden zu Hilfe holen könnte, da ja alle an Deck beschäftigt waren. Nach einigem Überlegen kam sie auf Heinrich, den Koch, denn er hatte ja an Deck nichts zu tun. Sie ging in die Kombüse, wo er damit beschäftigt war, die Teller vom letzten Mahl zu spülen.

»Heinrich, ich brauche deine Hilfe«, sprudelte sie heraus, als sie in die enge Kombüse platzte.

»Wo brennt es denn?«, fragte der Holländer und hielt mit dem Spülen inne.

»Ich möchte mich für den Landgang umkleiden und brauche Hilfe beim Ankleiden. Kannst du kurz mit in meine Kabine kommen?«

»Ich weiß nicht, ob das dem Käpt'n recht ist, wenn ich Euch allein … und na ja, ich meine …«, stammelte der kleine Mann nervös.

Der Kapitän war ein Mann, dem man besser nicht in die Quere kam.

»Ach, Unsinn. Er hat ja keine Zeit, und du brauchst nur die Haken zu öffnen und zu schließen.«

»Nun gut, wenn Ihr meint«, gab sich Heinrich geschlagen und folgte ihr mit ungutem Gefühl in ihre Kabine.

Juliana drehte ihm den Rücken zu, er öffnete die Häkchen, um sich dann verlegen umzudrehen, bis Juliana das dunkelblaue Kleid ausgezogen und das blassgelbe Kleid angezogen hatte.

»Ich bin soweit. Du kannst dich wieder umdrehen«, verkündete Juliana schließlich.

Sie drehte dem Koch erneut den Rücken zu, der dann seufzend die unzähligen Haken zu schließen begann.

Die Tür wurde plötzlich aufgerissen, und Jason kam in die Kabine.

Heinrich zuckte erschrocken zusammen, errötete heftig unter dem eisigen Blick des Kapitäns.

»Was geht hier vor?«, fragte Jason barsch und musterte den Koch argwöhnisch.

»Ich … ich, Eure Frau hat …«, stotterte der Koch hilflos.

»Er hat mir geholfen, mein Kleid zu schließen«, warf Juliana ein. »Ich bat ihn darum. Ich wollte mich für den Landgang umziehen.«

»Das hätte ich auch tun können!«, sagte Jason unwirsch.

»Ich dachte, du wärst jetzt zu beschäftigt«, verteidigte sich Juliana. Sie sah gar nicht ein, warum er solch Aufhebens um die Sache machte. Er glaubte doch wohl nicht, sie würde ihn mit diesem kleinen Männchen betrügen. Das war geradezu lächerlich.

»Geh wieder an deine Arbeit«, herrschte Jason den Holländer an, und dieser machte, dass er so schnell wie möglich davonkam.

Jason trat hinter Juliana, um den Rest der Häkchen zu schließen.

»Ich habe mir wirklich nichts dabei gedacht«, begann Juliana sich aufs Neue zu verteidigen.

Sie verstand seinen Unmut nicht.

»Schon gut, aber nächstes Mal rufst du mich. Ich werde mich auf Mayaguana nach einer Zofe für dich umsehen, die dir bei solchen Dingen behilflich ist.«

Juliana lächelte ihn strahlend an.

»Oh, das wäre schön. Dann hätte ich auch ein wenig Gesellschaft«, begeisterte sich Juliana, die allmählich begonnen hatte, sich nach weiblicher Gesellschaft zu sehnen.

»Wir werden in Kürze die Insel erreichen. Wenn du magst, kannst du mit an Deck kommen«, bot Jason an.

»O gern. Ich bin schon sehr gespannt. Ich kann es gar nicht erwarten, endlich wieder festen Boden unter den Füßen zu haben.«

Juliana stand am Bug und schaute gebannt auf die immer näher rückende Insel. Sie war sehr klein – was wollte ihr Gatte bloß auf diesem winzigen Inselchen? Sie hielten geradewegs auf eine kleine Bucht zu. Palmen säumten den Strand mit dem leuchtendweißen Sand. Ein paar primitive Hütten waren zwischen den Palmen zu erkennen. So etwas wie einen Hafen gab es nicht, lediglich ein einfacher Holzsteg ragte über das türkisfarbene Wasser der Bucht ins Meer hinaus.

Juliana beobachtete, wie dunkelhäutige Menschen über den Strand zum Steg eilten.

Das Schiff war noch etwa dreihundert Meter vom Steg entfernt, als der Anker zu Wasser gelassen wurde. Die Menschen am Steg winkten, ein fremdartiger Gesang ertönte zum Schiff herüber. Jason war neben Juliana getreten und legte ihr eine Hand auf die Schulter.

»Sie heißen uns willkommen«, flüsterte er mit warmer Stimme in ihr Ohr.

Juliana schmiegte sich glücklich an seinen festen Körper.

»Können wir nicht bis an den Steg heran?«, fragte Juliana.

»Nicht tief genug«, erklärte Jason.

Die Beiboote wurden zu Wasser gelassen. Jason nahm Julianas Arm, ging mit ihr nach Steuerbord, wo sie mit Hilfe der Strickleiter in das auf den Wellen schaukelnde Beiboot kletterten.

Die Eingeborenen begrüßten die Ankömmlinge herzlich. Juliana verstand kein Wort, aber Jason plauderte fröhlich mit den Menschen in ihrer Sprache, klopfte hier einem Alten auf die Schulter, herzte da ein Baby, das ihm gereicht wurde, und ließ sich von der Menge zum Strand begleiten. Nie hatte Juliana ihren Mann so ausgelassen und gelöst erlebt. Verwundert folgte sie ihm. Die Kinder hüpften kichernd um sie herum und zeigten auf ihre Haare. Offensichtlich hatten sie noch nie eine Frau mit roten Haaren gesehen. Glücklich strich Juliana den Kindern über die Köpfe und lächelte sie fröhlich an.

Juliana hatte erwartet, dass sie zu einem der Häuser des Dorfes geführt werden würden, aber es ging durch den Palmenwald eine kleine Anhöhe hinauf zu einem Haus, welches ganz offensichtlich nicht zu den Eingeborenen gehörte. Es war zwar einfach, aber wesentlich anders gebaut als die Hütten unten am Strand, wo die Mannschaft geblieben war. Dieses Haus stand auf Pfählen und hatte eine Veranda, die rund um das Haus verlief. Ein Mann mit wirrem braunem Haar und zotteligem Bart kam aus dem Haus auf die Veranda. Er war um die fünfzig und hatte einen kugelrunden Bauch, der sich über die abgeschnittene Segeltuchhose wölbte. Sein nackter Oberkörper war sonnenverbrannt. Er hob eine Hand zum Gruß, den Jason erwiderte.

Jason drehte sich zu Juliana um und nahm ihre Hand.

»Komm, ich möchte dich vorstellen«, sagte er gutgelaunt.

Zusammen stiegen sie die Stufen zur Veranda hoch, wo die Männer sich freundschaftlich umarmten und auf den Rücken klopften.

»Jason, wie schön, dass du mal wieder den Weg zu meiner bescheidenen Insel gefunden hast«, sagte der Mann breit grinsend, wobei er eine große Zahnlücke präsentierte.

»Ist schon eine Weile her, seit ich das letzte Mal hier war. Darf ich dir meine Frau vorstellen? Juliana, das ist Samuel Kolby.«

Samuel Kolby streckte Juliana die Hand entgegen, die sie zögernd ergriff.

»Freut mich, Sie kennenzulernen, Mr. Kolby.«

»Ach, nicht so förmlich, Mädchen. Nenn mich Sam oder Samuel.« Er wandte sich an Jason.

»Kommt in mein bescheidenes Heim. Jorganda wird uns was zu trinken bringen.«

Im Inneren des Hauses war es angenehm kühl. Das Mobiliar wirkte etwas zusammengewürfelt, aber alles war sauber und freundlich. Sie setzten sich an einen monströsen Tisch, der mit aufwendigen Schnitzereien verziert war. Die Füße stellten Drachen dar, und auch der Rest der Schnitzereien war im asiatischen Stil.

»Aus China«, erklärte Samuel, der Julianas interessierten Blick bemerkt hatte. »Hab ihn letztes Jahr von einem Händler erstanden. Interessantes Stück, nicht wahr?«

»Ja, wirklich außergewöhnlich«, versicherte Juliana.

Eine junge Eingeborene, etwa Mitte zwanzig, betrat den Raum mit einem Tablett. Sie trug ein buntes Seidenkleid, welches sich locker um ihren enormen Bauch schmiegte. Sie war hochschwanger.

»Wunderbar, meine Liebe. Komm, ich möchte dir unsere Gäste vorstellen«, sagte Samuel und blickte die Frau voller Zuneigung an.

Diese stellte das Tablett auf den Tisch, lächelte freundlich, wobei sie ihre leuchtendweißen Zähne zeigte. Samuel legte seine große Hand auf ihren gewölbten Bauch und verkündete stolz: »Jason, Juliana, dies ist Jorganda, meine Frau.«

»Gratuliere, Sam, alter Freund. Ich wusste ja gar nicht, dass du geheiratet hast.«

Jason stand auf und reichte Jorganda die Hand, welche sie schüchtern ergriff. Auch Juliana begrüßte die junge Frau.

Juliana war schon lange nicht mehr so ausgelassen gewesen. Sie lachte herzlich über die Geschichten, die Jason und Samuel zum Besten gaben und die teilweise stark übertrieben dargestellt wurden, obwohl die Männer Stein und Bein schworen, alles habe sich genauso zugetragen. Jorganda war sehr freundlich, und trotz Jorgandas mangelhafter Englischkenntnisse konnte sich Juliana gut mit der jungen Frau verständigen. Als Jorganda aufstand, um sich um das Abendessen zu kümmern, bestand Juliana darauf, ihr zu helfen. Dank des holländischen Schiffskochs war sie mit Küchenarbeit schon ein wenig vertraut, und sie hatte ihre Freude daran, der sympathischen Eingeborenen zur Hand zu gehen.

»Wie weit ist es?«, fragte Juliana und legte der Schwangeren die Hand auf den Bauch.

»Ist fertig. Muss kommen jetzt. Wir warten«, antwortete Jorganda und lächelte, wie nur werdende Mütter lächelten.

»Oh, vielleicht lerne ich es ja noch kennen. Hast du Angst vor der Geburt?«

Jorganda schüttelte den Kopf.

»Nein. Sein Natur. Kommen alles, wie sein soll.« Sie schaute Juliana freundlich an. »Essen gut. Wir bringen zu Tisch. Männer hungrig.«

Smith betrat mit den beiden Inselschönheiten, die sich bei ihm untergehakt hatten, die kleine Hütte. Er hatte sich schon öfter mit den beiden Frauen vergnügt und freute sich auf erotische Freuden der Extraklasse. Die beiden Frauen waren eine Ausgeburt an Sinnlichkeit und Erotik. Er ließ sich zu einem abgewetzten Sessel führen, wo er erwartungsfroh Platz nahm.

Die beiden Frauen kicherten, drehten sich hin und her, während sie sich entkleideten, damit Smith sie von allen ihren appetitlichen Seiten betrachten konnte. Als sie vollkommen nackt waren, begannen sie, sich zärtlich zu küssen. Erregt beobachtete Smith, wie ihre kleinen rosa Zungen miteinander spielten. Sie streichelten sich gegenseitig über die wohlgeformten Leiber, ließen sich schließlich engumschlungen auf das schäbige Bett fallen, wo sie ihre Zärtlichkeiten fortsetzten.

Smith wurde es allmählich zu eng in der Hose, er stand auf, um sich zu entkleiden. Nackt setzte er sich wieder, um dem sinnlichen Treiben weiter zuzuschauen. Er umfasste sein kurzes dickes Glied mit einer Hand und fuhr langsam am Schaft auf und ab. Nicht zu fest und nicht zu schnell, denn er wollte ja nicht vorzeitig kommen. Die Frauen, Titika und Maluki, waren völlig in ihr Liebesspiel vertieft. Maluki leckte voller Hingabe die Schamlippen ihrer Gespielin, ließ die rosige Zungenspitze über den geschwollenen Kitzler gleiten und schob zwei Finger in die feuchte Vagina. Titika stöhnte wollüstig und vergrub ihre Finger in den langen Haaren von Maluki. Ihr Leib zuckte ekstatisch, sie presste ihr Becken verlangend gegen das Gesicht ihrer Freundin. Maluki leckte gekonnt ihre Scham, trank ihren duftenden Nektar und fingerte ihren Schoß, bis Titika mit lauten, spitzen Schreien zum Höhepunkt kam. Auf den Rücken rollend, schaute sie Smith verführerisch an. Nun war sie an der Reihe, geleckt zu werden. Titika schleckte Malukis duftenden Saft, der heiß aus ihrer Spalte rann, und griff nach einer Kerze, die auf dem Nachttischchen lag. Sie ließ die Kerze über den Bauch von Maluki gleiten, dann wanderte sie tiefer, die Schamlippen entlang, streifte kurz die pochende Öffnung und glitt zurück zur Klitoris. Mit sanftem Druck rieb sie über den Lustpunkt, bis Maluki vor Wonne stöhnte und sich wild aufbäumte.

Tatika suhlte die Kerze in ihren Lustsäften, schob sie schließlich in die feuchte Vagina, wo sie schmatzend willkommen geheißen wurde. Während sie die Kerze hinein- und hinausstieß, stimulierte sie Malukis Liebesperle, bis ihre Freundin einen lustvollen Höhepunkt erlebte.

Erschöpft lagen die Frauen auf dem Bett und winkten Smith auffordernd zu.

»Komm, erfreue uns mit deinem prächtigen Glücksstab. Wir sind schon ganz hungrig. Mach uns glücklich!«, bettelte Maluki.

Smith erhob sich, um sich zu den Frauen zu gesellen. Er liebkoste die schlanken Leiber mit seinen Händen und Lippen, bis er schließlich Maluki in den Vierfüßlerstand dirigierte und von hinten in sie eindrang.

»Ja, meine Schönen. Ich werd euch geben, wonach ihr verlangt. Ich stoß euch, bis ihr vor Lust schreit!«

Er vögelte Maluki hart zum Orgasmus und bestieg anschließend Tatika, die er ebenfalls zum Höhepunkt brachte, ehe er seinen Samen aufstöhnend auf ihrem prächtigen Hinterteil verspritzte.

Juliana und Jason wurden im zukünftigen Kinderzimmer einquartiert. Jorganda hatte zwei Matten aus Palmwedeln und mehrere Lagen Decken auf den Fußboden gelegt. Trotz ihrer anfänglichen Skepsis musste Juliana feststellen, dass es recht bequem war. Jason war noch bei ihren Gastgebern, wollte aber gleich nachkommen. Juliana grübelte über ihren Mann nach. Er hatte so viele verschiedene Gesichter. So, wie sie ihn heute erlebt hatte, gefiel er ihr am besten. Er war heiter und unbeschwert gewesen, bewies Humor, den sie bei ihm nicht vermutete. Sie freute sich, dass sich wider Erwarten alles so gut entwickelte, und konnte kaum noch nachvollziehen, dass er sie tatsächlich gewaltsam entführt und zur Heirat gezwungen hatte.

Sehnsüchtig wartete sie auf ihn. Ihr Körper reagierte

sofort bei dem Gedanken an die süßen Sinnesfreuden, die unzweifelhaft bevorstanden. Ihre Brustwarzen stellten sich hart auf, und in ihrem Schoß breitete sich die so vertraute Hitze aus. Hoffentlich ließ er sie nicht so lange warten.

Jason und Samuel saßen auf der Veranda und rauchten Zigarren. Die Luft war jetzt angenehm mild, da vom Meer ein leichter Wind heraufwehte.

»Ich freu mich wirklich, dass du mich besuchst«, begann Samuel mit einem leichten »Aber« in der Stimme.

»Es hat sich einiges getan, seit ich das letzte Mal hier war«, fing Jason an. »Ich habe herausgefunden, dass mein Besitz noch nicht verkauft wurde, und beabsichtige, die Plantage zurückzubekommen. Einiges an Geld habe ich schon zusammen – werde aber deine Hilfe benötigen …«

»Was kann ich tun?«

»Du kennst doch den neuen Generalgouverneur von Jamaika. Es ist Alfred Miller. Du weißt, dass er immer offen ist für eine kleine *Spende*. Ich habe dir eine Schatulle mit Gold mitgebracht und möchte dich bitten, zu ihm zu reisen und ihm meine kleine Gabe zu überreichen. Du könntest mit dem nächsten Postschiff reisen – es müsste doch bald eines kommen, wenn ich mich nicht irre.«

»Ja, nächsten Monat«, bestätigte Samuel. »Ich wollte schon immer mal wieder verreisen. Ich regele das für dich.«

»Du bist ein echter Freund«, sagte Jason und klopfte Samuel auf die Schulter.

»Auch du hast schon viel für mich getan … damals, als meine liebe Ruth im Kindbett gestorben ist. Ich hab dir viel zu verdanken und revanchiere mich gern.«

Jason erhob sich aus seinem Schaukelstuhl und legte Samuel die Hand auf die Schulter.

»Ich werde jetzt zu Bett gehen. Vielen Dank für deine Freundschaft.«

Samuel legte seine Hand über die von Jason. »Immer. Das weißt du doch. – Deine Frau … sie gefällt mir gut. Hast gut gewählt. Gute Nacht, mein Freund.«

Julianas Herz klopfte freudig, als Jason ins Zimmer trat. Sie beobachtete voller Verlangen, wie er sich im schwachen Schein des Mondes auszog. Eine Weile schaute er schweigend aus dem Fenster.

»Schläfst du schon?«, fragte er in die Dunkelheit.

»Nein«, wisperte Juliana. »Ich schlafe noch nicht. Ich habe auf dich gewartet.«

»Gelüstet es mein verdorbenes Weib nach einem Mann?«

Er drehte sich um und schaute sie an. Juliana fühlte das vertraute Prickeln, welches sich in ihrem Körper ausbreitete und sie vor Erwartung zittern ließ.

»Ja, aber nicht nach irgendeinem Mann, sondern nach meinem aufregenden Gatten, der es so gut versteht, mich zu beglücken. Komm endlich ins Bett. Ich brauche dich«, bat sie leise.

Jason glitt zu ihr unter die leichte Bettdecke, küsste sie zart zwischen die Brauen, dann glitt er tiefer und koste ihre Lippen, teilte sie mit der Zunge und drang in die Süße ihres Mundes vor. Ihre Zunge kam ihm willig entgegen und neckte ihn. Aufstöhnend vertiefte er seinen Kuss. Seine Hände wanderten zu ihren festen Brüsten, rieben sanft über die erregten Spitzen, umkreisten die Höfe, bis sie sich vor Lust unter ihm wand. Er löste seinen Mund von ihren Lippen und begegnete ihrem lasziven Blick.

»Dreh dich auf den Bauch.«

Er rutschte etwas zur Seite, damit sie seiner Aufforderung nachkommen konnte, strich dann ihre Haare sanft weg und entblößte ihren Nacken, auf den er sie zart küsste. Seine Finger glitten unerträglich leicht über ihren Nacken, die Schulterblätter, das Rückgrat entlang. Er strich mal sanft, mal fest über ihren Rücken, kratzte leicht mit den Nägeln und entlockte ihr wohlige Schauer. Als er ihre wohlgeformten Hinterbacken zu kneten begann, stöhnte sie leise auf.

»Ah, mein göttlicher Gatte, das ist gut so! Aber es gelüstet mich nach Eurem scharfen Schwert«, sagte sie neckend.

»Geduld meine schöne, lüsterne Gattin. Du wirst bekommen, wonach es dich verlangt. Spreiz deine Beine ein wenig mehr«, raunte Jason erregt.

Sie tat es und seine Finger strichen die Innenseiten ihrer Schenkel entlang, erst abwärts zu ihren empfindlichen Kniekehlen, dann wieder hinauf bis zu ihrer warmen Höhle, wo sie schon feucht und voller Verlangen auf ihn wartete. Er streichelte sie dort, während er kleine Küsse auf ihren Po verteilte und hin und wieder sanft zubiss, was sie aufjauchzen ließ.

»Komm jetzt zu mir. Ich kann nicht mehr länger warten«, flehte sie.

Jason schob sich über sie, ließ sein hartes Glied in sie gleiten, liebte sie langsam, bedächtig, spielte mit ihr, bis sie um Gnade winselte – erst dann beschleunigte er seine Stöße. Eine Hand schob er unter ihren Körper, um ihre

Klitoris zu reiben, bis sie laut schreiend kam, und er sich keuchend in ihr ergoss.

»Ah, mein Herz. Ich bin dir mit Leib und Seele verfallen. Was für eine verführerische Hexe habe ich da nur geheiratet?«

Am nächsten Abend saßen Jason, Samuel und MacLead beim Kartenspiel, tranken starken Rum und rauchten dicke Zigarren. Juliana und Jorganda stellten Spielsachen für das Baby her. Sie fertigten Rasseln, Puppen und kleine Bälle an. Jorganda summte eine leise Melodie, während Juliana an ihr Zuhause und ihren Vater dachte. Sie würde Jason bei passender Gelegenheit bitten, ihrem Vater einen erklärenden Brief schreiben zu dürfen, damit er sich nicht noch mehr sorgte. Hin und wieder ertönte lautes Gelächter von den Kartenspielern herüber, und Juliana betrachtete glücklich ihren vollkommen verwandelten Mann, der so gar nichts mehr mit dem bedrohlichen Piratenkapitän gemein hatte. Das Fertigen der Babysachen brachte sie auf den Gedanken, von Jason schwanger werden zu wollen. Noch vor kurzem hatte sie der Gedanke an ein Mutterdasein alles andere als erfreut, doch jetzt sah sie das Ganze aus einem völlig anderen Blickwinkel.

Plötzlich bemerkte sie, dass etwas nicht stimmte. Sie sah zu Jorganda herüber. Die junge Frau hielt sich den geschwollenen Leib und atmete konzentriert und tief.

»Stimmt was nicht?«, fragte Juliana mit leichter Panik in der Stimme.

»Alles gut. Baby will kommen jetzt«, antwortete Jorganda zwischen zwei Atemzügen.

Die Wehe ebbte ab, und die werdende Mutter lehnte sich entspannt zurück.

»Was muss ich tun?« Juliana war aufgesprungen, sich dabei hektisch umsehend.

Die Männer unterbrachen ihr Kartenspiel.

»Geht es los?«, fragte der werdende Vater nervös.

Jorganda nickte. Dann sog sie zischend die Luft ein. Eine neue Wehe meldete sich an. Samuel eilte an die Seite seiner Frau, kniete neben ihr, nahm führsorglich ihre Hand und strich ihr über das glänzend schwarze Haar. Auch der Schotte und Jason waren zur werdenden Mutter geeilt.

»Kommt, wir schaffen sie nach oben«, sagte Jason.

Dann lief er ins Dorf, um die Hebamme zu holen, MacLead kümmerte sich um heißes Wasser und Tücher, Juliana war mit Samuel bei der Gebärenden. Die Wehen kamen in immer kürzeren Abständen. Jorganda ging in ihrem Zimmer auf und ab. Juliana wollte sie überreden, sich ins Bett zu legen, aber diese wehrte entschieden ab. Sie erklärte, dass nur weiße Frauen im Liegen gebären würden. Abgesehen vom leisen Stöhnen während der Wehen schien Jorganda bemerkenswert gelassen zu sein. Nur der werdende Vater war vor Aufregung ganz blass.

»Habt ihr euch schon einen Namen überlegt?«, fragte Juliana, um Samuel ein wenig abzulenken.

»Ja. Wenn … wenn es ein Junge wird, soll er Isaak heißen. Ein Mädchen nennen wir Clarissa.«

Nervös fingerte Samuel an seinem Bart herum. Bei jedem Stöhnen, das aus Jorgandas Mund kam, zuckte er zusammen.

»Schöne Namen«, bestätigte Juliana.

Unruhig blickte sie aus dem Fenster in die dunkle Nacht hinaus. Wann kam Jason endlich mit der Hebamme? Sie fühlte sich nicht in der Lage, bei einer Entbindung zu helfen – ganz abgesehen davon, dass die Geburt noch nicht einmal im Liegen stattfinden sollte. Mit Geburten bei Pferden kannte sie sich einigermaßen aus, auch verliefen die meist unproblematisch.

Die Tür öffnete sich, und der Schotte brachte das heiße Wasser und einen Stapel sauberer Tücher. Mitfühlend klopfte er Samuel auf die Schulter, der aussah, als würde er gleich vom Stuhl fallen.

»Kopf hoch, alter Junge. Wird schon alles gutgehen. Wirst sehen. In ein paar Stunden trinkst du einen kräftigen Schluck auf deinen Nachwuchs.«

MacLead machte den Eindruck, als könnte er selber einen ordentlichen Schluck vertragen, er wollte sich sein Unbehagen aber nicht anmerken lassen.

»Komm doch mit mir runter. Ist eh Frauensache. Männer sind hier fehl am Platz. Es nützt deiner Frau überhaupt nichts, wenn du sie nervös machst oder gar umfällst. Die hat jetzt andere Sorgen.«

Er fasste Samuel beim Arm, und der ließ sich etwas widerstrebend – aber sichtlich erleichtert – aus dem Zimmer führen.

Als die Tür sich hinter den Männern schloss, atmeten beide Frauen hörbar auf, sahen sich an und lachten einvernehmlich.

»Ich weiß nicht, was die Männer tun würden, wenn sie die Kinder bekommen müssten«, sagte Juliana.

»Keine machen«, antwortete Jorganda und kicherte, um gleich darauf leise aufzustöhnen. »Uuhhh, jetzt sehr weh. Dauern nicht mehr lange.«

Juliana wurde jetzt ernsthaft nervös. Wenn die verflixte Hebamme nicht bald kam, würde sie doch noch das Kind entbinden müssen. Gott sei Dank kam in diesem Moment Jason mit einer stattlichen Matrone in den Raum. Sofort machte die Frau sich an ihre Arbeit und spannte Juliana mit ein. Jason wurde rigoros aus dem Zimmer gejagt.

Eine Stunde später ertönte aus dem Obergeschoss wütendes Babygeschrei. Jason hob den Kopf von der Tischplatte und schaute irritiert um sich, dann wurde er langsam klarer im Kopf und schüttelte den frischgebackenen Vater.

»Wach auf, du elender Saufbruder. Du bist Vater, verdammt!«

Samuel grunzte kurz auf und schlief weiter. Er war so abgefüllt, dass alle Versuche Jasons scheiterten, ihn aufzuwecken. Auch der trinkfeste Schotte war tief im Delirium versunken. Seufzend wankte Jason die Treppe nach oben. Gerade wurde die Tür zum Schlafgemach geöffnet, und Juliana spähte hinaus.

»Wo ist Samuel?«, fragte sie erstaunt darüber, dass sie nur Jason sah. »Will er seinen Sohn nicht begrüßen?«

»Der ist sternhagelvoll!«, lallte Jason, Juliana aus blutunterlaufenen Augen anschauend.

»Du scheinst mir auch nicht gerade nüchtern zu sein«, bemerkte Juliana mit einem schiefen Blick auf ihn.

»Immerhin kann ich noch stehen.« Er hob eines seiner Beine und wankte gefährlich. »Siehst du? Sogar auf einem Bein.«

»Großartig«, sagte Juliana sarkastisch. »Komm rein. Aber leise, ja?«

Jason nickte.

Der kleine Isaak lag bereits gewaschen und eingewickelt an der Brust der stolzen Mutter. Er nuckelte selig und war fürs Erste zufrieden mit sich und der Welt. Andächtig bestaunten Jason und Juliana den Neuankömmling.

»Ist alles dran?«, fragte Jason an die Hebamme gewandt.

»Baby gesund. Alles da. Mutter auch gut. Alles gut«, antwortete die Matrone nickend.

»Ich glaube, wir lassen Jorganda mit ihrem Sohn jetzt allein. Sie muss nach all der Anstrengung sehr müde sein«, schlug Juliana vor.

Jason nickte zustimmend, und beide verabschiedeten sich von der jungen Mutter, nachdem sie noch einmal gratuliert hatten.

9

Machtspiele

Die glücklichen und entspannten Tage auf Mayaguana vergingen viel zu schnell, und bald hieß es Abschied nehmen. Für Juliana hatte Jason eine der jungen Eingeborenen als Zofe eingestellt. Das Mädchen Zeana war achtzehn und ein wenig schüchtern, aber sie sprach zumindest gebrochen Englisch und schien sehr eifrig zu sein. Juliana war zuversichtlich, dass sie sich mit ihr gut anfreunden würde.

Die Mannschaft und die Zofe waren bereits an Bord, nur Juliana und Jason standen noch am Steg, um sich von Samuel und Jorganda zu verabschieden.

»Danke für eure Gastfreundschaft. Ich habe mich sehr wohl bei euch gefühlt«, sagte Juliana, umarmte Jorganda, gab dem Baby einen Kuss auf die Stirn und reichte Samuel die Hand.

»Ihr seid jederzeit wieder willkommen«, sagte Samuel, Julianas Hand drückend.

»Ja, müssen wiederkommen. Wir euch gern hier«, meldete sich Jorganda zu Wort.

»Danke, wir werden bestimmt wieder vorbeischauen«, antwortete Jason. Die beiden Männer umarmten sich kameradschaftlich. »Jetzt müssen wir aber los. Bis zum nächsten Mal.«

Jason half Juliana in das schaukelnde Beiboot und setzte sich ans Ruder. Sie winkten den Freunden noch einmal zu, dann legte er sich in die Riemen, und mit kräftigen Zügen ruderte er sie zum Schiff.

Je länger die Reise andauerte, umso angespannter wurde Jason. Er liebte seine Frau mit der gleichen Hingabe, aber sonst wurde er immer schweigsamer und fing an, sich wieder hinter einer Mauer zu verschanzen. Juliana vermisste den fröhlichen und offenen Mann, der er auf Mayaguana gewesen war. Sie hoffte, dass sich die Lage entspannen würde, wenn sie ihr Ziel erst einmal erreicht hätten.

Mit Zeana freundete sie sich erwartungsgemäß gut an. Juliana übte täglich Englisch mit ihr. Die junge Frau lernte sehr schnell und war äußerst geschickt. Auch hatte Juliana wieder angefangen, mit MacLead Schach zu spielen. Da sie aber wegen der schlechten Stimmung zwischen Jason und ihr sehr angespannt war, verlor sie oft. Sie konnte sich nicht so recht konzentrieren, da ihre Gedanken ständig abschweiften. Als sie wieder einmal ein Spiel verlor, fasste MacLead sich ein Herz und sprach sie darauf an.

»Ihr seid wieder einmal nicht bei der Sache. Was ist denn nur los mit Euch? Stimmt etwas nicht?«

»Ach, MacLead«, seufzte Juliana und spielte gedankenverloren mit ihrem schwarzen König, den der Schotte gerade schachmatt gesetzt hatte. »Jason hat sich schon wieder hinter seinen Mauern verschanzt. Er lässt mich gar nicht mehr an sich heran.«

»Schläft er mit Euch? Verzeiht meine indiskrete Frage.«

»Nein, schon in Ordnung.« Sie seufzte erneut. »Er schläft mit mir, aber sonst ist er vollkommen unnahbar. Auf Mayaguana war er ganz anders. Wir waren so glücklich dort.«

»Ich kann mir schon denken, was mit ihm los ist«, sagte MacLead.

»Hat es etwas mit unserem Ziel zu tun?«.

Der Schotte strich sich über den Bart und schaute sie mitfühlend an. Er durfte nicht zu viel verraten, aber er wollte ihr auch etwas Mut machen; denn sie tat ihm ehrlich leid, wie sie da wie ein Häufchen Elend saß. Im Stillen verfluchte er den halsstarrigen Kapitän.

»Es hat etwas damit zu tun – aber nicht nur. Ich kann es Euch leider nicht sagen. Ich weiß, dass Ihr unter der Situation leidet, aber ich bin sicher, dass alles wieder in Ordnung kommen wird.«

Der Schotte überlegte eine Weile, dann sagte er: »Vielleicht solltet Ihr es ihm einfach mal gleichtun. Wenn er sich Euch verschließt, tut es auch. Ihr macht es ihm zu einfach, denn er kann seine Launen pflegen und bekommt trotzdem von Euch, was er begehrt.«

»Ihr meint, ich soll mich ihm verweigern?«, fragte Juliana, deren Miene sich bei dieser Idee schon wieder ein wenig aufhellte.

»Das habt Ihr nicht von mir! Der Käpt'n reißt mir den Kopf ab, wenn er das erfährt.«

Juliana lächelte in sich hinein. Der Plan klang einleuchtend. Es würde zwar schwierig werden, ihm zu widerstehen, aber sie war fest entschlossen, sich durchzusetzen. Vermutlich würde ihr Gatte eine Weile ziemlich schlechter Laune sein, doch vielleicht erkannte er dann, dass sie sich so nicht von ihm behandeln ließ.

»Keine Sorge, von mir erfährt er nichts. Ich werde ihn weichkochen, so wahr ich eine Thompson bin«, schwor Juliana. »Danke für den Rat. Was würde ich nur ohne dich tun. Jetzt muss ich mich verabschieden.«

Juliana hatte schon einen Plan. Gutgelaunt ging sie zu ihrer Kabine.

Na warte, mein Schatz. Du wirst mich noch auf Knien anflehen, wenn ich mit dir fertig bin.

Als Juliana die Offiziersmesse zum Abendessen betrat, verstummten alle Gespräche abrupt. Jason und die Mannschaft schauten sie sprachlos an. Mit Zeanas Hilfe hatte sie in ihrer Kabine ihr schönstes Kleid umgeändert, das nun mit einem sündhaft tiefen Ausschnitt versehen war, der mehr von ihren wohlgeformten Brüsten zur Schau stellte, als es sich schickte. Die Zofe verhalf ihr zu einer raffinierten Hochsteckfrisur, nur einige Strähnen fielen Juliana verspielt auf die teilweise entblößten Schultern. Sie wusste, dass sie einen umwerfenden Anblick bot, so dass keiner der anwesenden Männer den Blick von ihr wenden konnte.

»Guten Abend«, sagte Juliana betont fröhlich und setzte sich an ihren Platz. »Was gibt es heute zu essen? – Oh, Meeresfrüchte. Das sieht aber wirklich … verführerisch aus.«

Sie packte eine Garnele am Schwanzende, führte sie langsam zum Mund, ließ kurz ihre Zunge so darübergleiten, dass die Männer es genau sehen konnten. Dann schob sie die Garnele auf eine besonders sinnliche Art und Weise zwischen ihre Lippen.

Die Männer schluckten. Die Mahlzeit bereitete ihnen deutliches Unbehagen. Sie versuchten krampfhaft auf ihr Essen zu starren, um Juliana nicht ansehen zu müssen. Jason aß mit unbeweglicher Miene, aber die Ader an seiner Schläfe pochte heftig – das konnte Juliana bei einem Seitenblick feststellen.

»Ich denke, ich werde heute ein Bad nehmen«, verkündete Juliana unschuldig und strich mit ihren Händen ein paar imaginäre Krümel von ihrem Busen. »Gedenkt mein Gatte auch einmal wieder zu baden?«

Jason starrte auf seinen Tintenfisch, die Gabel fest umklammert, so dass seine Knöchel ganz weiß hervortraten.

»Das ist eine gute Idee, meine Liebe«, sagte er heiser.

»Na prima. Das Essen war ausgezeichnet. Ich werde mich nun zurückziehen. Gute Nacht, die Herren.«

Sie rauschte aus der Messe, und Jason sprang auf, um ihr zu folgen. Juliana öffnete die Kabinentür, drehte sich zu Jason, der sie fast erreicht hatte, um und sagte honigsüß: »Gute Nacht. Schlaf gut!«

Die Tür knallte sie ihm vor der Nase zu und verriegelte von innen.

Jason starrte eine Weile verdattert auf die geschlossene Tür. *Verfluchtes Weibsstück, was hatte sie nun schon wieder vor?*

»Juliana, verdammt, was soll das?«, fauchte er wütend. »Mach sofort die Tür auf!«

Er hämmerte mit der Faust dagegen.

»Ich denke gar nicht daran!«, erwiderte sie gelassen.

Es kostete sie allerdings große Mühe, so ruhig zu bleiben, denn in ihrem Inneren tobte ein Sturm. Wut und Sehnsucht erfüllten ihr Herz.

»Was willst du damit erreichen? Mach die Tür auf!«, befahl Jason.

»Ich werde ab sofort wieder allein hier schlafen. Du kannst sicher woanders unterkommen.«

»Willst du dich mir etwa verweigern?«.

»So ist es! Ich habe es satt, mich von dir wie eine Hure benutzen zu lassen. Seit wir wieder auf diesem Schiff sind, ignorierst du mich – es sei denn, dass es dich gerade einmal wieder zwischen den Beinen juckt. Ich lasse mir das nicht mehr gefallen! Verschwinde!«

»Ich … ich habe ein Recht darauf! Ich bin dein Ehemann, verdammt!«, brüllte Jason außer sich.

»Ich bin unpässlich«, sagte Juliana ungerührt.

»Was soll das schon wieder heißen?«

»Ich … ich habe Kopfschmerzen … und … und ich bin seekrank, jawohl, seekrank. Ich muss mich übergeben. Und nun verschwinde von hier, ich möchte jetzt schlafen gehen! Ich wünsche dir eine gute Nacht.«

Jason konnte nicht glauben, dass seine Frau tatsächlich ernst machte. Erst kam sie in diesem Aufzug zum Essen, machte ihn heiß, und dann servierte sie ihn so ab. Wütend hämmerte er gegen die Tür.

«Juliana! Mach sofort die Tür auf! – *Juliana!*«

Juliana gab keine Antwort mehr. Zornig trat Jason gegen die Tür, erkannte dann aber, dass er für heute nichts mehr erreichen würde. Frustriert begab er sich zur Kabine des Ersten Steuermannes. Seine Mannschaft würde ihn wahrscheinlich insgeheim verspotten, dass seine kleine Frau ihn vor die Tür gesetzt hatte. Am liebsten hätte er eine Axt geholt, um die verdammte Tür einzuschlagen. Voll Zorn und unerfülltem Verlangen bebend riss er die Tür zu Smiths Kabine auf. Der Erste Steuermann sah ihn grinsend an. Sicher hatte er das Spektakulum mitbekommen – laut genug war es ja – und alle anderen an Bord wussten jetzt ebenfalls, was los war.

»Sag nichts«, knurrte er wütend, und Smith verkniff sich den gehässigen Kommentar, der ihm auf der Zunge brannte.

Jason schlief fürchterlich, eigentlich fast überhaupt nicht. Grimmig schwang er sich von seinem unfreiwilligen Nachtlager, schnappte sich seine Sachen, um sich anzuziehen. Sein bestes Stück wollte sich gar nicht mehr beruhigen, schmerzhaft verzog Jason das Gesicht, als er die Hose über das steife Glied zog. Er würde sich irgendwo Erleichterung verschaffen müssen, so konnte er unmöglich vor die Mannschaft treten.

Na warte, du verfluchte kleine Hexe, wenn ich dich zwischen die Finger kriege …

Auch Juliana schlief nicht sehr gut. Zwar hatte sie die Schlacht gewonnen, aber auch sie litt unter seiner Abwesenheit. Sie begehrte diesen verdammten Schuft so sehr, dass er sie sogar bis in ihre Träume verfolgte. Wie gerädert stand sie auf und wusch sich. Ihr war ein wenig bange vor dem Zusammentreffen mit Jason. Wie würde er jetzt reagieren? Sie konnte sich vorstellen, dass er ziemlich unleidlich war.

Nachdem sie sich mit Zeanas Hilfe angekleidet hatte, begab sie sich zum Frühstück. Bildete sie es sich nur ein, oder grinsten die Männer verstohlen? Sicher hatten sie gestern alles mitbekommen. Fast tat Jason ihr leid.

»Guten Morgen«, grüßte sie, um eine unbeteiligte Miene bemüht.

»Guten Morgen!«, ertönte es einstimmig zurück.

Juliana bemerkte, dass Jason noch nicht anwesend war. Vielleicht wollte er mit ihr nicht zusammentreffen. Sie hoffte, dass sie sich jetzt nicht alles verscherzt hatte. Dass der Schuss auch nach hinten losgehen könnte, daran hatte sie nicht gedacht. Hatte sie das Richtige getan? Sie seufzte leise. Warum waren Männer nur so verdammt kompliziert? Sie stocherte lustlos in ihrem Essen, sie hatte überhaupt keinen Appetit. Sie beschloss, in ihre Kabine zu gehen und etwas zu lesen. Samuel hatte ihr zwei Bücher geschenkt, und sie freute sich schon darauf, sie zu lesen.

Jason stand auf der Brücke und starrte auf den Horizont. Eine steile Falte grub sich zwischen seinen Augen in die Stirn. Warum verweigerte sich Juliana nur? Er hatte nicht den Eindruck, dass ihr das gemeinsame Liebesspiel nicht gefallen würde, er war sich sicher, sie jedes Mal vollkommen befriedigt zu haben. Spielte sie ihm etwas vor? Nein! Er kannte sich mit Frauen aus, er würde es merken. Ihre Leidenschaft war echt gewesen, da würde er seine Seele verwetten. Verdammt, er konnte einfach an nichts anderes mehr denken als an sie, an ihr seidenweiches Haar, die runden Brüste, die weichen Schenkel …

Er fluchte leise. Dreimal war er seit dem Morgen schon davongeschlichen, um sich Erleichterung zu verschaffen, aber seine Sehnsucht schien nur noch stärker zu werden. So was war ihm noch nie passiert, er hatte sich immer unter Kontrolle gehabt, verlor nie ein Ziel aus den Augen. Er redete sich ein, dass die Besessenheit irgendwann nachlassen würde. Auf Lacuma wollte er sie zurücklassen und weiter sein Ziel verfolgen, die Ehre wiederherstellen und seinen Besitz zurückerlangen. Er durfte nicht zulassen, dass dieses Frauenzimmer ihn von seinen Plänen abhielt.

»Käpt'n!«, ertönte die Stimme des Ersten Steuermannes neben Jason.

»Was gibt es, Smith?«, fragte Jason unwirsch.

»Zwei der Männer wollen die Mannschaft verlassen, wenn wir Lacuma angelaufen haben«, berichtete Smith.

»Wer?«

»Wilson und O'Brian. Sie möchten sich auf Lacuma niederlassen und heiraten.«

»Hm, sie haben mir lange und treu gedient. Sie sollen zu ihrer Heuer noch eine Prämie bekommen. Ich werde mir das noch überlegen.«

Jason drehte sich zu Smith um.

»Sagt Wilson und O'Brian, dass ich ihnen nicht im Wege stehen werde und dass ich mich auf eine rauschende Hochzeitsfeier freue.«

Smith grinste. Er hatte nichts anderes erwartet.

»Aye, ich werd's ihnen ausrichten.«

Der Erste Steuermann zupfte verlegen an seinem Hemd und räusperte sich.

»Ist noch etwas?«, fragte Jason misstrauisch.

»Nun … ähm … ja …«, stammelte Smith nervös.

»Was gibt es denn so Unangenehmes? Raus mit der Sprache!«, forderte Jason ungeduldig.

Er hatte das ungute Gefühl, dass es um Juliana ging.

Was brütet die kleine Hexe schon wieder gegen mich aus?

»Nun ja … Eure Frau, sie … sie hat gesagt …«

»Was hat sie gesagt?!«, knurrte Jason ungeduldig.

»Sie möchte ihre Mahlzeiten zukünftig …«, Smith holte tief Luft, »in der Kabine einnehmen. Sie hat angekündigt, die Kabine bis zur Ankunft in Lacuma nicht mehr verlassen zu wollen.«

Jason fühlte, wie die Wut langsam in ihm aufstieg. Was zur Hölle sollte dieses ganze Theater? Frauen waren manchmal wirklich nicht zu verstehen, und sein eigensinniges Weib war wirklich die Krone der Schöpfung. Gott musste einen verdammt schlechten Tag gehabt haben, als er sie erschuf.

»Übernehmt das Steuer, ich werde mal ein Wörtchen mit meiner *Frau* reden!«, sagte Jason mit gefährlich ruhiger Stimme und machte sich auf den Weg.

Juliana lag auf der Koje und las – jedenfalls versuchte sie es, was ihr aber nicht gelang. Ständig schweiften ihre Gedanken zu Jason ab. Was er wohl gerade machte? Vermisste er sie so sehr wie sie ihn? Ihr ganzer Körper verlangte nach seinen zärtlichen Liebkosungen, wollte eins werden mit ihm, so wie schon unzählige Male zuvor. Warum nur übte er einen solchen Zauber auf sie aus? Würde er jemals lernen, sie zu lieben, wie sie ihn liebte?

Seufzend klappte sie das Buch zu und rollte sich auf den Rücken. Ihr Blick ging ins Leere, ihre Gedanken kreisten nur um ihn. Erinnerungen an die glückliche Zeit auf Mayaguana ließen ihr das Herz schwer werden. Warum konnte nicht wieder alles so sein wie auf dieser kleinen paradiesischen Insel?

Polternde Schritte rissen sie aus ihren wehmütigen Gedanken. Ihr Herz klopfte. Kam er, um sich für sein Verhalten ihr gegenüber zu entschuldigen? Würde er ihr endlich sagen, dass er sie brauchte, ohne sie nicht mehr sein wollte, sie liebte?

Es klopfte stürmisch an der Tür.

«*Juliana*! Hör jetzt endlich mit diesem Theater auf und öffne die verfluchte Tür, oder ich schwöre bei Gott, dass ich sie eintreten werde!«, warnte Jason mit eisiger Stimme.

Nein, es hatte sich nichts geändert! Er würde wohl nie mehr in ihr sehen als einen willigen Körper, der ihm Vergnügen bereitete.

»Ich denke gar nicht dran! Du kannst bleiben, wo du willst, aber bei mir bist du unerwünscht. Ich bin nicht bereit, länger für dich die Beine breitzumachen. Verschwinde, du selbstsüchtiger Mistkerl!«

»Ich sollte dich übers Knie legen und dir für deine Respektlosigkeit den Hintern versohlen. Ich bin immer noch dein Mann, du schuldest mir Gehorsam, vergiss das nicht!«

»Ja, das könnte dir gefallen, mich zu schlagen, du brutaler Schuft. Du kannst mir vielleicht Gewalt antun, aber ich schwöre, das wirst du bitter bereuen.«

»Ich warne dich, treib es nicht zu weit. Ich bin kein Mann, der sich von seiner Frau lächerlich machen lässt.«

»Sooo, darum geht es also. Machen sich deine Männer über dich lustig, weil ich dir nicht gehorchen will?«, fragte Juliana boshaft.

»Das reicht!«, polterte Jason am Rande seiner Geduld. »Ich sage es jetzt zum letzten Mal. *Mach die Tür auf!*«

»Niemals!«

Jason ging ein paar Schritte zurück und nahm Anlauf. Er rammte die schwere Tür, brachte sie zum Erbeben.

Juliana schrie entsetzt auf. Er würde es tatsächlich tun. Der Halunke war komplett wahnsinnig!

Jason startete einen neuen Versuch. Diesmal löste sich der Riegel schon ein wenig aus seiner Verankerung. Ein dritter Anlauf – und Jason flog mit der Tür in die Kabine.

Juliana sprang von der Koje auf. Schutzsuchend lief sie hinter den schweren Schreibtisch, während Jason sich aufrappelte und sie finster anschaute. Er sah wirklich bedrohlich aus. Sie wusste, dass sie keine Chance hatte, ihm zu entkommen, sondern ihm auf Gedeih und Verderb ausgeliefert war. Ein müßiges Spielchen begann, bei dem er nach rechts setzte – sie nach links floh und umgekehrt.

»Es ist zwecklos, meine Liebe. Ich kriege dich ja doch irgendwann.«

»Mag sein, aber ich habe nicht vor, es dir so einfach zu machen. Du wirst mich nur mit Gewalt bekommen, wenn es das ist, was du willst«, entgegnete Juliana entschlossen.

»Nimm endlich Vernunft an. Ich bin dieses Spielchen leid.«

»Was hat das mit Vernunft zu tun, wenn ich mich von dir behandeln lasse wie eine Hure?«, fragte sie aufgebracht.

Ihr Busen wogte unter ihren heftigen Atemzügen.

»Du genießt es doch genauso wie ich, wenn wir miteinander schlafen. Warum jetzt so einen Aufstand machen?«

»Ich will nicht nur im Bett deine Frau sein! Du behandelst mich außerhalb des Bettes wie Luft.«

»Du redest wirr. Ich behandle dich besser, als mancher andere Ehemann seine Frau behandelt.«

Juliana wusste, dass er recht hatte. Er schlug sie nicht und sorgte immer dafür, dass sie im Bett auch zu ihrem Vergnügen kam – doch das war ihr nicht genug. Sie wollte schon immer mehr, deshalb hatte sie ja auch alle Heiratskandidaten abgelehnt.

»Komm, lass uns nicht mehr streiten. Ich vermisse dich«, gestand Jason leise.

Das war in der Tat ein großes Eingeständnis seinerseits. Aber es brauchte noch ein wenig mehr, sie zu überzeugen.

»Wohin fahren wir, und was hast du mit mir vor?«

»Juliana, ich bin nicht gewillt, mich von dir mit Sexentzug erpressen zu lassen. Ich habe meine Gründe, dir nicht alles zu erklären.«

»Also vertraust du mir nicht?«

Jason machte einen erneuten Versuch, sie zu erreichen, doch sie wich ihm abermals aus, was ihn sehr wütend machte.

Er schlug mit der Faust auf den Tisch. Juliana zuckte zusammen.

»Es reicht!«, schrie Jason erzürnt und jagte ihr erneut nach.

Als sie ein weiteres Mal ausweichen wollte, blieb sie mit ihrem Kleid an einem Schubladengriff hängen. Jason nutzte seine Chance und packte sie. Sie versuchte sich aus seinem festen Griff zu winden, aber vergebens. Jason grinste diabolisch.

»Ich habe dich, meine widerspenstige kleine Wildkatze. Jetzt nehme ich mir, was mir zusteht«, verkündete er mit triumphierender Stimme.

»Dann tu es doch – aber du wirst es mir schon aufzwingen müssen«, keuchte Juliana atemlos.

Der Kampf mit ihm hatte sie geschwächt, doch sie war fest entschlossen, ihm mit Abweisung zu begegnen. Ihr Herz hämmerte aufgeregt in ihrer Brust.

»Ich glaube nicht, dass das notwendig ist«, antwortete Jason überheblich. »Ich weiß, dass du auf meinen Körper ansprichst. Du wirst schon bald um mehr flehen!«

»Das wirst du ja sehen! Ich hasse dich«, zischte Juliana.

Jason schleifte sie zur Koje, warf sie auf die Laken, entledigte sich hastig seiner Kleidung und legte sich auf sie. Juliana rührte sich nicht, lag steif wie ein Brett. Er presste seine Lippen auf ihren Mund und küsste sie lange, ohne dass sie ihm antwortete. Sie war so wütend über seine

Grobheit, dass sie kein Gefühl mehr für ihn empfand. Er versuchte verzweifelt, ihr durch seine streichelnden Hände eine Regung abzuringen, irgendein Zeichen, dass sie ihn wollte. Vergebens. Die Erkenntnis, dass er verloren hatte, schmerzte. Sie würde nicht nachgeben, würde keine leisen Laute der Lust von sich geben, sich ihm nicht öffnen. Ernüchtert glitt er von ihr herunter und griff nach seinen Sachen, um sich wortlos anzuziehen. Mit einem eigenartigen Gefühl der Leere verließ er die Kabine.

10

Schachmatt

Juliana starrte mit bebendem Körper an die Decke. Einen Moment hatte sie geglaubt, er würde sie mit Gewalt nehmen. Sie fühlte sich so unendlich leer, doch wenn er sie nicht liebte, bekam alles einen bitteren Nachgeschmack. Warum empfand er nicht mehr für sie als nur Begehren? Tränen füllten ihre Augen. Warum tat es nur so weh? Sie hatte das Gefühl, es würde sie zerreißen. Sie hätte nie für möglich gehalten, dass sie sich in den rauen Piraten verlieben würde, aber genau das war geschehen. Sie liebte ihn. Sicherlich, er war ihr Gatte – doch diese bloße Formalität gab ihr keine Zufriedenheit. Sie wollte mehr. Viel mehr.

»Jason«, flüsterte sie leise und gequält.

Sie ließ ihren Tränen jetzt freien Lauf und schlief schließlich erschöpft ein, doch ihre Qualen schlichen sich auch in ihre Träume.

Jason verbrachte eine weitere unruhige Nacht und fühlte sich sehr niedergeschlagen. Juliana fehlte ihm. Er erkannte erstaunt, dass er nicht nur ihren willigen Leib vermisste, sondern auch ihr Lachen und ihren Witz. Er hatte gedacht, dass er ihrer irgendwann überdrüssig sein würde, wie das bei den anderen Frauen der Fall war – aber sein Verlangen nach ihr blieb unverändert. Mit seiner abweisenden Art, die er seit der Abreise von Mayaguana an den Tag legte, verursachte er selbst diese unbefriedigende Lage. Er musste etwas unternehmen – so konnte es nicht weitergehen. Er zog sich an, verließ die Kabine, um nach MacLead zu suchen. Der Schotte hockte oft mit seiner Frau zusammen – vielleicht konnte er ihm helfen.

Es klopfte an der Tür, und Juliana setzte sich unwillig in Bewegung, um diese zu öffnen. MacLead stand davor, sie verlegen anlächelnd. Sie war gleichzeitig erleichtert, aber auch unglücklich darüber, dass es nicht ihr Mann war.

»Hallo, Mrs. Whitfield. Ich dachte mir, Ihr hättet vielleicht Lust, heute Nachmittag mit mir eine Partie zu spielen.«

»Ja, sehr gern«, sagte Juliana. Vielleicht würde es sie auf andere Gedanken bringen.

»Wann?«

»Eine Stunde nach dem Mittag. Da habe ich ein wenig frei.«

»In Ordnung, ich werde da sein«, versprach Juliana und strich sich eine Strähne aus dem Gesicht.

»Prima. Ich freu mich. Jetzt muss ich aber an die Arbeit«, sagte der Schotte und stapfte davon.

Juliana betrat die Offiziersmesse und stellte fest, dass MacLead noch nicht da war. Sie schlenderte um den langen Tisch herum. Hinter dem Stuhl des Kapitäns blieb sie stehen, um gedankenverloren mit den Händen über die Rückenlehne zu streichen. Seufzend wandte sie sich ab, holte das Schachbrett und das Kästchen mit den wunderschön gearbeiteten Elfenbeinfiguren aus einer Kiste in der Ecke des Raumes, stellte die Sachen auf den Tisch und setzte sich.

Die Tür öffnete sich. Juliana blickte auf, um den Schotten fröhlich zu begrüßen, und ihr Lächeln gefror. Nicht MacLead stand in der Tür, sondern Jason. Er lächelte sie unsicher an.

»Was willst du? Ich warte auf MacLead, wir sind hier zum Schachspielen verabredet«, sagte sie mit kühler Stimme.

»MacLead ist verhindert. Ich bin gekommen, ihn zu vertreten.«

Hörte sie Hoffnung in seiner Stimme? Vielleicht litt er genauso wie sie. Anscheinend hatte er die ganze Geschichte mit MacLead eingefädelt, um sich ihr zu nähern.

»Nun denn, setz dich, aber mach dir keine Hoffnung, ich bin nicht so leicht umzustimmen. Du wirst dich anstrengen müssen«, verkündete Juliana betont gleichmütig.

»Welche Farbe möchtest du?«, fragte sie und öffnete das Kästchen.

»Schwarz – wie meine Seele«, raunte Jason.

Sie sah zauberhaft aus mit ihren geröteten Wangen und der gelösten Haarsträhne, die sich auf ihrer Schulter kringelte. Er hätte die Strähne am liebsten berührt und um seinen Finger gewickelt wie schon einige Male zuvor. Ihre Augen waren etwas gerötet. Hatte sie etwa geweint? Mit zitternden Händen verteilte sie die Figuren und eröffnete das Spiel.

Die Partie war recht ausgeglichen. Sie spielten schweigend. Jason bemerkte, dass sie sich langsam entspannte, er genoss das Spiel mit ihr. Sie war sehr gut, brachte ihn mit ihren taktisch klugen Zügen mehrmals ordentlich ins Schwitzen.

»Bist du sicher, dass du deine Dame da hinstellen willst?«, erkundigte sich Juliana lächelnd.

»Ja, mein Liebes. Schach!«, triumphierte Jason und grinste.

Juliana grinste zurück. Sie nahm ihren Springer und schlug Jasons Dame mit einem gemeinen Lächeln.

»Mist, das hab ich gar nicht gesehen!«, fluchte Jason. »Du bist zu gut für mich.«

Er schob seinen Läufer aus der Gefahrenzone, der nun ebenfalls vom Springer bedroht wurde.

Nach drei weiteren Zügen war Jason endgültig schachmatt.

»Bekomme ich eine Revanche?«, wollte er wissen, dabei Juliana tief in die Augen schauend.

»Gut, ich gebe dir noch eine Chance.«

Sie ordnete die Figuren erneut auf dem Spielbrett an.

»Ich möchte um einen Einsatz spielen«, sagte Jason leise.

»Und um welchen Einsatz?«

»Wenn ich gewinne, darf ich wieder in unserer Kabine schlafen. Wenn ich verliere, lasse ich dich in Ruhe.«

Juliana schaute auf die Figuren. Was sollte sie tun? Sie fühlte sich unsicher und zerrissen. Es könnte doch sein, dass er sich geändert hatte, sein Verhalten bedauerte. Sie wollte diese Chance nicht verstreichen lassen.

»In Ordnung«, sagte sie schließlich.

Am Anfang lief das Spiel gut für Juliana. Sie glaubte an ihren Sieg, als sich das Blatt plötzlich wendete. Sie war wohl zu leichtsinnig geworden, hatte bereits beide Türme und einen Läufer eingebüßt, als Jason auch noch ihre Dame schlug. Verbissen kaute sie auf ihrer Unterlippe. Er durfte nicht gewinnen! Sie musste die Regeln der Versöhnung bestimmen, nur so konnte sie sichergehen, dass es ihm nicht wieder bloß darum ging, sie zu beschlafen. Niemals würde sie seinen Verführungsversuchen ein zweites Mal widerstehen können. Sie war verloren, er würde siegen – in doppelter Hinsicht.

Zufrieden lehnte sich Jason in seinem Stuhl zurück. Er hatte das Spiel gewonnen! Heute Nacht würde er sie endlich wieder in den Armen halten können. Nur zu gerne hätte er sie gleich an Ort und Stelle genommen, aber das würde nur wieder alles zerstören, also musste er sich in Geduld üben und die Befriedigung seines Verlangens auf den Abend verschieben.

Juliana schlug das Herz bis zum Hals. Sie war verzweifelt, denn sie befürchtete, alles würde so werden wie vorher. Er würde mit ihr schlafen, ihr Lust verschaffen – aber lieben würde er sie nicht. Sie sehnte sich nach ihm, das war es, was ihr am meisten Angst bereitete. Unsicher blickte sie zu Jason, der an seinem Schreibtisch saß, um den Tagesverlauf ins Logbuch zu notieren. Gerade hatte er den Eintrag beendet und das Logbuch zugeklappt. Er hob den Kopf, schaute sie an, Begehren stand in seinen dunklen Augen.

»Warum bist du noch nicht ausgezogen und im Bett? Es ist schon spät.«

Er stand auf und kam langsam auf sie zu.

Am liebsten wäre sie aus dem Zimmer geflohen, nur weg von ihm, der so starke Gefühle in ihr auslöste, die sie nicht zu kontrollieren vermochte. Jason zog sie an seine breite Brust und vergrub sein Kinn in ihrem weichen Haar. Wie sie duftete, er hatte es so vermisst, sie in den Armen zu halten und ihren Duft einzusaugen.

»Das Spiel heute hat mir sehr gefallen. Ich habe mich nach dir gesehnt«, raunte er heiser vor Verlangen.

Juliana zitterte. Sie spürte seinen Herzschlag, der genauso schnell wie ihr eigener war. Wie gut es sich anfühlte, von ihm umfangen zu werden. Zaghaft berührte sie seine Brust, ließ ihre Hand darauf ruhen.

Mit langsamen, beinahe andächtigen Bewegungen entkleidete Jason sie, entledigte sich dann seiner eigenen Kleider, bis sie sich nackt gegenüberstanden. Er schaute sie an, genoss ihren Anblick, der ihm die letzten Nächte quälend vor seinem inneren Auge gestanden hatte.

»Du bist so wunderschön«, hauchte er und drängte sie sanft zur Koje, um sich mit ihr darauf niederzulegen.

Er sah Schmerz in ihren schönen Augen, den er nicht verstand. Sanft strich er ihr die Haare aus dem Gesicht, küsste sie auf die Stirn, auf die halbgeöffneten Lippen, teilte sie mit seiner Zunge und begegnete ihrer Zunge – langsam, tastend. Er wollte nichts tun, was den Augenblick zerstören könnte. Er würde ihre Leidenschaft langsam wecken und sie die letzten Tage vergessen lassen.

Juliana erwiderte seinen Kuss erst zaghaft, dann immer leidenschaftlicher, bis sie ihre Arme um ihn schlang, um ihn noch dichter an sich zu pressen. Vorsichtig löste er sich aus ihrer Umklammerung, schaute sie prüfend an. Das Verlangen hatte den Schmerz in ihren Augen abgelöst, ihre Augen schienen nun fast violett.

»Warum müssen wir immer gegeneinander kämpfen, Juliana? Du weißt, wie sehr es mich nach dir verlangt. Ist das nicht mehr, als andere Paare miteinander haben?«

Ja, aber ich will mehr, und ich werde es bekommen!

Jason strich über ihre Brüste, neckte die erregten Spitzen, bis sie ganz steif emporragten und nach seinem Mund lechzten. Er nahm eine der Spitzen zwischen die Lippen, begann daran zu saugen, während er die andere Spitze zwischen den Fingern rieb. Juliana stöhnte auf und bäumte sich ihm entgegen. Sie tastete mit einer Hand abwärts, bis sie seinen harten Schaft erreichte und ihn fest umschloss. Wie gut er sich anfühlte. Wie hart und samtig zugleich. Sein deutliches Verlangen nach ihr erfüllte sie mit Genugtuung. Wenigstens war sie in der Lage, ihn zu erregen. Das war ein Punkt, wo sie Macht besaß. Macht über ihn. Dieser raue Mann mit den stahlharten Muskeln wurde Wachs in ihren Händen. Um ihre Macht zu prüfen, schloss sie die Hand fester um seinen Schaft. Jason stöhnte erregt an ihrer Brust. Ihre zarten Hände auf seinem Schwanz zu spüren machte ihn schier wahnsinnig. Er knurrte, als sie begann, am Schaft auf und ab zu fahren. Immer wieder schob sie die Vorhaut zurück und legte so die empfindliche Spitze frei.

»Nicht so hastig, Kleines. Ich hab ein paar Tage der Entbehrung hinter mir. Wenn du so weitermachst, werde ich kommen, ohne dich beglückt zu haben«, keuchte er erregt.

Er befreite sich von ihr und glitt an ihrem schlanken Leib hinab. Verlangend saugte er den Anblick ihrer geröteten Scham in sich auf. Ihr duftender Nektar rann verführerisch aus ihrer Spalte, lockte ihn mit ihrem betörenden Duft.

Er ließ seine Zunge zu ihrer pulsierenden Vagina hinabgleiten und teilte das samtene Fleisch, leckte genüsslich ihren Liebessaft. Jetzt war es an Juliana, erregt zu keuchen. Sie legte die Hände auf seinen Kopf, presste ihn fest an ihren heißen Schoß. Er schien sie geradewegs verschlingen zu wollen, so heftig saugte, leckte und knabberte er an ihrer nässenden Weiblichkeit. Seine Zunge bohrte sich in sie, stieß immer wieder vor und zurück, während er mit dem Handballen über ihre Klitoris rieb und sie so zum Erbeben brachte. Hemmungslos schrie sie ihre Lust hinaus, bäumte sich auf, um dann erfüllt zurückzusinken. Jason schob sich über sie, damit er sie mit seinem Schwanz in Besitz nehmen konnte, aber Juliana schob ihn beharrlich zur Seite.

»Nein, jetzt will ich dich verwöhnen. Leg dich auf den Rücken.« Jason war etwas überrascht.

Juliana liebkoste seinen Oberkörper mit ihren Händen und ihrem Mund, reizte seine Brustwarzen, wie er es bei ihr getan hatte. Es bereitete ihr Vergnügen, ihn zu entdecken und seine Lust anzustacheln. Sie genoss sein leises Stöhnen. Es tat gut, einmal die Zügel in der Hand zu halten. Langsam ließ sie ihre Lippen über seinen muskulösen Bauch gleiten, umfasste sein pochendes Glied, küsste zaghaft die pralle Eichel, ließ ihre Zunge darübergleiten, um den glitzernden Lusttropfen abzulecken. Langsam umschloss sie sein hartes Glied mit ihren Lippen, ließ es in ihrem feuchten Mund verschwinden, während sie sanft seine Hoden massierte, bis er sie keuchend am Schopf packte und über sich zog.

»Ich habe heute keine Geduld für solche neckischen Spiele. Mein Schwanz explodiert gleich. Das kommt davon, wenn man seinen Mann so lange vernachlässigt. Da sammelt sich so einiges an.«

Sie setzte sich auf ihn, ließ seinen harten Stab in ihrer feuchten Höhle verschwinden, die schon mehr als bereit war, ihn in sich aufzunehmen, und ihn schmatzend willkommen hieß.

»Du fühlst dich so gut an. Ich liebe es, wenn du in mir

steckst, mich ganz ausfüllst. Aber auch ich kann nicht mehr geduldig sein.« Juliana ritt ihn schnell und atemlos, warf den Kopf in den Nacken und massierte ihre runden Brüste dabei.

Jason hielt es nicht mehr länger aus. Er packte sie an den Hüften, um ihr Tempo weiter zu beschleunigen. Sie schrie lustvoll auf, als die Welle der Ekstase sie erfasste, und er entlud sich zuckend in ihrem Leib, pumpte seinen Samen tief in sie hinein. Erschöpft sank Juliana auf ihn nieder und barg ihr Gesicht an seinem Hals.

»Du hast es genauso vermisst wie ich. Gib es zu«, raunte er.

»Ja«, flüsterte sie und seufzte selig.

Es hatte keinen Sinn, es länger zu leugnen. Sie wollte ihn, brauchte ihn, auch wenn er sie nicht liebte. Ihr Verstand hatte vor den Bedürfnissen ihres Körpers kapituliert.

Es klopfte an der Tür. Juliana bedeutete Zeana, die Tür zu öffnen. Der erste Steuermann stand auf der Schwelle.

»Mrs. Whitfield, wir werden in etwa einer Stunde vor Lacuma vor Anker gehen. Bitte haltet Euch bereit.«

Julianas Herz klopfte vor Aufregung und Freude. Sie waren endlich am Ziel ihrer Reise angelangt, und sie würde bald der Enge dieses Schiffes entkommen. Auch freute sie sich darauf, Jasons Zuhause kennenzulernen, über das er so beharrlich schwieg.

«Danke, Smith. Ich werde pünktlich fertig sein«, versprach Juliana.

Eine Stunde später stand sie an Deck der *Doreen* und schaute zu der Insel, die langsam immer näher kam. Sie war klein, aber um einiges größer als Mayaguana. Hohe Klippen säumten die felsige Küste. Juliana fragte sich, wo sie hier an Land gehen sollten, denn es gab keinen richtigen Strand, und gefährliche Riffe durchzogen das Wasser. Das Schiff fuhr eine Weile an der unwirtlichen Küste entlang, bis die hohen Klippen allmählich schrumpften. Weißer Sand löste die Felsen ab. Eine Bucht tat sich auf, die *Doreen* hielt darauf zu.

Wie auf Mayaguana kamen auch hier viele Eingeborene an den Strand, um die Ankömmlinge freudig zu begrüßen.

Die Anker wurden zu Wasser gelassen, die Beiboote fertig gemacht, dann ebenfalls zu Wasser gelassen. Bis zum Strand war es nicht weit. Bald schon glitten die Boote auf den weichen Sand. Die Ankömmlinge verließen die Boote, glücklich, wieder einmal festen Boden unter den Füßen zu haben. Die Wiedersehensfreude um sie herum war überwältigend. Jason war umringt von lachenden Menschen und wurde immer weiter von Juliana abgedrängt. Eine junge Frau mit schwarzen hüftlangen Haaren fiel Jason um den Hals, küsste ihn stürmisch. Ihr weiblich gerundeter Körper rieb sich aufreizend an ihm. Er umfasste die rassige Schönheit und schob sie lachend beiseite. Eifersucht bohrte sich tief in Julianas Herz. Wer war diese dreiste Frau? Seine Geliebte? Gegen diese exotische Schönheit hatte sie keine Chance. Ihr rabenschwarzes Haar war glatt und seidig, ganz im Gegensatz zu Julianas widerspenstigen Locken. Auch mit dem üppigen Busen konnte sie unmöglich mithalten. Vor Wut und Enttäuschung stiegen Juliana die Tränen in die Augen. Sie bemerkte gar nicht, wie Jason plötzlich neben ihr auftauchte. Er nahm sie unbeschwert lachend in den Arm, wirbelte sie herum, ehe er sie wieder auf ihre Füße stellte.

»Wir sind endlich zu Hause. Das ist Lacuma – meine Insel«, verkündete er strahlend und breitete demonstrierend die Arme aus. »Wir sind nicht weit vom Haus entfernt. Es liegt hinter diesem Hügel an einer Quelle. Komm!«, sagte Jason, sie bei der Hand fassend.

Widerstrebend ließ sich Juliana mitziehen. Ihr bangte plötzlich vor ihrem neuen Heim. Würde sie es mit dieser Dunkelhaarigen teilen müssen? Würde sie ihren Mann mit ihr teilen müssen?

11

Lacuma

Das Haus erwies sich als eine große Enttäuschung: Ein festungsartiger Bau aus schmutzigem, grauem Stein, dessen linker Flügel so baufällig war, dass Juliana schwor, nie einen Fuß da hineinzusetzen. Auch der rechte Flügel sah nur wenig besser aus. Von den insgesamt dreißig Zimmern waren mindestens zehn überhaupt nicht bewohnbar. Es gab nur wenige stark vernachlässigte Möbel, und überall lag Dreck und Unrat herum. Gut ein Dutzend Hunde streunten durch Haus und Hof, ebenso viele Kinder in schmutzigen Kleidern spielten in einem vollkommen verdreckten Innenhof, der einen entsetzlichen Gestank verbreitete. Ungläubig bestaunte Juliana ihr zukünftiges Heim und rümpfte die Nase. Es dauerte eine Weile, bis sie ihrer Sprache wieder mächtig war.

»*Das* ist dein Haus?«, fragte sie entsetzt.

Sie wusste nicht genau, was sie erwartet hatte – aber das sicherlich nicht.

»Hm, ich war länger nicht hier. Denke, hier fehlt wohl eine weibliche Hand«, gab Jason zu.

»Du erwartest doch nicht etwa, dass ich diesen Saustall hier in Ordnung bringe?« Sie beäugte skeptisch ein paar Hunde, die sich gerade um einen Knochen balgten und bösartig die Zähne fletschten.

»Du musst das natürlich nicht selber machen. Ich werde

dir ein paar Frauen zuteilen, die du anweisen kannst, das Nötige zu tun.«

»Gut, ich denke, so könnte es gehen. Ich möchte schon morgen damit beginnen. Heute Nacht werde ich auf dem Schiff schlafen. Bevor ich nicht ein sauberes Schlafzimmer habe, will ich hier nicht wohnen!«, verkündete Juliana fest und blickte ihn entschlossen an.

»In Ordnung, wir schlafen heute auf dem Schiff. Es tut mir leid, ich wusste nicht, dass es so schlimm aussehen würde. Ich werde veranlassen, dass du nächste Woche mit Smith nach Curaçao fahren kannst, um ein paar Möbel, Teppiche und dergleichen zu kaufen. Ich bin sicher, du wirst es hier sehr hübsch machen«, sagte Jason, um sie zu besänftigen.

»Das wäre wunderbar. Hier ist alles so nackt und unfreundlich. Ich denke, blaue Gardinen würden wunderbar hierher passen, meinst du nicht?« Juliana fing bereits an, alles in Gedanken zu planen und einzurichten.

Sie würde eine Menge Arbeit vor sich haben, um diesen Alptraum in ein Heim zu verwandeln – aber sie war fest entschlossen, hier ein kleines Wunder zu vollbringen.

»Gut, ich mag Blau. Du hast völlig freie Hand. Tu, was du für richtig erachtest, ich werde es schon mögen«, sagte Jason und war froh, ihr die Angelegenheit überlassen zu können.

Er würde sich nur ungern damit befassen wollen, das war Frauenkram – und so sollte es bleiben. Für ihn war so eine Bequemlichkeit nicht wichtig, aber sie war schließlich eine Dame aus gutem Haus und Besseres gewöhnt. Er konnte ihr Entsetzen gut nachvollziehen, denn er war selbst nicht gerade begeistert, dass es hier noch schlimmer aussah als bei seinem letzten Aufenthalt.

Am nächsten Tag begutachtete Juliana noch einmal alle Räume, um genaue Listen zu erstellen, was sie alles auf Curaçao kaufen wollte. Sie vermaß gerade die Fenster ihres Schlafzimmers, als sie Schritte und Stimmen auf dem Gang vernahm. Jason betrat den Raum mit vier jungen Frauen im Schlepptau, die ausgelassen mit ihm schäkerten. Wieder wurde Juliana von Eifersucht erfasst – erst recht, als sie erkannte, dass auch die Schönheit, die Jason am Strand umarmt und geküsst hatte, unter den Frauen war. Er konnte doch wohl unmöglich erwarten, dass sie zusammen mit dieser Frau arbeitete. Bemerkte er denn nicht die hasserfüllten Blicke, mit denen die junge Frau Juliana bedachte? Und wie besitzergreifend sich die Schlampe an seinen Arm hängte. Juliana war sich sicher, dass es noch Ärger mit ihr geben würde.

»Juliana, ich bring dir ein paar fleißige Helferinnen. Das sind Kiku, Basrina, Doliza und Chinita«, stellte er die Frauen der Reihe nach vor.

Chinita, so also hieß diese kleine Dirne, die sich so an Jason heranmachte. Die schmachtenden Blicke, die Chinita Jason zuwarf, und die schlanke dunkle Hand, die so dreist auf seinem Arm ruhte, erfüllte Juliana mit maßloser Wut. Am liebsten hätte sie der Schlampe die Augen ausgekratzt.

»Verstehen die Frauen Englisch?«, fragte Juliana bemüht ruhig und musterte ihre Helferinnen.

Kiku schien ein ruhiges und angenehmes Wesen zu haben. Basrina und Doliza waren quirlige Zwillinge, aber wahrscheinlich harmlos. Chinita hingegen strahlte nicht nur Gehässigkeit und Überheblichkeit aus, sondern schien dazu auch noch hinterhältig und zu allem fähig zu sein, um ihre Interessen durchzusetzen.

»Kiku spricht sehr gut Englisch. Die anderen verstehen ein wenig, das Notwendigste halt. Du kannst Kiku übersetzen lassen, wenn es nicht anders geht. Ich überlass sie dir nun, denn ich habe noch sehr viel zu erledigen. Ich werde erst morgen Mittag zurück sein.«

»Du lässt mich hier allein?«, entsetzte sich Juliana.

Die Vorstellung behagte ihr ganz und gar nicht, Zorn stieg in ihr auf. Wie konnte er sie in ein so verkommenes Gemäuer bringen und sie dann auch noch alleine lassen – noch dazu mit dieser Frau, die vielleicht sogar seine Geliebte war?

»Wenn du Hilfe bei irgendetwas benötigst, kannst du dich an Smith wenden. Er hat ein Auge auf alles, bis ich wiederkomme.«

Jason trat nah an Juliana heran, küsste sie sanft auf die Stirn.

»Du schaffst das schon. Morgen bin ich ja wieder da, dann zeige ich dir die Insel«, versprach Jason und ließ sie mit den vier Frauen allein.

Juliana hätte gerne noch etwas hinterhergerufen, wollte dies aber nicht vor den Frauen tun, die sie interessiert und abwartend ansahen. Frustriert und um Beherrschung ringend wandte sie sich schließlich an Kiku.

»Wir werden in diesem Raum beginnen. Als Erstes werden die Matratzen ins Freie gebracht und ausgeklopft. Natürlich an einem Platz, wo es nicht so schmutzig ist wie im Innenhof. Die Decken werden ausgeschüttelt und gelüftet. Dann brauchen wir viel heißes Wasser, Lappen und Bürsten.«

Kiku nickte verstehend.

»Du wirst mit Chinita die Decken übernehmen, die Zwillinge bringen die Matratzen hinunter. Ich gedenke, diesen Raum bis heute Abend bewohnbar zu machen, da ich hier schlafen möchte.

Auch für meine Zofe muss noch eine Kammer hergerichtet werden. Sie selbst wird schon einmal damit beginnen, später könnt ihr Zeana helfen. Nach dem Mittag könnt ihr zwei Stunden ruhen, der Hitze wegen. Danach geht es weiter.«

»Kein Problem, wir das schaffen, werden sehen, heute Abend alles fein sauber«, versprach Kiku und blickte Juliana aus freundlichen, braunen Augen an.

Juliana atmete erleichtert auf, die erste Hürde geschafft zu haben. Als ihr Blick auf Chinita fiel, fing sie einen hasserfüllten Blick auf, der ihr eine Gänsehaut bescherte. Sie wusste, dass sie hier nicht nur eine ernsthafte Konkurrentin, sondern auch eine Feindin hatte. Gerne hätte sie auf die Hilfe von Chinita verzichtet, aber da die Frau ihr noch nichts getan hatte – von den hasserfüllten Blicken einmal abgesehen –, konnte sie das schwer rechtfertigen, also beließ sie es einstweilen dabei, die junge Frau im Auge zu behalten.

Pünktlich zum Abendessen waren Julianas und Zeanas Schlafzimmer schließlich sauber – und wenn es auch ungemütlich wirkte, so war Juliana mit dem Ergebnis doch sehr zufrieden. Chinita hatte sich zwar gedrückt, wo sie nur konnte, aber das tat Julianas Zufriedenheit keinen Abbruch. Immerhin war sie die Herrin des Hauses und Jasons Frau, während Chinita zum Dienstpersonal gehörte. Juliana würde schon beweisen, dass sie die Dinge im Griff hatte. Sie würde sich ihren Ehemann nicht von irgendeinem Flittchen abspenstig machen lassen.

Das Essen nahm Juliana allein auf dem Zimmer ein, da ihr die anderen Räumlichkeiten noch zu schmutzig und unappetitlich waren. Sie nahm sich für den nächsten Tag die

Reinigung der Küche vor, danach wollte sie den Saal und den Innenhof angehen. Bis zur Reise nach Curaçao sollten die wichtigsten Zimmer und der Hof fertig gesäubert sein.

Müde und erschöpft kroch Juliana unter die leichte Decke. Sie fühlte sich schrecklich einsam. Von unten drang das dröhnende Gelächter der Männer herauf und hin und wieder auch das Lachen der Frauen, die den Matrosen den Abend versüßten. Juliana wollte gar nicht wissen, wie weit die Feierlichkeiten im Saal gehen würden. Sie hatte kein Interesse daran, an dem Gelage teilzunehmen, wünschte sich aber, dass Jason bei ihr wäre; denn ohne ihn fühlte sie sich hier einsam und hilflos.

In der Halle ging es tatsächlich hoch her. Einige Seeleute hatten hübsche Mädchen auf ihren Schenkeln sitzen, die kichernd und wimpernschlagend mit den rauen Gesellen schäkerten und den einen oder anderen Schwanz mit geschickten Händen oder Lippen verwöhnten. Zwei Mädchen in dünnen, bunten Kleidern tanzten auf dem großen Tisch, wobei sie ihre Röcke hochhoben und den johlenden Männern einen Blick auf die nackte Scham boten.

Eine der Frauen nahm eine Banane aus einer Obstschale, schälte die Schale halb herunter, um die köstliche Frucht auf sehr erotische Weise in den Mund zu schieben, daran zu lutschen und zu saugen wie an einem Schwanz. Die Männer beobachteten das Schauspiel mit wachsender Gier. Immer wieder verschwand die süße Frucht tief im Mund der exotischen Schönen, dann nahm sie die Banane und rieb sie durch ihre nasse Spalte, um sie mit ihrem süßen Nektar zu benetzen.

»Komm, Süße, lass mich mal beißen«, grölte MacLead und grinste lüstern.

Das Mädchen lächelte ihn kokett an, nahm die Banane und schob sie mit dem Teil, der noch von der Schale bedeckt war, in ihre feuchte Möse.

Die Männer schrien und stampften mit den Füßen.

Das Mädchen stellte sich über den Schotten und lächelte verheißungsvoll.

MacLead ließ sich nicht zweimal bitten, erhob sich etwas, um von der Banane zu kosten, die mit dem duftenden Liebessaft der Schönen überzogen war. Er biss ein großes Stück ab, kaute genussvoll, zog ihr dann die Frucht aus der Vagina und badete sein Gesicht in ihrer Nässe. An ihren Schamlippen saugte er sich fest und knetete mit seinen großen Pranken ihren festen Hintern.

Das Mädchen verwuschelte seine Haare und rieb sich stöhnend an seinem Gesicht, das von ihrer Feuchtigkeit glänzte, löste sich dann von ihm und ging auf dem Tisch in die Knie, um ihm ihr Hinterteil zuzuwenden.

»Los, mein starker Mann. Nimm mich!«, forderte sie.

MacLead stand auf, zog sich die Hose herunter, schob ihr seinen Schwanz in die Vagina, rammelte sie hart und schnell, bis die Schöne laut schreiend kam, zog sich aus ihr zurück, um auf ihren kleinen festen Arsch zu spritzen. Er stieß dabei einige animalisch klingende Laute aus und klatschte ihr gutmütig auf die Hinterbacken.

»Das war mal wirklich ein leckeres Dessert, mein Liebchen!«

»Dessert? Das ist das richtige Stichwort!«, rief Carlos, ein portugiesischer Matrose. »Maria, meine Perle, zieh dich aus und leg dich auf den Tisch.«

»Und dann?«, fragte ein anderer Matrose.

»Wart es ab, Louis. Das wirst du gleich sehen.«

Maria entledigte sich ihrer Sachen und platzierte sich auf der Tafel. Carlos verteilte süße Früchte, Cremes und Sahne auf ihrem nackten Körper. Die Männer verfolgten das Ganze mit wachsender Begeisterung. Schließlich war Maria über und über mit süßen Leckereien bedeckt.

»So, Männer! Das Dessert ist angerichtet. Wir machen ein Spiel draus. Wir würfeln der Reihe nach – und immer, wenn einer eine Eins wirft, darf er eine Leckerei naschen. Aber nur eine! Anfassen ist verboten!«

Die Männer grölten begeistert. Schnell wurde ein Würfel besorgt – das Spiel begann. Anfangen durfte ein junger Bursche mit strohblonden Haaren.

»Los, Junge, würfle und versuch dein Glück«, sagte Carlos und reichte dem errötenden Burschen den Würfel.

»Der ist doch noch nicht trocken hinter den Ohren, der hat bestimmt noch keinen weggesteckt!«, brüllte ein Matrose.

»Ich bin schon fast neunzehn!«, sagte der Junge beleidigt.

»Dann wird's ja Zeit, dass du was vom Leben lernst. Na los. Mach schon!«, forderte ihn Louis auf.

Der Bursche warf – gespannt schauten die Männer auf den rollenden Würfel. Er rollte, wurde langsamer und blieb liegen.

»Eins!«, rief Louis und klopfte dem jungen Mann auf den Rücken.

»Such dir was Leckeres aus, John!«

John beugte sich über das lebende Büfett und nahm mit seinem Mund eine Traube aus dem Bauchnabel der Schönen. Die Menge jauchzte vor Vergnügen.

Nach und nach wurde das Büfett immer leerer. Nur

noch ein Sahnehäubchen auf dem Venushügel war übriggeblieben.

»Hört, Männer! Wer jetzt eine Eins würfelt, darf nicht nur die Sahne ablecken, sondern er wird auch der Glückliche sein, der ihre feuchte Möse erobern darf«, rief Carlos.

Der Würfel wanderte von einem zum anderen, ohne eine Eins zu zeigen. Dann nahm John den Würfel und ließ ihn über den Tisch rollen. Er rollte langsam, die Spannung wuchs, schließlich blieb der Würfel an einem Teller hängen und änderte seine Richtung. Noch ein Stückchen, dann blieb er liegen.

»Du hast aber Glück heute, mein Junge. Gratuliere!«, sagte Louis.

Der junge Mann grinste, eilig begann er seine Hosen auszuziehen.

»Hey, John, du hast ja wirklich einen Mächtigen!«, schrie ein Matrose.

Stolz rieb John seinen großen Schwanz, kletterte auf den Tisch, wo Maria schon ihre Arme ausstreckte und ihn auf ihren prallen Leib zog. John trieb seinen Schwanz als glücklicher Eroberer in ihre Vagina, nahm sie mit tiefen, schnellen Stößen. Maria stöhnte, und als sich John mit ein paar letzten, kurzen Stößen in sie ergoss, jubelten die Männer anerkennend. Carlos klatschte dem jungen Mann aufmunternd auf die blanke Kehrseite.

»Gut gemacht, mein Junge. Hast es ihr wirklich gut besorgt, nicht wahr, Maria?«

Maria lächelte und nickte.

Am nächsten Tag machte sich die kleine Putzkolonne unter Julianas Aufsicht an die Küche. Hier galt es vor allem, die verdorbenen Lebensmittel aus der Speisekammer auszusortieren. Angewidert begutachtete Juliana ein Fass mit Schweinefleisch, in dem sich unzählige Maden tummelten. Sie fragte sich beklommen, ob das Essen, das sie gestern Abend zu sich genommen hatte, auch verdorben gewesen war. Entschlossen schüttelte sie diesen Gedanken ab, es würde jetzt eh nichts mehr ändern, wenn sie es wüsste.

»Igitt, das ist ja ekelhaft. Hier muss gründlich ausgemistet werden. Am besten leert ihr die Kammer komplett aus, säubert sie gründlich und sortiert dann nur die Lebensmittel wieder ein, die noch verwendbar sind. Ein Wunder, dass hier noch niemand krank geworden ist.«

»Kein Problem, wir machen gut sauber. Brauchen keine Sorgen machen«, sagte Kiku.

Juliana begann nun Anweisungen an Chinita und die Zwillinge zu geben, was Chinita nicht sehr begeistert aufnahm.

Juliana beschloss, sich den hinter dem Haus befindlichen Garten einmal näher anzusehen.

Am späten Nachmittag kehrte Jason endlich zurück. Juliana saß mit Zeana im Schatten einiger Bäume. Sie bestickten Kissen, und als Juliana seine Schritte hörte, blickte sie auf. Er lächelte sie warm an, beugte sich über sie, um sie zärtlich zu küssen.

»Seid ihr schon ein wenig weitergekommen mit dem Saubermachen?«, fragte er.

»Ja, hast du es noch nicht gesehen?« Sie legte ihre Stickarbeit in ihren Korb und schaute ihm in die dunklen Augen.

»Nein, ich war noch nicht im Haus, ich habe dich hier sitzen sehen und wollte erst einmal zu dir, um dich zu begrüßen.«

Er zog sich einen Stuhl heran.

»Unser Schlafzimmer, Zeanas Zimmer und die Küche sind fertig. Jetzt ist der Saal dran.«

»Dann habt ihr ja schon einiges geschafft. Ich habe mir gedacht, dass ich dich für eine Weile entführe, um dir meinen Lieblingsplatz zu zeigen«, raunte Jason und strich zart über Julianas Arm, was ein köstliches Kribbeln in ihr auslöste.

Sie war noch immer verwundert, wie leicht er sie in Erregung versetzen konnte. Ein Blick, seine raue Stimme, eine Berührung – und sie stand in Flammen. Würde diese Leidenschaft jemals weniger werden?

Jason erhob sich aus dem Stuhl und zog sie auf die Beine. »Komm.«

»In Ordnung. Ich denke, für eine kleine Weile kann ich mich davonstehlen.«

Sie folgte ihm, gespannt, was er ihr zeigen würde.

Die kleine Bucht lag sehr versteckt. Juliana und Jason mussten einen steilen Pfad hinabsteigen, um dorthin zu gelangen. Steile Klippen schützten die Bucht mit dem blendendweißen Sand von drei Seiten, lediglich vom Meer aus würde man sie sehen können, was aber eher unwahrscheinlich war, da keine Schiffsroute an ihr vorbeiführte. Das Wasser hatte die gleiche Farbe wie Julianas Augen. An einer Stelle führte ein Rinnsal ins Meer, welches seinen Ursprung in einer Quelle hatte, die von einem kleinen Wasserfall aus dem Fels gespeist wurde.

»Oh«, staunte Juliana, »wie schön.«

»Ich habe diesen Ort durch Zufall entdeckt, als ich mit meinem Hund auf der Jagd war. Viele Stunden verbrachte ich hier schon«, erklärte Jason.

»Ob er mit Chinita auch schon hier gewesen ist, um sie zu lieben?«, fragte sich Juliana und hatte dabei ein furchtbares Gefühl im Magen. Warum hegte sie nur so ein Misstrauen gegen diese Person? Konnte die Frau ihr wirklich gefährlich werden? Immerhin war sie jetzt seine Frau, und er war mit ihr hier. Deswegen versuchte sie, die Konkurrentin aus ihren Gedanken zu verbannen. Ihr Herz klopfte bei seinem Anblick.

Sein offenes Haar war vom Wind zerzaust, sein Blick drückte wildes Begehren aus. Bei dem bloßen Gedanken, hier an diesem zauberhaften Ort von ihm geliebt zu werden, wurde ihr ganz zittrig zumute, und ihre Kleider, die an ihrer Haut klebten, kamen ihr furchtbar störend vor.

»Wollen wir baden gehen?«, fragte Jason rau.

Seine Augen waren fast schwarz vor Erregung.

Juliana nickte nur. Sie begannen sich zu entkleiden, wobei keiner den anderen aus den Augen ließ. Sein Verlangen nach ihr war deutlich sichtbar, sein Schwert war wie eine Waffe auf sie gerichtet. Groß und kühn stand es empor.

»Wer als Erster im Wasser ist«, forderte Jason sie heraus und sprintete los.

Juliana folgte ihm, gemeinsam liefen sie in die Brandung, kämpften sich durch die Wellen, um sich schließlich lachend in die Arme zu fallen. Jason hob sie hoch, ließ sie ganz dicht an seinem Körper wieder hinabgleiten, bis sein Gesicht zwischen ihren Brüsten ruhte, hielt sie dann fest an sich gedrückt, fasste sie unter dem Po. Sie legte die langen Beine um seine Mitte. Er küsste ihre Brüste, leckte die salzigen Wasserperlen von ihren Spitzen, die sich steil aufgestellt hatten und nach seinen Berührungen lechzten.

Juliana stöhnte vor Lust laut auf und klammerte sich an seinen breiten Schultern fest. Die Wellen spülten um sie herum, liebkosten ihren Leib auf ihre ganz eigene Weise. Nie hätte sie gedacht, dass Wasser so unglaublich erotisch sein konnte, es glitzerte in der warmen Sonne auf ihren eng verschlungenen Körpern, rann zwischen ihren Brüsten hinab zu ihrem Bauch und kitzelte ihre Scham. Jason watete mir ihr auf dem Arm zurück zum Strand, um sich mit ihr im warmen, feuchten Sand niederzulassen. Er senkte seine Lippen auf ihren Mund, küsste sie wild und ungezähmt wie das Meer, dass sie bis zur Mitte umspülte. Er schmeckte salzig.

»Ich bin verrückt nach dir«, raunte er an ihrem Mund.

Seine Hände entfachten auf ihrem Leib ein süßes Feuer der Lust. Juliana wand sich leidenschaftlich unter ihm. Ihr Körper brannte bereits lichterloh. Auch das kühle Wasser, welches schäumend über sie hinwegschwappte, vermochte die Glut nicht abzukühlen. Es schien ihre Hitze vielmehr zu steigern. Wie flüssige Lava floss ihr Blut durch ihre Adern und schickte die Hitze in jeden Winkel ihres Körpers.

»Besitz mich, mach mit mir, was du willst«, flüsterte sie.

Das ließ er sich nicht zweimal sagen. Er nahm sie mit einem kräftigen Stoß in Besitz, während gerade eine Welle über ihre erhitzten Leiber flutete.

»Von Anfang an habe ich davon geträumt, dich hier im Wasser zu nehmen, so wie jetzt«, gestand er heiser. Erneut küsste er sie voller ungezügelter Leidenschaft.

Juliana stöhnte unter seinem erregenden Ansturm. Sie glühte, brannte, schmolz und floss mit den Wellen davon.

Von den Naturelementen aufgepeitscht, kamen sie schnell

zu einem ekstatischen Höhepunkt und blieben schließlich engumschlungen liegen.

Jason hob den Kopf und schaute sie zärtlich an.

»Es gibt noch etwas, was ich hier gern mit dir tun würde«, sagte er, indem er sie frech angrinste.

Juliana seufzte gespielt und schloss ermattet die Augen.

»Ich bin vollkommen erschöpft. Ich glaube nicht, dass du mich für die nächsten Stunden noch zu irgendwelchen Aktivitäten überreden kannst.«

»Das kommt auf einen Versuch an. Ich kann sehr überzeugend sein«, flüsterte er verschwörerisch.

»Nein! Keine Chance!«

Jason erhob sich und nahm sie kurzerhand auf seine Arme. Juliana wollte protestieren, aber er verschloss ihren Mund mit seinen Lippen, trug sie zu dem kleinen Wasserfall, stellte sich mit ihr darunter und ließ sie auf den Boden hinab. Das Wasser prasselte auf sie, so dass Juliana lachend kreischte: »Du Scheusal! Das Wasser ist eisig!«, rief sie und boxte ihn in die Rippen.

Jason krümmte sich gespielt und stöhnte.

»Du hast mir alle Rippen gebrochen, Weib. Das wirst du mir büßen«, knurrte er lachend.

Er kitzelte sie, bis sie um Gnade flehte. Begierig zog er sie an seine breite Brust, küsste sie voller Inbrunst, glitt dann an ihr herab und drängte sie, die Beine zu spreizen. Unter den tosenden Wassermassen leckte er sie meisterlich zu einem gigantischen Höhepunkt. Da ihre zitternden Beine sie nicht mehr zu tragen vermochten, trug er sie auf seinen Armen zum Rand des kleinen Teiches. Dort legte er sie auf den Sand. Mit einer Feder, die neben ihnen lag, strich er über ihren Leib, reizte ihre Brüste, zog kleine Kreise um ihren Nabel und glitt schließlich hauchzart über ihre

Scham. Mit der anderen Hand spreizte er ihre Schamlippen auseinander und fuhr mit der Feder durch ihren feuchten Schoß.

»Dreh dich um und knie dich hin.«

Sie begab sich in den Vierfüßlerstand.

Langsam strich er mit der Feder an den Innenseiten ihrer Schenkel zu ihrer Scham hinauf. Juliana bebte vor Lust. Er schob ihre Pobacken auseinander, fuhr mit der Feder durch die Spalte, neckte ihre faltige Rosette, bis sie zu zucken begann. Jason legte die Feder beiseite und drückte mit den Händen ihre Pobacken weiter auseinander, um ihren Damm und die Rosette mit der Zunge zu liebkosen. Er schob zwei Finger in ihre Scheide, presste sie gegen die obere Scheidenwand, dann ließ er seinen Schwanz in ihren After gleiten – langsam –, dehnte sie Stück für Stück, bis sie geschmeidiger wurde. Während seine Finger weiterhin nach oben drückten, stieß er immer wieder in ihren Anus, bis sie von einem gigantischen Beben erschüttert wurde. Erst dann erlaubte er sich, seinen Samen in sie zu pumpen. Seine Finger glitten aus ihr heraus und strichen zart an ihrem Rückgrat entlang.

»Das war wundervoll. Ich könnte dich jeden Tag an diesem Ort lieben. Wir müssen einmal in der Nacht hierherkommen, um uns unter den Sternen zu lieben«, sagte Jason und glitt langsam aus ihr heraus.

Sie ließen sich in den warmen Sand fallen, und Juliana schmiegte ihr Gesicht an seine breite Brust.

Auf den Klippen stand eine Gestalt und blickte hasserfüllt auf die Liebenden am Strand hinunter. Ihr langes schwarzes Haar wehte wie eine Fahne um ihren Kopf. Sie schwor sich, dass sie etwas unternehmen würde, um die ungeliebte Konkurrentin aus dem Weg zu räumen – für immer!

12

Verrat und Misstrauen

Im Hafen von Curaçao herrschte reger Betrieb.

»Wann segelt Ihr nach Antigua?«, fragte der Mann, sich am Kinn kratzend.

Er hatte kein gutes Gefühl bei dem, was er da tat, aber er brauchte Geld – und diese kleine Information, die er da gerade verkaufte, würde ihm eine Menge Geld einbringen.

»Wir setzen in fünf Tagen die Segel. Meint Ihr wirklich, dass Mr. Blackwood so eine Summe für die Information zahlen wird?«

»Aber natürlich. Er hat ein großes Interesse an diesem Mann, der seine Verlobte entführt hat, ist von Hass zerfressen und wird sich rächen wollen. Dafür zahlt er jede Summe, dafür verbürge ich mich. Ihr habt schon früher auf mich zählen können«, sagte der Mann und versuchte im Stillen, sein Gewissen zu beruhigen.

»Gut, hier habt Ihr das Geld. Ich werde Euch finden und alles zurückverlangen, wenn sich Eure Versprechungen als falsch erweisen sollten.«

»Das wird nicht der Fall sein. Ihr werdet eine fürstliche Summe erhalten, Ihr werdet sehen.«

»Das hoffe ich. Ihr entschuldigt mich jetzt, ich habe noch eine Menge Vorkehrungen zu treffen, bevor wir in See stechen.«

Der Mann verließ das Schiff und schlenderte durch das

Hafenviertel. Nun hatte er genug Geld, um sich endlich freizukaufen. Er würde keine Angst mehr vor seinen Häschern haben müssen. Es galt nur noch, sich einen Plan zurechtzulegen, um sich mit neuer Identität ein neues Leben aufzubauen.

Juliana stand an Deck und ließ sich den Wind um die Nase wehen. Sie hatte auf Curaçao Möbel, Bilder, Stoffe für Vorhänge und Tischdecken sowie diverse dekorative Kleinigkeiten erstanden. Die Einkaufstour hatte sie genossen, doch nun sehnte sie sich zurück nach Jason und freute sich, ihm ihre Einkäufe zu präsentieren. Ob sie seinen Geschmack getroffen hatte? Sie wusste eigentlich immer noch wenig über den Mann, der jetzt ihr Gatte war. Ihre Gedanken schweiften ab zu ihrem Vater und Antigua, ihrer Heimat. Sie musste ihm unbedingt eine Nachricht zukommen lassen. Er würde über die Entführung seiner einzigen Tochter sehr wütend sein, aber Juliana war sich sicher, dass er ihrer Ehe seinen Segen geben würde, wenn er erst einmal begriff, wie sehr Juliana Jason liebte – und dass sie glücklich mit ihm war. Vielleicht konnten sie zurückkehren nach Antigua und auf Raven Court leben – das war Julianas geheimster Wunsch. Nun würde sie aber erst einmal Jasons Heim bewohnbar machen. Sie konnte überall glücklich sein, wenn Jason nur bei ihr war. Sie hoffte, dass er die Seefahrt aufgeben würde oder zumindest weniger und legal reisen würde.

Eine kleine Insel wurde in der Ferne sichtbar. Julianas Herz klopfte aufgeregt.

»Ist das da vorn schon Lacuma?«, fragte sie Smith, der einige Schritte entfernt stand.

»Ja, wir sind bald zu Hause«, antwortete der erste Steuermann.

Der Weg vom Strand zum Haus erschien Juliana endlos. Sie hatte nicht auf die Männer gewartet, die damit beschäftigt waren, die Ladung zu löschen, sondern war gleich losgeeilt. Endlich kam das Haus in Sicht. Freudig erregt beschleunigte Juliana ihre Schritte, bis sie atemlos an der Mauer, die das Anwesen umgab, haltmachte. Sie strich sich ein paar Haarsträhnen, die sich aus ihrer Frisur gelöst hatten, aus dem Gesicht und betrat den Innenhof.

Wie angewurzelt blieb sie stehen und starrte auf die Szene, die sich ihr bot. Jason und Chinita saßen auf einer Decke mit den Rücken zu ihr und beobachteten einen kleinen Jungen, der versuchte, seine ersten Schritte zu tun, dabei aber immer wieder auf den Hosenboden fiel. Jason und Chinita lachten, und dann beugte sich Chinita zu Jason herüber und küsste ihn. Juliana meinte, ihr Herz würde stehenbleiben. Alle Freude war verflogen, Schmerz und Wut breiteten sich in ihrem Herzen aus. Gerade, als sie davonstürmen wollte, drehte sich Jason um und blickte sie erschrocken an. Ha! Der Mistkerl! Wenn das kein Schuldbewusstsein in seinem Blick war! Mit brennenden Tränen in den Augen lief Juliana aus dem Hof, wäre beinahe über einen Stein gestolpert, fing sich aber wieder und rannte weiter. Nur weg! Weg von diesem Haus, von Jason und dieser bitteren Enttäuschung.

Jason sprang mit einem Fluch auf den Lippen von der Decke auf und rannte Juliana hinterher. Wie hatte das nur geschehen können? Sein Verhältnis zu Chinita war schon lange beendet, er empfand nur Freundschaft für sie – doch eben waren sie so gutgelaunt gewesen, dass er ihren Kuss zuließ, ihn sogar erwiderte, auch wenn er kein Begehren dabei empfand. Ausgerechnet in diesem Moment musste Juliana ihn erwischen. Natürlich würde sie jetzt denken, er würde sie mit Chinita betrügen – verdenken konnte er ihr das nicht. Was würde er denn denken, wenn er sie in so einer Situation erwischen würde?

»Juliana, bitte lauf nicht weg. Lass uns darüber reden«, rief Jason, als er Juliana fast eingeholt hatte, doch sie reagierte nicht.

Juliana bog vom Weg ab in ein kleines Wäldchen. Sie rannte blindlings durch das Gestrüpp, kümmerte sich nicht um Dornen und Zweige, die ihr ins Gesicht schlugen. Sie wusste, dass er schon dicht hinter ihr war.

Jason hatte sie eingeholt und erwischte sie am Ärmel ihres Kleides. Der Stoff riss, sie entglitt ihm wieder, aber er fasste erneut zu, diesmal mit Erfolg. Er drehte sie zu sich herum, und schloss sie so fest in seine Arme, dass sie sich nicht mehr regen konnte.

Mit vor Schmerz verzerrtem Gesicht schaute sie ihn an. Auch seine dunklen Augen sprachen von Schmerz – und Schuld.

»Juliana, ich …«, begann er, »ich weiß nicht, wie das passieren konnte. Es hat nicht das Geringste zu bedeuten, bitte glaub mir«, flehte er und hielt sie noch fester.

»Ja, natürlich«, sagte sie bitter, »das hat es ja nie.«

»Es war das erste Mal, seit wir verheiratet sind, das schwör ich. Chinita und ich sind schon lange kein Paar mehr, du musst mir glauben.«

»Und das Kind? Ist es von dir?«, fragte sie tonlos.

»Ja«, gestand Jason und seufzte. »Garrick ist mein Sohn, das ist auch die einzige Verbindung, die ich noch mit Chinita habe.«

»Eine ziemlich starke Verbindung, würde ich sagen. Ihr

habt ein Kind zusammen – wie konntest du mich heiraten? Wenn du nur einen Funken Anstand hättest, dann hättest du sie geheiratet. Was bist du nur für ein Schuft. Ich will dich nie wieder sehen!«, schrie sie ihn rasend vor Wut an.

Ihre Augen sprühten förmlich Funken. Die Hände waren zu Fäusten geballt. Sie versuchte, sich von ihm loszureißen, aber er hielt sie zu fest.

»Juliana, so beruhige dich doch. Du hast keinen Grund – wegen einer unbedeutenden Sache wie dieser –, so einen Aufstand zu machen«, sagte Jason und schaute sie eindringlich an.

»Sooo, unbedeutend, ja? Das nennst du unbedeutend, wenn du mit einer anderen Frau ein Kind hast, was du mir noch dazu bisher verschwiegen hast, und sie noch dazu ständig küsst!«, schrie Juliana außer sich vor Zorn.

Ihre Unterlippe bebte vor Wut, und sie schaute ihn hasserfüllt an.

»Was heißt hier ständig? Es war nur *ein* harmloser Kuss. Ich habe nichts dabei empfunden!«, bellte Jason zurück.

»Und was war bei unserer Ankunft? Da hast du sie auch geküsst!«

»Sie hat mich geküsst! Das ist ein Unterschied!«

»Das ist überhaupt kein Unterschied, wenn du das zulässt! Gibt es noch mehr Mätressen, von denen ich nichts weiß?«

»Verdammt noch mal, Juliana!«, fauchte Jason und schüttelte sie. »Sie ist nicht meine Mätresse. Ich habe die Beziehung schon beendet, bevor wir geheiratet haben!« Jason ärgerte sich, dass er ihr überhaupt Rede und Antwort stehen musste.

Sie hatte kein Recht, ihm so eine Szene zu machen.

»Du erwartest hoffentlich nicht, dass ich dir das abkaufe. Wenn du glaubst, du könntest neben mir noch andere Frauen haben, so hast du dich geirrt! Ich stehe dir ab sofort nicht mehr zur Verfügung!«

»Du bist meine Frau und kannst mir meine ehelichen Rechte nicht vorenthalten«, sagte Jason aufgebracht.

»Dann musst du schon Gewalt anwenden, aber ich warne dich, du wirst keinen Spaß daran haben, das schwöre ich dir!«, zischte Juliana und funkelte ihn wütend an.

Was bildete dieser Kerl sich eigentlich ein? So würde sie sich nicht behandeln lassen. Er hatte schon einmal versucht, sie mit Gewalt zu nehmen – und es schließlich doch nicht getan.

Jason presste brutal seine Lippen auf ihren Mund. Juliana stemmte sich gegen seine Brust, aber vergebens. Er war viel zu stark für sie. Sie konnte nichts dagegen unternehmen, dass er sie zu Boden drückte, sich schwer auf sie legte, ihre Röcke hochschob und ihre Unterwäsche mit einem Ruck zerriss. Julianas Schrei erstickte an seinem harten Mund, der sich noch immer fest auf ihren Mund presste. Grob drang er mit einem Finger in sie ein.

Juliana versteifte sich. Tränen der Wut und Erniedrigung liefen ihr über die Wangen. Sie wand sich, um seinen forschen Fingern zu entkommen und die aufsteigenden Gefühle zu unterdrücken. Trotz seiner rohen Gewalt schien ihr Körper auf ihn zu reagieren, und sie konnte den Triumph in seinen Augen lesen, als er ihre verräterische Feuchtigkeit auf ihren Schamlippen verteilte. Er öffnete seine Hose, nahm sie mit einem harten Stoß in Besitz, ohne sich die Mühe zu machen, seine Hose ganz auszuziehen. Tief drang er mit seinem Schwert in ihre Scheide ein. Juliana musste alle Willenskraft aufbieten, um seinen fordernden Stößen nicht entgegenzukommen. Er malträtierte sie gnadenlos, bis sie vor Schmerz und Lust zu wimmern begann. Nach nur wenigen Stößen entlud er sich in ihren Schoß und rollte von ihr herunter. Juliana lag mit geschlossenen Augen auf dem Rücken und schluchzte. Nie zuvor hatte sie sich so gedemütigt und verletzt gefühlt.

»Du brauchst nicht zu flennen«, sagte er hart, »ich weiß, dass es nicht so unangenehm für dich war, wie du tust. Du begehrst mich genauso wie ich dich. Ich werde nicht von dir ablassen, solange es mich nach deinem Körper verlangt.«

»Ich hasse dich!«, sagte Juliana gepresst und drehte sich zur Seite.

Jason stand auf, richtete seine Kleidung wieder her, warf noch einen Blick auf seine Frau, schluckte seine aufkommenden Gewissensbisse herunter – dann ging er wortlos und ließ sie allein.

13

Die Falle

Jason fühlte sich elend. Er war verzweifelt. Jede Nacht nahm er Juliana, weil er nicht imstande war, die Finger von ihr zu lassen, doch sie blieb nahezu regungslos und drehte sich danach wortlos zur Seite, um in ihr Kissen zu weinen. Er hasste sie dafür, dass sie sich ihm entzog, und er hasste sich, dass er sie nicht in Ruhe lassen konnte. Jason wusste keinen Ausweg aus diesem Dilemma. Jeder Versuch seinerseits, mit Juliana zu reden, endete in einem erbitterten Streit. Sie glaubte nicht an seine Liebe und warf ihm nach wie vor Untreue vor. Nachdem nun drei Wochen vergangen waren – seit sie ihn mit Chinita gesehen hatte –, war Jason so wütend und verzweifelt gewesen, dass er sich tatsächlich gestern Nacht wieder seiner ehemaligen Geliebten zugewendet hatte. Er dachte, er würde Trost finden in den willigen Armen von Chinita, aber er fühlte sich noch elender, denn nun hatte er wirklich getan, was Juliana ihm die ganze Zeit unterstellte. Verdammt, sie war seine Frau und hatte kein Recht, ihm Vorhaltungen zu machen. Sie war schuld an der ganzen Situation. Mit ihrer verdammten Kälte und Verachtung hatte sie ihn doch erst in Chinitas Arme getrieben. Es war im höchsten Maße unbefriedigend, eine Frau zu nehmen, die sich derart teilnahmslos verhielt – allerdings hatte auch das Liebesspiel mit der willigen Chinita ihn nicht befriedigen können. Seine verfluchte Frau hatte ihn verhext, so dass er nicht mehr in der Lage war, sich bei einer anderen Frau Befriedigung zu holen. Grübelnd saß er in seinem Lieblingssessel in der Halle und starrte finster auf das Buch, welches er zur Hand genommen hatte, um es zu lesen. Frustriert feuerte es gegen die Wand, sprang wütend aus dem Sessel hoch, um in den Stall zu eilen. Vielleicht würde ein scharfer Ritt seine finsteren Gedanken vertreiben.

Chinita sah den Mann eindringlich an, der damit beschäftigt war, sein Boot zu entladen. Er hatte sehr viele Fische gefangen und war bester Laune. Heute würde seine launische fette Frau nichts zu meckern haben. Vielleicht ließ sie sich sogar dazu herab, ihre feisten Schenkel für ihn zu spreizen.

»Hast du verstanden, was du zu tun hast? Es darf nichts schiefgehen, Manuelito«, sagte Chinita leise, so dass keiner der anderen Fischer sie hören konnte.

»Ja, Chini, ich habe verstanden. Du kannst dich auf mich verlassen, sofern du dich an die Bezahlung hältst«, sagte Manuelito mit lüsternem Blick auf sie.

Chinita hatte ihm versprochen, eine Nacht sein Bett zu teilen, wenn er ihr half. Was für eine Wonne wäre es, endlich einmal so eine junge und schlanke Frau zu vögeln. Sie roch bestimmt auch gut. Er grinste. Er würde zwischen ihren wohlgeformten Schenkeln wüten, sich an ihrem duftenden Nektar laben.

»Du wirst deine Bezahlung bekommen«, erwiderte Chinita ungehalten. »Aber zuerst musst du alles so ausführen, wie ich es dir gesagt habe. Wenn die kleine Hure auf dem nächsten Sklavenschiff sitzt und ich mich von meiner Verwundung erholt habe, wirst du deinen Teil bekommen.«

»Gut.«

Der Fischer schaute sie zufrieden an, dann blinzelte er misstrauisch.

»Ich rate dir dringend, mich nicht für dumm zu verkaufen. Wenn du dich nicht an die Abmachung hältst, werde ich dich an Whitfield verraten, das schwöre ich.«

»Ich halte mich dran. Und nun kein Wort mehr. Ich erwarte, dass alles nach Plan laufen wird.«

Chinita stolzierte mit wiegenden Hüften davon. Sie lächelte zufrieden; denn bald würde Jason wieder ihr gehören, und dieser Dummkopf Manuelito würde den Fischen zum Fraß dienen. Der glaubte doch tatsächlich, sie würde mit ihm ins Bett steigen. Bei dem Gedanken schüttelte sich Chinita angewidert. Manuelito war wirklich hässlich mit seinen verfaulten Zahnstümpfen, der platten Nase, den kleinen stechenden Augen, und er stank erbärmlich nach Fisch. Nie könnte sie ihn auch nur berühren. Er würde sterben müssen – somit konnte auch niemand mehr verraten, was mit Juliana passierte. Ihr Plan war wirklich perfekt und äußerst gut durchdacht. Bis ins kleinste Detail hatte sie alles geplant. Wenn Juliana erst mal verschwand, und Jason davon überzeugt war, dass sie ihn umbringen wollte, würde er sie hassen und sich Chinita wieder ganz zuwenden. Der Kapitän war kein Mann, der lange einer Frau nachtrauerte. Außerdem hatte Chinita mit ihrem Sohn noch einen Trumpf im Ärmel. Jason glaubte doch tatsächlich, er wäre der Vater des Kindes – dabei war der Kleine das Ergebnis einer kurzen Affäre mit Smith, doch das würde keiner der Männer je erfahren.

Juliana lag auf dem Bett und starrte an die Decke. Ihr

Herz fühlte sich an, als würde es von einer eisigen Hand gehalten. Alles in ihr schien tot zu sein, ihre Lebenslust, ihre Leidenschaft und ihre Liebe. Jeden Abend fürchtete sie sich vor dem Moment, in dem Jason das Schlafzimmer betrat, um seine Lust an ihr zu stillen. Am Anfang hatte er noch versucht, mit zärtlichen Küssen und Liebkosungen ihre Leidenschaft zu wecken, die sie ihm versagte, doch dann fiel er nur noch verbissen über sie her, so dass sie sich lediglich wie eine billige Hure fühlte. Letzte Nacht war er nicht gekommen. Erst im Morgengrauen stieg er ins Bett, und er roch nach *ihr* – nach Chinita. Juliana war vor Trauer wie gelähmt gewesen. Nun hatte er sie doch betrogen – und sie war schuld mit ihrer Kälte und ihren Vorwürfen. Hätte sie ihm nur gegeben, wonach er so sehr verlangte, dann hätte er sich vielleicht nicht seiner Geliebten zugewandt. Nun war alles aus. Nie mehr würde sie seine Berührungen ertragen können, ohne daran zu denken, dass er sie mit Chinita betrogen hatte.

Es klopfte leise an ihrer Tür. Juliana glaubte einen zitternden Moment, es wäre Jason – aber er würde nicht erst klopfen, sondern wie selbstverständlich hereinplatzen.

»Ja«, sagte sie zaghaft.

Die Tür öffnete sich, Chinita trat ins Zimmer, die Tür hinter sich schließend.

Juliana richtete sich wutentbrannt im Bett auf und funkelte die Konkurrentin hasserfüllt an.

»*Du?* Was willst du hier?«, fragte sie eisig.

»Dir helfen«, sagte Chinita und kam vorsichtig näher, bis sie vor dem Bett stand.

Sie blickte Juliana an, nahm sich zusammen, um die verhasste Frau nicht anzufallen. Sie musste überzeugend sein, damit ihr Plan nicht schiefging.

»Mir helfen? Wie könntest du mir schon helfen?«, fragte Juliana misstrauisch.

»Jason sehr böse auf Missus. Wollen Missus wegmachen, weil nur Ärger machen. Ich nicht wollen das so. Missus fliehen, noch heute Nacht. Schnell, schnell. Jason betrunken. Nicht merken, aber morgen wollen machen Missus weg.«

Juliana blickte die dunkle Schönheit ungläubig an. Sie musste verrückt sein, doch warum sollte sie sich so was ausdenken, wo sie doch schon gewonnen hatte? Ihr fiel ein, was Jason heute Morgen sagte, als sie ihm wegen Chinita Vorhaltungen machte.

Ich wünschte, ich wäre dich und deine boshafte Zunge endlich los. Chinita ist wenigstens weich und nachgiebig, nicht so kalt und verbittert wie du!

Konnte er wirklich planen, sie loszuwerden? Würde er sie töten oder töten lassen? Wie gut kannte sie eigentlich den Mann, den sie unter Zwang geheiratet hatte? Er war ein Pirat, gewissenlos und hart. Jemand, der bestimmt schon viele Morde auf dem Gewissen hatte.

»Warum solltest du mir helfen wollen? Du hasst mich doch!«

»Ja, ich hassen Missus, aber nicht wollen Mord auf Gewissen. Du verschwinden und alles gut sein. Für alle. Du packen. Ich kommen in Stunde holen. Schnell. Machen, sonst morgen Missus in Gefahr.«

Mit diesen Worten ließ Chinita eine verwirrte Juliana im Zimmer zurück.

Nach einer Weile erwachte Juliana aus ihrer Starre und fing an, ihre nötigsten Sachen zu packen. Sie hatte auch noch etwas Geld, das sie in ihrer Rocktasche versteckte. Sie packte – für alle Fälle – auch einen kleinen Dolch ein.

Nach einer Stunde kam Chinita wie versprochen zurück. Wortlos sah sie auf die kleine Reisetasche, die auf dem Bett stand, und nickte Juliana zu.

»Komm«, sagte sie, das Schlafgemach verlassend.

Juliana folgte ihr.

Sie eilten durch das Wäldchen. Juliana hatte Mühe, der jungen Eingeborenen in der Dämmerung zu folgen. Sie gelangten an eine einsame Bucht, in der ein kleines Fischerboot lag. Julianas Herz klopfte vor Angst. Was, wenn es eine Falle war, dachte sie. Wie konnte sie dieser hinterlistigen Schlange nur ihr Vertrauen schenken. Vielleicht wollte sie Juliana umbringen – und so für immer aus dem Weg schaffen. Juliana wollte fliehen, doch es war schon zu spät. Der kleine hässliche Mann, der aus dem Boot stieg, streckte sie wortlos mit einem Fausthieb nieder. Schwärze umfing Juliana, sie sank zu Boden. Sie bemerkte nicht mehr, wie der Mann und Chinita sie fesselten, knebelten und schließlich an Bord trugen.

Jason dümpelte in seiner Trunkenheit dahin. Jemand schüttelte ihn unerbittlich. Er blinzelte und stöhnte gequält.

»Lass mich in Ruhe, Julie. Ich kann jetzt nicht«, murmelte er, doch das Schütteln hörte nicht auf.

Missmutig öffnete er die Augen ein wenig. Es dauerte eine Weile, bis er die schemenhafte Gestalt erkannte. Chinita beugte sich über ihn und redete unerbittlich auf ihn ein. Was zur Hölle redete sie da? Er verstand kein Wort. Mühsam richtete er sich in seinem Sessel auf, rieb sich die Augen. Ihm war übel, sein Kopf dröhnte, als hätte ihn jemand mit dem Schmiedehammer betäubt.

»… weg, hab sie gesehen laufen …«, drang Chinitas Stimme an sein Ohr.

Er schüttelte sich. Abwehrend hob er die Hand, um ihrem Redefluss Einhalt zu gebieten.

»War … warte. Ich hab nichts von alledem verstanden«, stöhnte er und zwinkerte erneut.

Endlich konnte er sie klar sehen, das Dröhnen in seinem Kopf ebbte zu einem schwachen Summen ab.

»Missus ist weg«, wiederholte Chinita eindringlich.

Schlagartig war Jason nüchtern. Er fuhr aus dem Sessel hoch und schaute Chinita wild an.

»Was hast du gesagt? Juliana ist weg?«, schrie er aufgebracht.

»Missus gegangen mit kleine Reisetasche. Sie gegangen Richtung Südbucht, wo Fischer kommen von Wasser. Wir einholen sie. Komm. Schnell!«

Jason stürmte aus dem Haus. Chinita grinste triumphierend – so weit lief alles nach Plan. Nun kam der unangenehmste Teil, der schmerzhafte, der leider unvermeidlich war, sie aber ihrem Ziel näher bringen würde. Schnell eilte sie hinter Jason her.

Sie liefen zügig und näherten sich dem Ort, an dem es geschehen sollte. Hoffentlich traf der dämliche Fischer gut. Nicht daneben und nicht tödlich. Er sollte ja ein guter Schütze sein.

Jason wurde von Wut und Verzweiflung geplagt. Warum nur war alles so gekommen? Warum lief sie ihm einfach davon. Hatte sie etwas mit einem der Fischer ausgemacht, sie zur Nachbarinsel zu bringen? Von dort gingen regelmäßig Schiffe ab. Wenn er nun zu spät kam? Bis er sein Schiff startklar hatte, wäre sie womöglich schon längst über alle Berge.

Ein Schuss krachte. Neben ihm stöhnte Chinita auf. Er blieb stehen, um nach ihr zu schauen. Sie war am Oberarm verletzt und hielt sich die stark blutende Wunde.

»Chinita! Um Gottes willen. Warte!« Er kniete nieder, um sich die Verletzung anzusehen, als erneut ein Schuss fiel und noch ein weiterer, der ihn an der Hüfte traf. Der Schmerz raubte ihm kurz den Atem, er sackte zusammen.

»Verflucht! Wer hat da auf uns geschossen?«.

«Die Missus. Sie müssen haben dein Gewehr genommen.«

Juliana? Nein! Das konnte nicht sein. So weit würde sie doch nicht gehen. Oder doch?

»Warte hier. Ich sehe mal nach«, sagte er und biss die Zähne zusammen, als er sich aufrichtete.

»Du … du müssen sie aufhalten«, stöhnte Chinita.

Jason stolperte durch das Wäldchen einen Hügel hinauf, bis er an den Platz kam, von dem der Schuss abgefeuert wurde. Dort lag ein Gewehr. Es war unverkennbar sein Gewehr. Jason stöhnte entsetzt auf. An einem Ast entdeckte er ein paar rote lange Haare. Also doch, dachte er grimmig. Sein allerliebstes Eheweib hatte versucht, ihn und Chinita zu töten. Er knurrte wütend, rannte zu der Bucht, konnte aber nur noch ein Boot in der Ferne ausmachen. Um wessen Boot es sich handelte, konnte er nicht erkennen.

14

Sklavin

Juliana erwachte langsam aus ihrer Bewusstlosigkeit. Sie stöhnte leise. Ihr Kopf tat entsetzlich weh, mit dem linken geschwollenen Auge konnte sie nichts mehr sehen. Der Knebel ließ sie würgen. Panisch dachte sie daran, dass sie ersticken könnte, sollte sie sich auf Grund ihrer Übelkeit erbrechen. Ihre Handgelenke waren von den Fesseln aufgescheuert und brannten höllisch. Wo war sie? Dem Schlingern nach zu urteilen, befand sie sich auf einem Boot oder Schiff.

Jason, warum habe ich nur dieser Person geglaubt? Bitte, hol mich hier raus.

»So, du bist also aufgewacht!«, riss eine krächzende Stimme sie aus ihren Überlegungen.

Juliana blickte in das höhnisch grinsende Gesicht des hässlichen Fischers. Sein Blick war unangenehm lüstern, Panik überkam Juliana. Würde er sie schänden? Was wollte er von ihr? Sie erinnerte sich langsam an die letzten Ereignisse.

Er bückte sich zu ihr runter und entfernte den Knebel. Juliana rang nach Luft, froh, den Knebel endlich los zu sein.

»Was soll das hier? Wo bringst du mich hin?«, fragte sie angsterfüllt.

»Das geht dich gar nichts an. Du wirst es schon sehen«, antwortete er kalt.

»Mein Mann wird mich suchen. Du wirst großen Ärger bekommen. Wenn du mich freilässt, werde ich dich nicht verraten«, versuchte Juliana zu verhandeln.

«Ha! Dein Mann war es, der diesen Plan eingefädelt hat. Er will sich von dir trennen, um Chinita zu heiraten. Du stehst ihm im Weg«, höhnte Manuelito und ließ sie wieder allein.

Juliana hatte keine Ahnung, wie lange die Fahrt dauerte. Plötzlich stand der Fischer wieder vor ihr. Er stopfte ihr erneut den verhassten Knebel in den Mund und riss sie grob auf die Beine.

»Wir sind da. Komm!«, sagte er, sie hinter sich herziehend.

Das Boot lag etwas abseits der großen Handelsschiffe in einem Hafen. Es war an einem hölzernen Pier festgemacht. Da es dunkelte, bemerkte niemand ihre Not. Mit dem Knebel konnte sie nur unterdrückte Laute von sich geben. Manuelito zerrte sie einen langen Pier entlang zu einem größeren Schiff.

»Bitte Mylady, Ihr neues Reisegefährt. Es läuft noch diese Stunde aus.«

Er lachte gackernd über seinen eigenen Witz.

Juliana traten Tränen der Wut und Verzweiflung in die Augen. Auf dem Schiff war es dreckig und verkommen. Die Mannschaft sah zum Fürchten aus, und Juliana hatte Angst, dass die gierige Meute jeden Moment über sie herfallen würde. Der Kapitän, ein rothaariger Ire mit einer hässlichen Narbe, die sich quer über sein pockennarbiges Gesicht zog, gab dem Fischer einen Sack mit Münzen.

Grob packte er Juliana am Arm. Er betastete prüfend ihre Brüste, ihren Hintern und nickte dann anerkennend.

»Gute Ware, Manuelito. Ich hab schon eine Idee, wer an ihr Interesse haben könnte«, sagte er und drehte sich zu seiner Mannschaft um. »Ribbek, schaff die Lady unter Deck. Aber nicht zu den anderen. Die kommt in meine Kabine.«

Er lachte dreckig und gab Juliana einen Klaps auf das Hinterteil.

Ein Mann mit struppigen braunen Haaren und Bart trat hervor, packte Juliana, zog sie unbarmherzig mit sich, obwohl Juliana sich verzweifelt sträubte.

Die Kabine des Kapitäns war kleiner als Jasons und wesentlich chaotischer. Der massive Tisch quoll über von Karten, Büchern und Notizen. Ein schmuddeliges Laken bedeckte die Koje, die Decke lag zerknüllt auf dem Boden davor. Schmutzige Kleidungsstücke und leere Flaschen lagen im Raum verteilt, dazwischen gammelten Essensreste vor sich hin.

Juliana schüttelte sich vor Ekel und unterdrückte mühsam ein Würgen.

Jetzt nur nicht erbrechen. Tief durchatmen, Juliana!

Ihre Hoffnung, dass Ribbek sie von ihren Fesseln und dem Knebel befreien würde, erfüllte sich nicht. Er stieß sie auf die Koje und verschwand. Juliana zitterte. Erneut stiegen ihr heiße Tränen in die Augen, nahmen ihr die Sicht. Sie fühlte sich entsetzlich hilflos. Die Angst, die sie bei ihrer ersten Entführung durch Jason ausgestanden hatte, war nichts im Vergleich zu der Panik, die sich jetzt in ihr ausbreitete. Schweiß stand auf ihrer Stirn, der nicht nur von der stickigen Hitze der Kabine herrührte. Sicher hatte dieser schmierige Kapitän vor, sie notzüchtigen zu wollen, sonst hätte er sie wohl nicht in seine Kabine bringen lassen. Sie fragte sich, wie viele Gefangene es wohl noch auf diesem Schiff geben mochte.

Sie dachte an Jason. Ob er wohl wirklich hinter dem Ganzen steckte? Nein! Das konnte und wollte sie nicht glauben. Dass er sie betrog, war eine Sache, aber dass er sich ihrer auf so grausame Weise entledigen würde, konnte sie einfach nicht glauben. Er war hart und kriminell, aber nicht so grausam. Oder doch?

Ach, Jason. Wäre ich nur nicht so stolz gewesen, dann hätte dieses Weib sich nie zwischen uns drängen können. Geliebter. Ich wünschte, ich könnte einiges rückgängig machen, was ich gesagt und getan habe.

Jason saß in seinem Sessel und leerte sein Glas Brandy in einem Zug. Er wusste nicht, das wievielte Glas es war – es interessierte ihn auch nicht wirklich. Besinnungslos wollte er sich besaufen, alle quälenden Erinnerungen an Julianas Verrat auslöschen. Warum nur hatte sie das getan? Er wollte ihr damals folgen, um sie zurückzuholen, besann sich dann aber anders. Wenn sie ihn so sehr hasste, dann musste er sie ziehen lassen. Nie mehr würde er sie zwingen, seine Nähe zu ertragen. Die Schuld suchte er bei sich – auch wenn sie versucht hatte, ihn und Chinita zu töten, so konnte er doch nicht aufhören, sich nach ihr zu verzehren. Er fluchte leise. Verdammt, nie war ihm eine Frau so unter die Haut gegangen, hatte so sehr sein Herz und seine Seele berührt.

Juliana, warum nur musste es so kommen? Ich wollte es nicht. Ich liebe doch nur dich. Chinita bedeutet mir nichts, warum konntest du das nicht sehen, mein Herz. Ich werde nie mehr eine Frau lieben. Nie mehr!

Als sich die Tür zur Kabine öffnete, zuckte Juliana ängstlich zusammen. Der Kapitän betrat den Raum. Er musterte sie unverhohlen lüstern und trat dann näher. Juliana schrie durch den Knebel gedämpft auf und wollte ihm ausweichen, aber er packte sie an den Haaren, um sie hart an seinen übelriechenden, schwammigen Körper zu ziehen.

»O Gott, lass dies nur einen bösen Traum sein«, dachte Juliana. Das blanke Entsetzen spiegelte sich in ihren türkisfarbigen Augen.

»Jetzt werd ich dich erst mal in Ruhe ausprobieren. Das wird eine lange Nacht. Ich bin sehr potent«, protzte der Kapitän und grinste schmierig.

Juliana wurde übel. Ihre schlimmsten Befürchtungen drohten Wirklichkeit zu werden. Sein schmerzhafter Griff trieb ihr die Tränen in die Augen. Er löste ihren Knebel, und Juliana schnappte gierig nach Luft. Wenigstens würde sie jetzt nicht ersticken, wenn sie sich erbrechen musste. Er drückte sie auf das Bett nieder. Juliana schrie, doch eine heftige Ohrfeige stoppte ihr hysterisches Geschrei. Sie wurde bleich. Nur ihre Wange rötete sich von dem brutalen Schlag. Ihr Kopf dröhnte, ihr war schlecht.

»Du wirst nicht schreien! Verstanden?«, zischte er drohend und legte eine Hand an ihren Hals, als ob er sie würgen wollte.

Juliana nickte geschockt. Nie zuvor war sie so behandelt worden.

Sie war immer behütet gewesen, selbst Jason hatte ihr nie wirklich wehgetan.

Der Kapitän presste seine wulstigen Lippen auf ihren Mund und versuchte seine Zunge zwischen ihre Lippen zu schieben. Juliana presste die Lippen fest aufeinander, doch der Kapitän drückte mit der Hand ihren Hals zu, so dass Juliana panisch den Mund öffnete. Er nutzte die Gelegenheit, um seine Zunge hineinzuzwängen. Sie würgte. Es war widerwärtig. Nach einer Weile gab er sie frei.

»Na also, geht doch!«

Er entkleidete sich hastig. Sein dicker Bauch wurde von einer weiteren Narbe entstellt, die wie die Narbe im Gesicht schon sehr alt sein musste, denn sie war schon ganz verblasst. Sein kleiner Schwanz hing trostlos herunter. Hektisch rieb er sein schlaffes Glied, doch es rührte sich nicht.

»Du hast mich verhext, du kleine Schlampe!«, brüllte er sie aufgebracht an.

Juliana versuchte seinem Blick auszuweichen. Sie war über seine Unzulänglichkeit erleichtert, seine Wut hingegen ängstigte sie. Sicher würde er sie jetzt wieder schlagen.

»Los! Fass ihn an!«

Er nahm ihre Hand, schloss sie um sein Glied, rieb auf und ab – doch noch immer tat sich nichts. Wütend sprang er auf. Der Kapitän schleifte sie aus der Kabine hinter sich her und über das Deck, auf dem sich die Luke zum Frachtraum befand. Hier stieß er sie in einen dunklen Raum, in dem auch die Sklaven untergebracht waren.

»Ich wünsch dir eine angenehme Fahrt, Hure. Du bist wertlos für mich«, sagte er ätzend, sie an dem trostlosen Ort zurücklassend.

Juliana seufzte. Sie war froh, der Vergewaltigung entkommen zu sein, fürchtete sich jedoch in diesem finsteren Verschlag. Es stank nach Angst und menschlichen Exkrementen.

Juliana hatte keine Ahnung, wie lange sie sich schon in der Gewalt des irischen Kapitäns befand. Die Fahrt in dem Sklavenverschlag war der blanke Horror. Sie hatte sich aus Selbstschutz in sich zurückgezogen und reagierte nur noch apathisch und teilnahmslos. Irgendwann jedoch endete die Horrorfahrt damit, dass man sie aus dem Verschlag zog, in ein Beiboot verfrachtete und irgendwo an Land brachte. Ihre Füße, die über weichen Sand stolperten, schienen nicht ihr zu gehören. Es waren nicht ihre Augen, die sich von der hellen Sonne geblendet zusammenzogen. Sie registrierte nichts um sich herum, nicht den Weg, den sie beschritten, nicht das Haus, das sie betraten, und nicht die Menschen, die über sie sprachen. Sie war tot.

»Warum ist sie so abwesend? Was stimmt nicht mit ihr?«, fragte Juan Cides und blickte den schmierigen Kapitän finster an.

»Sie ist nur etwas erschöpft von der Reise. Sie war sehr seekrank, müsst Ihr wissen. Sie wird sich bald wieder erholen«, versicherte der Ire eilig.

Juan schaute ihn skeptisch an. Er glaubte dem Kapitän kein Wort. Wieder musterte er die junge Frau, die ihm hier angeboten wurde. Sie war sehr schön, außergewöhnlich schön, sogar in ihrem jetzigen Zustand der Verwahrlosung, aber etwas stimmte nicht mit ihr. Hatte man sie unter Drogen gesetzt? Nein, ihre Pupillen waren normal.

»Dein Preis ist vollkommen unrealistisch. Sie ist in erbärmlicher Verfassung. Ich gebe dir die Hälfte – und das ist schon zu viel.«

»Ich habe einen großen Umweg hierher in Kauf genommen, dazu die Unkosten, da kann ich sie doch nicht einfach so verschenken. Seht doch nur ihre exquisiten Brüste. Sie ist jeden Preis wert«, feilschte der Kapitän.

Juan funkelte ihn aus schwarzen Augen wütend an. Dem Kapitän wurde es auf einmal sehr unbehaglich zumute.

»In Ordnung. Ich bin einverstanden«, sagte der Ire schließlich, und Geld und Sklavin wechselten die Besitzer.

Juan wandte sich an eine rundliche Schwarze, die abwartend in einer Ecke des Raumes gestanden hatte.

»Maria, kümmere dich um sie.«

Die Schwarze nickte und trat zu Juliana, um sie am Arm aus dem Raum zu führen.

»Armes Ding«, murmelte Maria, als sie mit zwei weiteren Sklavinnen Juliana entkleidete.

Sanft, aber bestimmt dirigierte sie Juliana in den Zuber. Das angenehm warme Wasser, die sanften Hände der Sklavinnen, die Juliana wuschen, und die freundlichen Worte von Maria drangen langsam zu Juliana vor. Wie durch einen Nebel nahm sie die ersten angenehmen Empfindungen seit ihrer Verschleppung wahr. Wo auch immer sie sich befinden mochte, wenigstens war hier niemand grob zu ihr. Sie schloss die Augen und versuchte, ihre Gedanken und Gefühle zu ordnen. Hatte Jason sie wirklich verraten? Tränen liefen ihr über die Wangen, die von sanfter Hand fortgewischt wurden. Sie öffnete die Augen und blickte in das Gesicht eines attraktiven, dunkelhaarigen Mannes, der sie neugierig ansah. Erschreckt schrie sie auf und bedeckte geistesgegenwärtig ihre Brüste mit den Händen. Der Mann lächelte besänftigend.

»Hab keine Angst. Ich tu dir doch nichts.«

Juliana war unfähig zu antworten, starrte ihn nur skeptisch an. Wer war er, und was wollte er von ihr? Würde er ihr Gewalt antun? Er sah zwar nicht gewalttätig aus, aber man konnte nicht immer nach dem äußeren Erscheinungsbild urteilen.

»Ich habe mich dir noch nicht vorgestellt, verzeih. Ich bin Juan Cides, der Besitzer dieser Plantage hier, und das ist Maria, meine Perle, die anderen sind Martha und Josie.«

Juliana sagte noch immer kein Wort.

»Darf ich auch deinen Namen erfahren?«, fragte Juan sanft.

»Jul… Juliana«, antwortete sie unsicher.

Sie wusste noch nicht so recht, was sie von ihm halten sollte. Er schien freundlich zu sein, doch das war vielleicht eine geschickte Taktik. Wenn er sie begehrte und sie ihm nicht gab, was er wollte, würde er vielleicht auch gewalttätig werden.

»Ein hübscher Name«, befand er und strich ihr über die Wange, die von den Schlägen des Kapitäns noch immer etwas verfärbt war. Augenblicklich verfinsterten sich seine hübschen Gesichtszüge.

»Wer war das? Hat der Mistkerl von einem Sklavenkapitän dich geschlagen?«

Juliana nickte. Sie spürte erneut Tränen in sich aufsteigen.

»Du brauchst keine Angst mehr zu haben. Hier wird dir kein Leid geschehen. Ruh dich ein wenig aus. Wir reden später beim Essen«, sagte Juan mit beruhigend warmer Stimme.

»Wo bin ich hier? Was habt Ihr mit mir vor?«

Sie fühlte sich schwach und verunsichert. Konnte sie diesem Mann wirklich vertrauen?

»Wir werden später darüber reden, Juliana. Ich werde mich jetzt zurückziehen und dich in einer Stunde beim Essen sehen«, beharrte Juan, strich ihr noch einmal über die Wange und ließ sie mit Maria und den beiden Sklavinnen allein.

Man hatte sie gebadet und neu angekleidet, um sie dann auf ein Zimmer zu führen, das laut Marias Angaben nun ihr Zimmer war. Sie war allein. Juliana schaute eine Weile aus dem großen Fenster, das einen herrlichen Blick auf einen romantischen Garten bot. Ihr Zimmer befand sich im ersten Stock. Es enthielt ein großes Bett, zwei Schränke und einen runden Tisch mit zwei Sesseln aus Korb.

Juliana schloss seufzend das Fenster und ging rastlos im Raum auf und ab. Die Ereignisse – seit Chinita sie vom Haus fortgelockt hatte – kamen ihr unwirklich vor. Dennoch war sie nun hier in diesem Zimmer, irgendwo auf einer Plantage und wusste nicht, ob sie sich nun in Sicherheit oder immer noch in Gefahr befand.

Die Tür öffnete sich, Maria trat ins Zimmer.

»Der Herr erwartet dich im Speisezimmer. Komm, folge mir, ich werde dich zu ihm bringen«, sagte die mütterliche Frau und lächelte Juliana freundlich an.

Juliana folgte ihr wortlos. Was auch immer der Mann mit ihr vorhatte, sie würde es so oder so erfahren. Es wäre sinnlos, seiner Einladung nicht zu folgen. Sie würde ihm keine Furcht mehr zeigen, aus der er einen Vorteil ziehen könnte. Vielleicht war er ja wirklich so harmlos, wie er vorgab zu sein. Möglicherweise konnte er ihr helfen, nach Hause zu kommen. Nach Antigua, denn nie könnte sie zu Jason zurückkehren. Immerhin war es gut möglich, dass ihr Mann sie wirklich loswerden wollte.

15

Juan

Ihr »Gastgeber« saß am Kopfende einer langen Tafel und lächelte sie bei ihrem Eintreten freundlich an. Juliana musterte ihn unauffällig. Er war ein gutaussehender Mann Anfang der Vierziger mit glänzend schwarzen Haaren, die ihm in sanften Wellen bis auf die breiten Schultern fielen. Seine Augen, von verblüffend langen Wimpern umrahmt, glänzten dunkel. Die Fältchen an seinen Mundwinkeln verrieten, dass er gern und viel lachte. Juliana hatte keine Zweifel, dass er Erfolg bei Frauen hatte und auch die Freuden des Lebens offensichtlich sehr genoss.

»Ah, da bist du ja, meine Liebe. Setz dich doch bitte zu mir. Du musst sicher sehr hungrig sein.«

Er deutete auf den Platz zu seiner linken Seite, wo für eine weitere Person gedeckt war.

Juliana schenkte ihm ein zaghaftes Lächeln und setzte sich zögernd. Aus Verlegenheit strich sie nervös eine Haarsträhne aus dem Gesicht. Sie vermochte Juan nicht anzusehen, aber sie wusste, dass sein Blick auf ihr ruhte.

»Du fragst dich, ob ich vorhabe, dich zu bedrängen, nicht wahr Querida? Ich kann dich beruhigen. Niemals habe ich eine Frau mit Gewalt genommen, aber ich werde dennoch versuchen, dein Herz zu erobern«, bekannte Juan offen. »Keine Angst. Du kannst das Mahl in Ruhe genießen. Ich werde dir noch etwas Zeit gewähren, dich einzugewöhnen«, fügte er besänftigend hinzu, als er bemerkte, wie sie sich bei seinen forschen Worten versteift hatte.

Die Tür öffnete sich, und das Essen wurde aufgetragen. Es gab verschiedene Meeresfrüchte, Fisch mit erlesenem Gemüse und ofenwarmes Brot. Juliana, die tatsächlich sehr hungrig war, vergaß über das köstliche und reichhaltige Essen eine Weile ihre Bedenken. Sie bemerkte nicht einmal mehr, dass Juan sie immer wieder heimlich betrachtete. Nach dem Hauptgang wurden verschiedene Früchte, Käse und Gebäck aufgetragen. Als Juliana schließlich meinte, keinen Bissen mehr hinunterzubekommen, setzte sie sich zurück und schaute zum ersten Mal wieder ihren Gastgeber an. Sein Blick war warm, erschreckend jedoch das begehrliche Funkeln darin.

»Sag mir, wie bist du in die Hände von diesem schmierigen O'Brian gelangt?«

Juliana zitterte. Sie dachte an Jason und seinen vermeintlichen Verrat. Inzwischen war sie zu der Ansicht gelangt, dass er wahrscheinlich wirklich hinter der ganzen Sache steckte. Der Schmerz, der sie bei dieser Erkenntnis befiel, raubte ihr den Atem, und ließ sie gequält aufstöhnen.

Besorgt griff Juan nach ihrer Hand, um sie sanft zu drücken.

»Verzeih. Das war gedankenlos von mir. Du brauchst nicht darüber zu reden, wenn es dich unglücklich macht. Irgendwann jedoch wirst du darüber reden müssen, um dich von den bösen Geistern zu befreien. Ich bin ein guter Zuhörer.«

Juliana schaute ihn mit Tränen in den Augen an. Juan fand sie so schön in ihrem Schmerz, dass sich ihm das Herz zusammenzog. Noch nie hatte er eine Frau leiden sehen können, dafür liebte er sie zu sehr, auch wenn er sich niemals auf eine einzige Frau beschränken konnte. Er war ein Mann von großer Leidenschaft, der sich den Luxus erlaubte, mehrere Frauen sein Eigen zu nennen. Ohne Maria und Juliana gerechnet, lebten neun Frauen in seinem Haus. Sie alle hatten gelernt, ihn zu lieben, ohne Ansprüche an ihn zu stellen, und waren trotzdem glücklich dabei. Juan bezweifelte, ob auch Juliana sich mit einer solchen Rolle zufriedengeben würde. Dennoch begehrte er sie und war fest entschlossen, sie zu erobern.

»Ich kann noch nicht darüber reden«, flüsterte Juliana. Sie schaute auf ihren leeren Teller und atmete tief durch.

»Darf ich mich jetzt zurückziehen?«

Juan stand vom Tisch auf und legte eine Hand auf ihre Schulter. Sein Griff war fest und beruhigend.

»Natürlich, Querida. Schlaf dich erst einmal aus. Morgen zeige ich dir mein Reich. Wenn du etwas brauchst, zögere nicht, nach Maria zu rufen. Sie wird dir gern zu Diensten sein.«

»Danke.«

Juliana erhob sich langsam und versuchte ein kleines Lächeln. Vielleicht konnte sie diesen Mann dazu bewegen, für ihre Heimreise zu sorgen. Er schien wirklich aufrichtig und freundlich zu sein. Mit neuem Mut flüsterte sie »Gute Nacht« und zog sich auf ihr Zimmer zurück.

Sie befand sich seit einer Woche auf der Plantage von Juan Cides. Er hatte ihr wie versprochen sein Reich gezeigt, und sie, die auf einer Plantage groß geworden war, lebte bei den angeregten Diskussionen über verschiedene Anbaumethoden auf. Er schien ihre Meinung wirklich zu schätzen, gab ihr das Gefühl, dass er ihren Verstand und ihr undamenhaftes Interesse an der Plantagenwirtschaft wirklich akzeptierte. Auch sein Versprechen, sie nicht zu bedrängen, hatte er gehalten. Sprach aus seinen Glutaugen auch das Begehren, so verhielt er sich ausgesprochen höflich und respektvoll. Trotzdem ließ er keine Gelegenheit aus, sie mit seinem Charme zu umgarnen. Wie sie vermutet hatte, besaß er einen herzlichen Humor und brachte sie oft zum Lachen. Eigentlich könnte sie sich glücklich fühlen an diesem zauberhaften Ort, wäre da nicht der tiefe Schmerz, der ihr Herz erfüllte. Nachts wälzte sie sich von Träumen geplagt im Bett umher und wachte oft mit zitterndem Leib auf. Jason und sein Verrat lastete zu schwer auf ihr, erst recht, seit sie den Verdacht hegte, dass sie ein Kind unter dem Herzen trug.

»Grübelst du schon wieder, Querida?«, ertönte Juans sanfte Stimme. Er war hinter sie getreten und legte sanft seine Hände auf ihre Schultern.

Juliana saß auf ihrer Lieblingsbank an einem kleinen künstlichen Teich, in dem farbenprächtige Fische schwammen. Die trägen Tiere hatten immer eine beruhigende Wirkung auf sie. Sie seufzte leise.

»Ich kann einfach nicht vergessen – so schön es hier auch ist und so gern ich dich habe«, flüsterte sie.

Juan ging um die Bank herum, um sich neben sie zu setzen. Er nahm ihre Hand in seine gepflegten Hände und schaute sie zärtlich an.

»Ich würde dir so gern helfen, aber du willst mir ja nicht erzählen, was dich bedrückt. Ist es ein Mann?«

Juliana nickte stumm. Sie wusste, dass Juan sich in sie verliebt hatte, denn während eines Gespräches seiner Sklavinnen hörte sie, dass er seit ihrer Ankunft seine Frauen nicht mehr beglückt hatte, und das betrübte seine einstigen Gespielinnen.

»Was hat er dir angetan, *mi amor*?«

»Er hat mich verraten ...«, begann Juliana und holte tief Luft, ehe sie fortfuhr, »... weil er frei sein wollte für seine Geliebte.«

»Dann ist er ein Esel, wenn er einen solchen Schatz verschmäht, und verdient es nicht, dass du dich seinetwegen grämst.«

Er fasste sie sanft unter das Kinn, drehte ihr Gesicht so, dass er ihr in die Augen blicken konnte.

»Lass mich dich vergessen machen, *mi amor.*«

Er küsste sie. Erst sanft, und als sie ihn nicht von sich stieß, wurde er fordernder. Juliana begann seinen Kuss zu erwidern. Wie sehr sie sich danach sehnte, wieder etwas Wärme und Zärtlichkeit zu spüren. Es war nicht diese verzehrende Leidenschaft, die sie mit Jason verbunden hatte, aber sein Kuss war angenehm, und sie mochte Juan wirklich gern. Er stöhnte leise, als sie zaghaft ihre Hand auf seinen breiten Brustkorb legte. Seine Zunge drängte sich zwischen ihre Lippen, sie gewährte ihm Einlass, ließ zu, dass er ihren Mund erforschte. Sie merkte, wie ihr Körper auf ihn zu reagieren begann, und Panik überkam sie. Jäh schreckte sie zurück. Juan atmete schwer. Seine dunklen Augen schauten sie verlangend an.

»Ich möchte dich vergessen lassen, was dir geschehen ist. Lass mich dich lieben«, flüsterte er und strich sanft an ihrem Arm hinab, nahm ihre Hand und führte sie an seine Lippen.

Er drückte seine Lippen auf ihre Handfläche und strich mit seiner Zunge darüber.

Juliana bebte. Seine Zärtlichkeit tat ihr so gut. Warum

sollte sie nicht versuchen, in seinen starken Armen Vergessen zu finden?

Juan spürte ihre bröckelnde Gegenwehr und begann an ihrem Zeigefinger zu saugen. Ihr leises Stöhnen bestätigte ihm, auf dem richtigen Weg zu sein. Er zog sie an sich, küsste sie voller Leidenschaft, bis sie ihre Finger in sein Haar grub und sich an ihn schmiegte.

Juliana spürte die süße Sehnsucht, die ihren Körper erfasste. Sie genoss Juans sanfte Leidenschaft. Seine Hände wanderten zu der Verschnürung ihres Kleides und lösten die Bänder. Er streifte ihr das Kleid über die Schultern, entblößte dabei ihre Brüste, seine Finger strichen unendlich zart über die rosigen Spitzen, die sich sofort verhärteten. Sie zog seinen Kopf an ihre Brust, und er nahm eine der aufgerichteten Brustwarzen zwischen die Lippen, um daran zu saugen. Aufstöhnend warf Juliana den Kopf in den Nacken.

»Du bist so schön. Ich werde dir süße Wonnen bereiten, dass du alles andere vergisst«, versprach Juan.

Er entkleidete sich und Juliana mit flinken Händen. Dann zog er sie auf seinen Schoß, ließ sie langsam auf seinen harten Schwanz hinabsinken, bis er sie ganz ausfüllte.

Juliana klammerte sich an seine breiten Schultern, ritt ihn erst langsam, dann immer schneller, während seine Lippen und seine Zunge ihre Nippel verwöhnten.

»Komm mit mir ins Paradies, Querida. Jetzt. Lass uns fliegen!«

Der Orgasmus kam in warmen, wohltuenden Wellen über Juliana. Juan umfasste ihr Becken mit beiden Händen und dirigierte sie ein paar weitere Stöße, bis auch er kam. Er stöhnte laut auf, presste sie fest an sich. Ermattet barg

Juliana ihr Gesicht an seiner Schulter und genoss das sanfte Nachbeben ihrer Erfüllung.

Sie schlug die Tür zu ihrem Zimmer hinter sich zu und warf sich schluchzend auf das breite Bett. Was war nur los mit ihr? Sie hatte sich für einen kurzen Moment vergessen, hatte Erfüllung bei einem anderen Mann gefunden. Doch dann tauchte Jason wieder in ihren Gedanken auf. Sie fühlte sich schuldig. Wie viele Nächte hatte aber er jetzt schon in den willigen Armen seiner Geliebten verbracht? Gab es nicht auch ein Recht für sie, wieder Glück und Leidenschaft zu finden? Warum fühlte sie sich nur so entsetzlich schlecht dabei? Wie eine Verräterin. Eigentlich erinnerte sie die sanfte Leidenschaft, die Juan in ihr geweckt hatte, nur wieder daran, dass sie Jason noch immer schmerzlich vermisste. Zwar hatte sie ihn und den Gedanken an seinen Verrat in letzter Zeit verdrängt, aber ihre Liebe war noch immer nicht erloschen, ja, nicht einmal verblasst. Sie konnte sein Antlitz auch jetzt noch, nach all der Zeit, bis in die kleinste Einzelheit in Erinnerung rufen. Jedes Funkeln in seinen Augen, die Art, wie er rau ihren Namen flüsterte, wenn er sie liebte, und sogar sein Geruch war ihr allgegenwärtig. Doch plötzlich verspürte sie eine heftige Übelkeit in sich aufsteigen. Die Hand vor den Mund gepresst, rannte sie ins Badezimmer und erbrach sich in die Waschschüssel.

Juliana spazierte am Strand entlang. Ein kräftiger Sklave, der die Aufgabe hatte, sie zu beschützen, wenn sie sich zu weit vom Haus entfernte, lief einige Schritte hinter ihr. Seine Begleitung war ihr schon so sehr zur Gewohnheit geworden, dass sie ihn kaum noch wahrnahm. Sie hatte sich die Schuhe ausgezogen, um den warmen und weichen Sand unter ihren Füßen zu fühlen. Es war noch früh am Morgen, und eine kleine Brise vom Meer erfrischte die Luft. In ein paar Stunden würde es so heiß sein, dass sie sich wieder ins kühle Innere des Hauses zurückziehen musste. Sie liebte ihre Spaziergänge. Seitdem die morgendliche Übelkeit ihr nicht mehr zu schaffen machte, kam sie jeden Morgen an den Strand. Sie war jetzt im vierten Monat schwanger. Erst war sie über ihren Zustand verzweifelt gewesen, denn sie wollte keine lebende Erinnerung an ihren Ehemann, doch nun freute sie sich auf ihr Kind. Juan behandelte sie wie eine kostbare, zerbrechliche Blume, und Maria umsorgte sie wie eine Glucke. Niemand schien Juliana ihre Stimmungsschwankungen nachzutragen, Juan hatte sogar befohlen, dass alle Wünsche Julianas sofort erfüllt werden sollten. So hatte die gute Maria tatsächlich letzte Woche mitten in der Nacht einen riesigen Rosinenkuchen gebacken und Joshua, ihr hünenhafter Schatten, besorgte ihr täglich die saftigsten Früchte.

Julianas Gedanken schweiften wieder einmal zu Jason. Was er wohl tun würde, wenn er wüsste, dass sie sein Kind unter dem Herzen trug? Würde es einen Unterschied für ihn machen? Juliana seufzte. Warum konnte sie den Schuft nicht endlich vergessen? Juan war so ein aufmerksamer und rücksichtsvoller Mann. Sie hatte ihn gern und genoss seine sanfte Art. Er liebte sie, doch er spürte auch, dass sie hier nicht glücklich werden konnte, und so hatte er ihr versprochen, sie nach der Entbindung, wenn sie und das Kind reisefähig wären, nach Antigua segeln zu lassen. Juliana freute sich auf ihren Vater, ihre Amme und ihr Pferd. Sicher hielt man sie längst für tot. In der Gesellschaft würde es sicherlich erst einmal Gerede geben, wenn sie mit einem Kind zurückkehrte, aber auch das würde sich irgendwann legen, denn schließlich war sie ja rechtmäßig verheiratet. Vielleicht würde sie einfach sagen, dass ihr Gatte verstorben sei. Sicher war jedenfalls, dass sie nicht mehr heiraten würde. Nie wieder würde sie einem Mann die Gelegenheit geben, sie zu verletzen – das stand für sie fest.

George Thompson musterte den Mann mittleren Alters mit den schütteren weißblonden Haaren, der ihm in seinem Büro gegenübersaß.

«Nun, Mr. Gordon. Was können Sie mir berichten?«

Der Detektiv rückte seine Brille zurecht und räusperte sich.

»Ich habe herausgefunden, dass Ihre Tochter auf Barbuda geheiratet hat …«

George Thompson sprang aus seinem Sessel und schlug mit der Faust auf den Schreibtisch.

»Sie hat was?«, schrie er und lief hochrot an.

Mr. Gordon zuckte zusammen und rutschte tiefer in seinen Sessel hinein. Mit so einem Ausbruch hatte er nicht gerechnet. Er war ja nicht einmal dazu gekommen, weitere Erklärungen anzufügen.

»Nun ja, sie hat …«

»Wen?«

»Ihr, ähm Gatte, gab seinen Namen mit Jason Whitfield an, Sir. Meine Nachforschungen haben ergeben, dass er eine große Plantage auf Jamaika hatte.«

Er machte eine kleine Pause und nestelte verlegen an seinem Hut, der auf seinem Schoß lag. Er scheute sich davor, weiter zu erzählen, denn das würde Mr. Thompson sicher nicht gefallen.

»Hatte? Sagten Sie – *hatte*?«

»So ist es. Man hat ihn enteignet.«

»Warum?«

»Er ... er wird der Piraterie beschuldigt und sollte verurteilt werden, wurde jedoch von seiner Mannschaft befreit«, erklärte Gordon.

»Ein Pirat? Ein gottverdammter Pirat hat meine Tochter geheiratet?«, donnerte Thompson aufgebracht los.

Er setzte sich wieder, überlegte angestrengt.

Gordon fühlte sich sichtlich unbehaglich. Er rutschte in seinem Sessel hin und her und blickte starr auf seinen Hut.

»Man muss sie dazu gezwungen haben. Ich hätte ihr ja noch zugetraut, dass sie abhaut und heimlich heiratet – aber einen Piraten? Nein! Sie wurde entführt und gezwungen. Aber warum?« Er rieb sich nachdenklich das Kinn – »warum?«

»Wo sind sie jetzt? Kennen Sie seinen Schlupfwinkel – oder wo auch immer er sich aufhalten mag? Wohin hat dieses Monster meine kleine Tochter verschleppt?«

»Ich habe Hinweise, dass er sich auf einer Insel nahe Curaçao aufhält«, sagte Gordon nicht ohne einen gewissen Stolz in seiner Stimme.

Er war sehr zufrieden mit sich, denn er hatte einiges in Erfahrung bringen können, was nicht leicht gewesen war.

»Finden Sie einen Kapitän mit einem schnellen, wehrhaften Schiff, der uns nach Curaçao bringen kann. Wir werden sie finden. Ich möchte so schnell wie möglich aufbrechen. Geld spielt keine Rolle.«

Gordon nickte. Er erhob sich aus dem Sessel und schaute George Thompson diensteifrig an.

»Ich werde mich sofort darum kümmern. Wenn Ihr mich jetzt nicht mehr benötigt, Sir?«

»Ja, ja. Gehen Sie schon.«

Als der Detektiv gegangen war, stand George Thompson auf und ging zur Bar, um sich einen kräftigen Rum einzuschenken. Er konnte jetzt wirklich einen Schluck brauchen.

Juliana saß in dem kleinen Pavillon im Garten, wo sie gern ihre Nachmittage mit Lesen verbrachte. Juans Bibliothek war umfangreich. Heute hatte sie sich einen Gedichtband aus dem Regal geholt, in dem sie nun tief versunken las. Als sie knirschende Schritte auf dem Weg hörte, der mit Muschelkies ausgestreut war, hob sie den Kopf und erblickte Juan, wie er mit seinen Lieblingsfrauen Lilo und Suvenica auf den Pavillon zusteuerte. Er schenkte ihr ein strahlendes Lächeln. Lilo trug ein kleines Kästchen und Suvenica einen Korb, der mit einem Tuch verhüllt war.

«Hallo, Querida. Ich dachte mir, du könntest eine kleine Stärkung und etwas Entspannung vertragen«, begrüßte sie Juan und beugte sich zu ihr herab, um ihr einen Kuss auf die Stirn zu geben.

»Oh, ich bin gar nicht hungrig«, wollte Juliana abwehren.

»Du musst an deinen Zustand denken. Dein Baby braucht auch Nahrung. Du hast seit heute Morgen kaum etwas zu dir genommen«, ermahnte Juan sie. Suvenica stellte den Korb auf den Tisch.

Dann kamen sie auf Juliana zu und zogen sie sanft, aber bestimmt aus dem Sessel hoch. Juliana wollte protestieren, aber Juan unterbrach ihren Protest.

»Vertrau mir. Lass dich einfach überraschen. Es wird dir gefallen«, versprach er.

Juliana ließ geschehen, dass die Frauen sie entkleideten, obwohl sie sich etwas unbehaglich dabei fühlte. Juan nahm in dem Sessel Platz und schaute ihnen zu. Als Juliana vollkommen nackt war, geleiteten die Frauen sie zu einer mit Kissen bedeckten Liege. Hier wurde sie sanft darauf gebettet, Lilo schob ihr noch ein Kissen unter den Kopf, so dass sie etwas erhöht lag. Dann begann sie, Juliana mit mundgerechten Fruchtstückchen und süßem Gebäck zu füttern. Suvenica beförderte aus dem Kästchen eine Schale und einige kleine Fläschchen zutage. Die Fläschchen enthielten duftende Öle, die sie in das Schälchen gab und mit den Fingern vermengte. Der betörende Duft von Rosen, Jasmin und Sandelholz stieg Juliana in die Nase, und sie schloss selig die Augen. Langsam begann sie Gefallen an Juans Überraschung zu finden. Gerade landete ein saftiges Stückchen Pfirsich auf ihrer Zunge, und der klebrige Saft rann über ihr Kinn. Lilo beugte sich zu ihr herab, um den Saft von ihren Lippen und dem Kinn abzuschlecken. Juliana erschauerte. Sie war noch nie von einer Frau so berührt worden. Lilo fuhr mit ihrer Zunge die Konturen von Julianas Lippen nach, drängte ihre kleine Zunge schließlich in Julianas Mund, um sie unendlich sanft zu küssen. Ein wenig scheu begegnete Juliana ihrer Zunge, doch als sie spürte, wie Suvenica ihren Oberkörper mit dem duftenden Öl einzureiben begann, erwachte ihre Leidenschaft wie ein schlafender Vulkan, der plötzlich zu neuem Leben erweckt wurde. Sie genoss den leidenschaftlichen Kuss und spürte, wie das warme Öl sich auf ihre Scham ergoss. Suvenicas Finger verteilten es auf ihren Schamlippen, so dass das duftende Öl sich mit ihrem Moschusduft vermischte. Dann spreizte sie Julianas Schenkel, massierte das Öl um die feuchte Öffnung herum, ließ ihren Zeigefinger in die schlüpfrige Höhle gleiten, während sie mit der anderen Hand die Lustperle massierte, bis Juliana sich erregt aufbäumte. Lilo hatte mit der Massage von Julianas Brüsten begonnen und reizte die empfindlichen Nippel, so dass sie sich steil aufrichteten. Juliana bebte unter den geschickten Liebkosungen der Frauen. Der Orgasmus kam über sie wie eine gigantische Welle und spülte sie davon in schwindelerregende Höhen, um sie dann sanft – begleitet von unzähligen kleinen Wellen – wieder hinab in die Wirklichkeit zu lassen.

Sie öffnete die Augen und schaute zu Juan, dessen Augen vor Erregung ganz dunkel waren. Mit einem Wink schickte er die Frauen fort, erhob sich, um sich langsam – den Blick auf Juliana geheftet – auszuziehen. Nackt trat er an die Liege und kniete sich zwischen Julianas weit geöffnete Schenkel. Er schob ihr ein Kissen unter den Po, drang vorsichtig in sie ein, bis er sie voll ausfüllte. Seine Hände streichelten und massierten ihre Brüste, während er sie langsam und bedächtig liebte. Die sanften Liebkosungen der Frauen hatten sie weich und nachgiebig gemacht. Sie war jetzt bereit, sich völlig fallen zu lassen. Ihr Leib schien zu schweben, getragen auf einer Wolke aus sanfter Leidenschaft. Warm flutete das Gefühl durch ihren Körper und brachte ihn zum Schwingen. Juan massierte ihre Klitoris, während er seinen Schwanz immer wieder tief in ihren Schoß gleiten ließ. Als er spürte, wie ihre Leidenschaft erneut anschwoll, stieß er schneller und fester in sie, bis sie fast zeitgleich auf dem Gipfel der Lust ankamen. Mit geschlossenen Augen genoss Juliana das Nachbeben. Tief befriedigt schlief sie ein, bemerkte nicht mehr, wie Juan sie wehmütig betrachtete und sie dann sanft zudeckte.

»Querida. Ich wünschte, du könntest mich lieben und nicht ihn, aber du wirst ihn nie vergessen, nicht wahr?«

Schweren Herzens ging er ins Haus zurück.

16

Freud und Leid

Jason lag vom Alkohol umnebelt auf dem Bett.

»Hey, du Trunkenbold. Wach auf!«, ertönte eine ärgerliche Stimme.

Jason blinzelte. Jemand zog die Vorhänge auf, so dass die Mittagssonne gnadenlos ins Zimmer strahlte. Schnell schloss er die Augen wieder und stöhnte. Sein Kopf schmerzte zum Bersten, sein Mund war wie ausgedörrt.

»Lass mich«, knurrte er ungehalten.

Seit Wochen hatte er sich nun jeden Tag betrunken. Er gedachte auch nicht, damit aufzuhören, denn er wollte dem Schmerz entfliehen – und das gelang ihm nur, wenn er einen gewissen Alkoholpegel erreichte.

Jason wurde nun ziemlich unsanft durchgeschüttelt, was seinem Kopf nicht unbedingt guttat. Ärgerlich öffnete er ein Auge, um zu sehen, wer der Übeltäter war. Natürlich MacLead, der teils besorgt und teils ungehalten auf ihn hinabblickte.

»Was zur Hölle willst du von mir?«

»So kann das nicht weitergehen. Du musst damit aufhören, es bringt dich um.«

»Kann dir doch egal sein. Ist schließlich mein Problem.«

MacLead machte ein ärgerliches Geräusch, das wie »Hhhmpf« klang, und schaute Jason vorwurfsvoll an.

»Und was ist mit deiner Mannschaft? Was soll aus ihnen

werden, wenn ihr Kapitän sich lieber in seinem Kummer ersäuft, anstatt mit ihnen Beute auf See zu machen?«, fragte er und ballte zornig die Hände.

Jason schloss die Augen. Der Schotte hatte recht. Einen jämmerlichen Schurken gab er hier ab. Wegen einer Frau – noch dazu einer Frau, die versucht hatte, ihn umzubringen – lag er hier wie ein Schwächling im Bett. Er sollte Beute machen, endlich sein Ziel erreichen – um wieder Herr seiner eigenen Plantage zu werden. Seine Mannschaft war ihm treu ergeben, hatte ihn sogar aus dem Gefängnis befreit, und nun ließ er sie feige im Stich.

Stöhnend richtete er sich auf, schwang kraftlos die Beine über den Bettrand, Schwindel erfasste ihn, doch er bemühte sich, seinem maroden Körper wieder Leben einzuhauchen.

»Komm, ich helfe dir«, erbot sich MacLead. Er fasste Jason am Arm, um ihm auf die Beine zu helfen.

»Danke«, brummte Jason und stützte sich auf den kräftigen Schotten. *»Die Sauferei muss ein Ende haben. Ich werde dieses verdammte Frauenzimmer endgültig vergessen«,* schwor er bitter, indem er sich von MacLead nach unten führen ließ.

George Thompson lag mit einer unbekannten Krankheit im Bett. Sein Arzt stand vor einem Rätsel und konnte nicht mehr tun, als das Fieber zu bekämpfen. Niedergeschlagen dachte Thompson an seine Tochter. Nun würde er die Suche nach Juliana bis auf weiteres verschieben müssen. Er machte sich große Sorgen, auch wenn er wusste, dass seine Tochter sehr stark war. Thompson konnte auf sie so stolz sein, wie er auf einen Sohn wäre, denn Intelligenz, Charme und Mut zeichneten sie aus.

Eine Träne lief über seine fiebrige Wange. Wenn er doch nur nicht darauf bestanden hätte, dass sie Elias heiratete. Mittlerweile wusste er, wie fatal dieser Fehler war. Mr. Blackwood hatte inzwischen über Nacht die Flucht ergriffen, denn er war bankrott und wurde von seinen Gläubigern verfolgt. Juliana hatte er nur wegen ihrer Mitgift heiraten wollen. Was für ein Gedanke, wenn sie diesen miesen Kerl geheiratet hätte. Nicht auszudenken. Dann rollten weitere Tränen über Thompsons Wangen, als er daran dachte, dass Juliana es nun auch nicht besser haben konnte, denn sie war mit einem gesuchten Piraten verheiratet. Weiß der Teufel, was dieser Schurke seiner Tochter alles antat.

Das Mittel, das der Arzt George Thompson verabreicht hatte, begann zu wirken, und er schlief langsam ein.

Chinita starrte hasserfüllt auf das Meer hinaus. Jasons Schiff, die *Doreen*, war fast nicht mehr zu sehen. Er segelte davon, um wieder einmal als Pirat die Meere unsicher zu machen, und hatte sich nicht einmal von ihr verabschiedet. Ihr Plan war gründlich fehlgeschlagen. Zwar war ihre Konkurrentin verschwunden, auch Chinitas Komplize, der Fischer Manuelito, hatte den Tod gefunden – doch Jason verrannte sich so in seine Wut und seinen Kummer, dass er sich für nichts mehr interessierte. Auch nicht für seine ehemalige Geliebte und das Kind, von dem er doch annahm, dass es seins wäre. Merkwürdigerweise war auch Smith, der erste Steuermann, eines Nachts auf und davon. Niemand wusste, warum und wohin.

Drei Wochen später meldete einer der Männer aus dem Dorf, dass ein Schiff vor der Insel kreuzte. Chinita und einige andere begaben sich zum Strand, um zu sehen, wer da auf die Insel zusteuerte. Plötzlich ertönten Kanonenschüsse. Sie wurden angegriffen. Chinita hielt im Laufen inne und rannte wieder zurück. Von überallher kamen Männer gelaufen, um die Insel zu verteidigen. Viele fanden durch den Beschuss den Tod. Nur noch wenige waren übrig, als die Besatzung des Schiffes an Land ruderte. Die Fremden töteten jeden, den sie erwischen konnten – und das waren die meisten. Nur wenige flüchteten unbemerkt in die geheimen Höhlen. Chinita starb an den zahlreichen Wunden, die ihr die Männer, die sie vergewaltigten, zugefügt hatten. Ihr letzter Gedanke galt ihrem Sohn. Der einzige Mensch, der ihr wirklich etwas bedeutete. Bevor sie verstarb, schickte sie ein schnelles Stoßgebet zum Himmel, dass er überleben möge.

Was soll das heißen – er ist weg? Das ist doch wohl hoffentlich die richtige Insel«, sagte Elias mit eisiger Stimme.

Der Matrose mit der Augenklappe, der ihm gegenüberstand, kratzte sich nervös am Kopf und senkte den Blick, ehe er sich räusperte, um zu einer Erklärung anzuheben.

»Ja, Sir. Es ist die richtige Insel. Wir haben von einem Mann ein paar Informationen herausholen können, ehe er starb. Jason Whitfield hat hier sein Haus, aber er ist vor ein paar Wochen mit seiner Mannschaft in See gestochen.«

»Dann haben wir den elenden Halunken verpasst?«

Elias tobte, seine Augen blitzten gefährlich auf. Er holte

zu einem gewaltigen Schlag aus, schlug den Matrosen nieder, dann rieb er sich die Faust und stapfte davon.

In einer versteckten Höhle in den Bergen kauerte sich ein kleiner Junge ängstlich an eine Frau. Diese strich ihm tröstend über das zerzauste Haar.

»Sei tapfer, kleiner Garrick. Dein Vater wird zurückkommen, dann wird er Jagd machen auf diese üblen Schurken. Wir müssen dankbar sein, dass wir entkommen konnten.«

Leise begann die Frau ein Lied zu singen, wiegte das Kind in ihren Armen, bis es erschöpft vom Weinen einschlief.

Juliana erwachte, als ein scharfer Schmerz in ihren Unterleib fuhr. Sie legte ihre Hände auf den gewölbten Bauch und spürte, wie hart er geworden war. »*O mein Gott, es geht los*«, dachte sie panisch. Dann ließ der Schmerz wieder nach, der Bauch wurde wieder weich. Sie spürte die Bewegung ihres Kindes und lächelte.

»Bist du auch schon nervös, mein Kleines? Ich bin es jedenfalls«, sagte sie leise.

Nach ein paar Minuten war der Schmerz wieder da. Sie wusste von Maria, dass die Wehen allmählich in kürzeren Abständen kommen und dass noch Zeit war. Zwei Stunden verbrachte sie damit, die schmerzenden Kontraktionen der Gebärmutter zu erdulden, und schöpfte in den Pausen neue Kraft. Schließlich beschied sie, dass es Zeit war, Marie zu wecken. Sie würde ihr bei der Geburt beistehen.

Als erneut eine Wehe abebbte, schwang sie die Beine aus dem Bett, griff nach ihrem Morgenrock, zog ihn hastig über und schlüpfte in die seidenen Pantoffeln, die neben ihrem Bett standen. Sie atmete noch einmal tief durch und machte sich auf den Weg zu der Sklavin, die nur drei Türen weiter schlief.

Die Geburt dauerte lange. Maria gab sich alle Mühe, die erschöpfte Juliana zu ermutigen. Obwohl Juliana es nie für möglich gehalten hätte, schlief sie tatsächlich zwischen den Wehen ein. Diese kurzen Minuten brachten ihr aber keine wirkliche Erholung. Maria machte sich große Sorgen um die Gebärende, ließ sich aber nichts anmerken.

Juliana spürte, wie eine neue Wehe ihren Körper spannte, sie schrie laut auf und krümmte sich vor Schmerz zusammen.

«Du musst atmen, Kind. So wird der Schmerz nur noch schlimmer. Atme! So, wie ich es dir gezeigt habe.«

Sie strich Juliana das nasse Haar aus dem Gesicht.

»Atme!«, wiederholte sie erneut und machte es Juliana vor.

»Ich ... ich kann niiiicht, aahhh«, stöhnte Juliana. Sie war schweißgebadet und am Ende ihrer Kräfte.

»Hab Vertrauen. Bei der nächsten Wehe wirst du dich noch einmal zusammenreißen und atmen, wie es sich gehört. Das Köpfchen ist schon zu sehen. Hast du verstanden?«

Juliana nickte. Dann kam die nächste Wehe. Sie nahm alle ihre Kräfte zusammen und konzentrierte sich verbissen auf die Atmung. Die Sklavin murmelte zufrieden. »Jetzt pressen. Kräftig in den Bauch. Nach unten. Ja, gut so. Weiter!«, dirigierte sie.

Endlich rutschte der kleine Körper in die Arme von

Maria und erhob sofort ein wütendes Protestgeheul. Die Sklavin untersuchte schnell, ob keine Missbildungen zu sehen waren, doch alles war in bester Ordnung.

»Du hast einen Sohn«, verkündete sie und legte das Kerlchen auf den Bauch der Mutter. Juliana betrachtete ungläubig ihr Kind. Dann nahm die Sklavin den Jungen, ging mit ihm zu der vorbereiteten Wanne, um ihn abzuwaschen und in saubere Tücher zu hüllen. Sie legte das Bündel in Julianas Arme und kümmerte sich um die Nachgeburt.

Nachdem sie sich vergewissert hatte, dass Mutter und Kind wohlauf waren, verließ sie das Zimmer, um dem Herrn Bescheid zu geben, der unruhig in der Bibliothek saß und sich mit seinem besten Wein betrank. Es war, als wäre er der nervöse Vater, der auf sein eigenes Kind wartete. Die frohe Botschaft nahm er mit Erleichterung zur Kenntnis, begab sich dann zu Juliana, um sich persönlich von ihrem Wohlergehen zu überzeugen.

Der kleine Junge wurde zwei Wochen nach der Entbindung auf den Namen David George getauft und lebte als unangefochtener Liebling auf der Plantage. Sein schwarzes Haar und die strahlend blauen Augen waren von bestechender Schönheit, mit seinen rosigen runden Wangen sah er wie ein kleiner Engel aus. Er war recht groß und kräftig, was auch die schwere Geburt erklärte. Juliana hatte eine Woche das Bett gehütet. Ihre Narbe, die durch den Schnitt entstanden war, verheilte zu Marias Zufriedenheit, und langsam kam auch wieder Kraft in Julianas Körper. Sie hatte sich entschlossen, ihr Kind selbst zu stillen, was Maria mit einem entrüsteten Schnauben bedachte, aber schließlich widerwillig akzeptierte. Ihrer Meinung nach war es für eine Lady wie Juliana nicht schicklich, so etwas zu tun.

Jason stand an Deck der *Doreen* und schaute hinauf zu den Sternen. Er erinnerte sich daran, wie er mit Juliana den Sternenhimmel betrachtet hatte, und er fühlte einen bohrenden Schmerz in seinem Herzen. Warum nur konnte er sie nicht endlich vergessen. Bestimmt war sie längst auf Antigua und dachte nicht mehr an ihn. Er versuchte, die unerwünschten Gefühle in den hintersten Winkel seiner Seele zu verbannen – doch der Hass stieg erneut in ihm auf. *»In der Hölle soll sie schmoren«,* dachte er wütend und schlug mit der Faust auf die Bordwand. Wenn sie ihm jemals wieder über den Weg laufen würde, dann sollte sie seine Rache spüren. Ja, er würde sich dafür rächen.

17

Der Überfall

Juliana blickte gedankenverloren auf die weite See hinaus. Juan hatte Wort gehalten und dafür gesorgt, dass sie auf einem französischen Handelsschiff einen Platz bekam. Es sollte nach Barbuda segeln, von dort konnte Juliana dann ein Schiff nach Antigua nehmen. Bald schon würde sie zu Hause sein und ihren Vater wieder in die Arme schließen können. Sie machte sich große Sorgen, wie er die ganze Sache aufnehmen würde, und überlegte, wie viel sie ihm erzählen durfte. Obwohl Jason ihr sehr wehgetan hatte, wollte sie vermeiden, dass ihr Vater Jagd auf ihn machte. Sie hatte nur den Wunsch, ihn zu vergessen – auch wenn es ihr unmöglich schien. Aber sagte man nicht, dass Zeit alle Wunden heilte? Wie viel Zeit brauchte es, um eine solche Liebe zu vergessen, einen solchen Schmerz zu mildern? Juliana wusste es nicht, aber sie wusste, dass sie für ihren kleinen Sohn zu sorgen hatte. Für ihn musste sie lernen, wieder zu leben. Ja, irgendwie würde sie es schaffen!

»Schiff von Steuerbord!«, schrie der Mann im Krähennest und lenkte die Aufmerksamkeit des Kapitäns auf sich.

Kapitän Lemonde nahm sein Meerrohr zur Hand und suchte den Horizont ab. Er erblickte das noch weit entfernte Schiff und ließ sein Rohr wieder sinken.

»Haltet Kurs. Ist wahrscheinlich ein Engländer. Wir werden sehen, falls es näher herankommt«, sagte Lemonde und begab sich unter Deck.

Juliana schaute mit ungutem Gefühl in Richtung des fremden Schiffes. Warum nur hatte sie das Gefühl, dass Gefahr von ihm ausging? Der Kapitän schien nicht sehr beunruhigt zu sein – sicher gab es keinen Grund zur Sorge. Sie beschloss, sich in ihre Kabine zurückzuziehen und einen Mittagsschlaf zu halten. Vorher würde sie noch einmal nach David sehen.

Ist ein Franzose, Käpt'n«, sagte Jules, der neue Steuermann.

Jason nahm sein Meerrohr und schaute hindurch.

»Hm, scheint ein fetter Fisch zu sein. Es liegt tief im Wasser, scheint den Frachtraum voll zu haben. Haltet weiter drauf zu und sorgt dafür, dass alles gefechtsbereit ist.«

»Aye, Sir. Wird gemacht.«

Als der Steuermann wieder gegangen war, um den Befehl auszuführen, schaute Jason noch einmal zu dem französischen Handelsschiff hinüber. Dieses Schiff könnte vielleicht den benötigten Rest an Kapital einbringen, um endlich wieder Herr seiner Plantage zu werden. Zufrieden ging er unter Deck, um seinen Säbel aus der Kabine zu holen. Er freute sich auf das bevorstehende Gefecht.

Juliana wurde vom Kanonendonner aus dem Schlaf gerissen. Mit klopfendem Herzen fuhr sie hoch. Hatte sie nur geträumt? Nein! Da ertönte wieder eine Reihe von

Kanonenschüssen – ein gewaltiges Krachen und ein hässliches Knirschen –, das Schiff erbebte. Sie waren getroffen worden!

Über ihr, auf dem Deck, waren eilige Schritte und aufgeregtes Geschrei zu hören. Juliana stolperte aus der Koje, rannte zur Wiege, in der ihr Sohn noch immer schlief, als wäre nichts passiert. Angstvoll blickte Juliana auf ihr Kind und betete im Stillen, dass der Angriff abgewehrt werden könnte. Aufgeregt und unschlüssig, was sie tun sollte, rannte sie hin und her. Durch das Bullauge war nichts zu sehen, da sich das angreifende Schiff auf der anderen Seite befand.

Ich muss wissen, was da oben los ist. Das Warten hier macht mich noch total verrückt!

Juliana verließ die Kabine und hastete an Deck. Die Angst schnürte ihr die Kehle zu. Oben waren die Seeleute hektisch mit dem Nachladen der Geschütze beschäftigt. Der Kapitän erteilte mit verkniffenem Gesicht Befehle an die Mannschaft. Als er sich kurz umdrehte, erblickte er Juliana, die vor Entsetzen wie gelähmt war.

»Um Gottes willen! Geht sofort wieder unter Deck. Die Schurken werden uns bald entern, und dann solltet Ihr Euch lieber in Eurer Kabine einschließen. Macht, dass Ihr verschwindet!«

Juliana war noch immer wie gelähmt.

Sie werden uns entern! Lieber Gott, hilf mir und meinem Kind.

»Nun geht schon. Wir werden versuchen zu verhandeln. Geht und betet für unser Überleben«, schrie der Kapitän zu ihr herüber.

Endlich löste Juliana sich aus der Starre. Langsam fand sie wieder zu sich. Sie rannte zurück in ihre Kabine, schlug die schwere Tür hinter sich zu und sicherte sie noch zusätzlich mit dem eisernen Riegel.

»Näher ran! Wir haben sie gleich. Alle Mann fertigmachen zum Entern. Das ist unsere letzte Schlacht! Wenn alles gut läuft, seid ihr bald wohlhabende Männer«, rief Jason seinen Leuten zu.

Die Männer nahmen die Enterhaken zur Hand und stellten sich in Position. Ein Krachen und Knirschen ertönte, als die beiden Schiffe gegeneinanderstießen. Mit lautem Gebrüll schwangen sich Jasons Matrosen zum gegnerischen Schiff hinüber, wo sofort ein verbissener Kampf entbrannte. Die Mannschaft des Handelsschiffes war zahlenmäßig überlegen, doch schon bald zeichnete sich ab, dass sie gegen die kampferprobten Männer des Piratenschiffes keine Chance hatten.

Jason focht mit dem Kapitän des Handelsschiffes und fand in ihm einen wirklich guten Gegner. Kapitän Lemonde schwang seinen Säbel mit verbissener Präzision. Lachend parierte Jason die geschickten Hiebe mit seiner Klinge. Er hatte seinen Spaß an diesem ausgeglichenen Kampf. Bald jedoch musste auch er die Zähne zusammenbeißen, denn der schnelle Kampf, der die Kontrahenten quer über das Deck führte, ging beiden Kapitänen allmählich an die Kondition.

Juliana schrie entsetzt auf, als die Schiffe aneinanderstießen. Das Schiff ächzte und knarrte, an Deck war wilder Kampfeslärm zu hören. Nun war auch der kleine David erwacht und brüllte zornig über die Ruhestörung.

Juliana hastete zur Wiege, nahm das Kind heraus, wiegte es in ihren Armen und versuchte, den kleinen Jungen zu beruhigen.

»Pscht, mein Liebling. Sei still, sonst hören sie dich noch und kommen hier runter. Sei ein lieber Junge, pscht.«

Tatsächlich beruhigte sich das Kind und schaute sie aus großen Augen an, als hätte es verstanden.

Sie setzte sich mit dem Baby auf die Koje – sie konnte nur abwarten und hoffen.

Jason schwang seinen Säbel mit aller Kraft und schlug Lemonde den Säbel aus der Hand. Triumphierend setzte er die Klinge an die Kehle des Kapitäns.

»Ich bitte nur noch um eines«, sagte Lemonde und schaute Jason gefasst an.

»Ihr habt Glück, dass ich heute in milder Stimmung bin. Sagt mir, was Ihr wünscht«, verlangte Jason mit kaltem Lächeln.

»Verschont meine Männer und die Passagiere. Tötet mich meinetwegen, nehmt Euch alle Ladung, aber vergießt kein weiteres Blut. Falls Ihr ein Mann von Ehre seid, sollte Euch das nicht allzu schwerfallen.«

»Passagiere?«, fragte Jason.

Vielleicht konnte er noch ein Lösegeld erpressen.

»Ja. Ein Doktor und seine Frau, ein französischer Gesandter und eine junge Frau mit ihrem Kind. Ich bitte Euch, seid barmherzig!«

Jason schaute sich nach den kämpfenden Männern um.

Es gab einige tote Franzosen und etliche Verwundete. Auch unter seinen Männern waren Verletzte und ein Toter.

»Haltet ein! Niemand, der seine Waffen niederlegt, wird getötet. Aber ich warne euch. Sollte einer von euch zur Waffe greifen, wird er sofort getötet. Lasst eure Waffen fallen, meine Leute werden sie einsammeln und euch in die Offiziersmesse bringen.«

Jason wandte sich wieder Lemonde zu.

»Zeigt mir die Ladung und dann führt mich zu den Passagieren.«

Nachdem Jason die Ladung inspiziert und seinen Männern Anweisungen erteilt hatte, was auf die *Doreen* umzuladen war, ließ er sich zu den Passagieren führen. Der alte Doktor mit seiner verängstigten Frau erschien ihm wertlos. Den französischen Gesandten befand er als zu heikel, denn jetzt so kurz vor seinem Ziel wollte er ein solches Risiko nicht mehr auf sich nehmen.

»Also gut. Jetzt führt mich zu der jungen Frau«, verlangte Jason.

Sie gingen zur Kabine der Frau, und Lemonde klopfte gegen die Tür.

»Mrs. Cides. Ich bin es, der Kapitän. Bitte öffnet die Tür. Euch wird kein Leid geschehen.«

Er schaute Jason bei diesen Worten an, und der nickte.

Es dauerte eine Weile, bis der Riegel entfernt wurde und die Tür sich öffnete.

Jason starrte sie an, als sähe er einen Geist. Erst auf den zweiten Blick registrierte er das Baby auf ihrem Arm, das sie schützend an sich gepresst hielt.

Juliana öffnete den Mund und schloss ihn wieder. Ihr Herz hämmerte wie wild in ihrer Brust.

Gott, nein! Nicht er! Bitte, lass das nicht wahr sein!

»Mrs. Cides, wir sind geentert worden. Habt keine Angst. Es wird keine weiteren Toten mehr geben. Ich bin sicher, man wird Euch gut behandeln, wenn ihr Euch ruhig verhaltet«, sagte Lemonde und schaute sie beschwörend an.

Sie war unfähig, ein Wort herauszubringen, und starrte auf den Mann, der ihr so großes Leid beschert hatte. Juan hatte sie als seine Ehefrau ausgegeben, und sie war als Mrs. Cides auf dieses Schiff gekommen.

»Soo, Mrs. Cides.«

Jasons Stimme troff vor Sarkasmus – sein Blick war hasserfüllt. »Wie der Kapitän schon sagte, Euch wird nichts geschehen, wenn Ihr hübsch brav seid. Trotzdem kann ich Euch leider nicht hierlassen. Ihr werdet mich auf mein Schiff begleiten.«

»Warum?«, fragte Juliana mit zitternder Stimme.

»Bitte, lasst Mrs. Cides hier an Bord bleiben. Was sollte sie Euch nützen?«, versuchte Lemonde die Situation zu entschärfen.

»Ihr seid hier nicht in der Position, Fragen zu stellen. Mrs. Cides wird mich begleiten, Widerreden dulde ich nicht mehr! Habe ich mich klar und deutlich ausgedrückt?«

»Vollkommen. Aber bitte, tut ihr und dem Kind nichts an.«

»Das Balg bleibt hier!«, sagte Jason hart.

»Nein!«, schrie Juliana entsetzt und presste den kleinen David an ihre Brust. »Ohne das Kind gehe ich nirgends hin. Wollt Ihr seinen Tod auf Euer Gewissen laden?«

»Also gut, aber ich erwarte, dass Ihr in einer halben Stunde Eure Sachen zusammengepackt habt, dann werde ich Euch abholen!«

Damit verließ Jason die Kabine und stürmte an Deck.

»Habt Gottvertrauen. Ich bin sicher, es wird alles gut«, versuchte Lemonde Juliana zu beruhigen.

Juliana nickte nur, legte David in die Wiege und begann die Sachen in ihre Seekiste zu packen.

Sie saß auf Jasons Koje und starrte auf die Tür, die er gerade hinter sich verschloss. Als er sie an Bord brachte, war er schweigsam und eiskalt gewesen. Die Mannschaft musterte sie betreten. Sie schienen nicht zu wissen, was sie von der neuen Situation halten sollten.

David lag in seiner Wiege und schlief. Sie hatte ihn noch gestillt, bevor Jason sie holen kam. Weil ihr nichts Besseres zu tun einfiel, legte sie sich hin und schlief schließlich nach einer Ewigkeit ein.

Jason hatte mit seiner Mannschaft die Beute ausgiebig gefeiert. Seine Laune war jedoch durch das unerwartete Wiedersehen mit Juliana getrübt. Sie hatte sich als Mrs. Cides ausgegeben, also hatte sie anscheinend schnell einen anderen Mann gefunden und sich noch dazu gleich ein Balg machen lassen. Seine Frau war also eine Bigamistin. Was sollte er nun mit ihr anfangen? Warum musste er sie auch aus einer unerklärlichen Laune heraus auf sein Schiff holen. Hätte er sie doch nur auf dem Handelsschiff gelassen und endlich vergessen!

Er betrat angetrunken seine Kabine, um eine Weile wie angewurzelt vor der Koje stehen zu bleiben. Wie schön sie war. Er sollte sie nicht begehren – nach allem, was geschehen war. Trotzdem regte sich seine Männlichkeit sofort, und er fluchte leise.

Das Baby gab leise schmatzende Geräusche von sich. Mit finsterer Miene betrachtete er das kleine Kerlchen. Er hasste es! Nein, das Kind konnte nichts dafür, dass es so eine Mutter hatte. Wenigstens schien sie eine gute Mutter zu sein. Er seufzte, als er sich einen Moment vorstellte, dass zwischen ihm und Juliana alles in Ordnung wäre und dies ihr gemeinsames Kind sei.

Welch törichte Gedanken, Jason Whitfield. Dein Weib ist eine herzlose Schlange!

Jason wandte sich von der Wiege ab und zog sich aus. Mit schmerzhaft pochendem Schwanz stieg er in die Koje und rückte so weit wie möglich von Juliana ab. Er würde sie nie wieder anrühren – auch wenn ihn sein Schwanz noch so sehr quälte. Nie wieder!

18

Zweifel

Jason schnupperte im Halbschlaf. Dieser Geruch. So vertraut. Er hätte nie gedacht, ihn noch einmal beim Erwachen zu riechen. Im Schlaf hatte er die Arme um sie geschlungen, und sie schmiegte sich mit ihrem köstlichen Hinterteil an seine Männlichkeit, die sich jetzt hart und verlangend an sie presste. Ein leises Stöhnen entrang sich ihm. Er war davon ausgegangen, sie vergessen und das Verlangen nach ihr abtöten zu können – doch es war ihm denkbar schlecht gelungen. In ihr warmes, weiches Fleisch wollte er eindringen, sie vollkommen ausfüllen, in sie versinken, sich von ihrem vertrauten Moschusgeruch berauschen lassen und von ihren sinnlichen Lippen trinken.

Juliana räkelte sich im Schlaf und rieb sich an seinen Lenden. Jason hielt den Atem an. Er hatte das Gefühl, sein Schwanz würde explodieren. Das Blut rauschte in seinen Ohren, sein Atem ging stoßweise. Das Verlangen nach ihr war übermächtig. Wie von selbst bahnte sich seine Hand durch das Gewirr ihrer Röcke und schob sich unter ihre Unterwäsche, um sie über ihre Schenkel nach unten zu ziehen. Seine Finger suchten die samtene Feuchtigkeit und wurden prompt belohnt. Gierig bohrte sich sein Finger in ihre Nässe, um in der feuchten Höhle zu verschwinden. So vertraut. So gut.

Juliana stöhnte im Schlaf und drängte sich an ihn. Er

rieb über ihre Klitoris und wurde mit einem neuerlichen Stöhnen belohnt. Langsam ließ er sein pulsierendes Glied zwischen ihre Schenkel gleiten, rieb damit über ihre geschwollenen Schamlippen, ehe er es mit einem erregten Grollen in ihr versenkte.

Juliana erwachte aus einem erotischen Traum. Nein, das war kein Traum. Dieser herrliche harte Schwanz, der rhythmisch in sie hineinstieß, war Realität. Die Finger, die geschickt ihre Liebesperle massierten, waren vertraut, ebenso wie das leise, lustvolle Stöhnen an ihrem Ohr. Sie erstarrte für einen Moment. Das lustvolle Ziehen in ihrem Unterleib dürfte sie nicht empfinden. Er war ein Schuft, und sie hatte sich geschworen, ihn zu vergessen. Ihr verräterischer Körper jedoch presste sich begierig an ihn, und das raue Stöhnen kam ganz wie von selbst über ihre Lippen. Gequält biss sie sich auf die Lippen, um gleich darauf ein atemloses Keuchen auszustoßen, als ein Finger sich zu dem harten Schwanz gesellte und sie noch mehr weitete. Wie immer in seiner Nähe entwickelte ihr Körper ein Eigenleben, das sie nicht zu kontrollieren vermochte. Das schmatzende Geräusch, ihr Moschusduft und ihr lustvolles Stöhnen waren eindeutige Indizien ihrer Lust, die sie vor ihm nicht verbergen konnte.

»Hat er dich auch so gut bedient? Konnte er dich so befriedigen wie ich?«, keuchte er an ihrem Ohr und stieß immer fester in sie.

Er wollte diesen anderen Mann auslöschen. Jede Spur aus ihrem Herzen, ihrer Seele und ihrem Leib tilgen und mit seinem eigenen Abdruck ausfüllen.

Julianas Wangen brannten. Sie wollte sich ihm entziehen, doch er presste sie gnadenlos an sich und rieb ihre Liebesperle so gekonnt, dass sie laut aufstöhnte, und sie spürte, wie der Gipfel der Lust immer näher rückte. Er kannte ihren Körper, ihre Bedürfnisse wie kein anderer.

»Sag es! Hat er es besser gemacht als ich?«, knurrte Jason und rieb immer heftiger über ihre Klitoris.

»Nein«, stöhnte Juliana.

Jason knurrte wie ein Wolf und trieb sie mit seinem gnadenlosen Tempo immer höher und höher, bis es schwarz vor ihren Augen wurde und ein gewaltiges Beben ihren Körper erschütterte. Auf dem Gipfel ihrer Lust schrie sie laut seinen Namen, und er ergoss sich befriedigt in ihrem Schoß. Er kennzeichnete sie, markierte sein Revier. Sie war sein!

Eine Weile lagen sie atemlos nebeneinander, ohne dass einer ein Wort sagte. Juliana fühlte sich hin- und hergerissen zwischen Hoffnung und Verzweiflung. Nach diesem kurzen, aber umso heißeren Liebesakt wurde ihr deutlich, wie sehr sie ihn noch immer liebte und begehrte. Nur er vermochte sie so zu fesseln und ihr Denken und Fühlen derart zu beherrschen.

»Warum?«, fragte er leise in die Stille.

»Warum was?«

»Warum bist du abgehauen und hast versucht, mich und Chinita zu töten?«

»Was?«, fragte Juliana verständnislos. »Wie kommst du auf so eine hirnverbrannte Idee? Du warst es doch, der Chinita dazu veranlasst hat, mich unter falschem Vorwand wegzulocken und dafür zu sorgen, dass ich entführt und verkauft wurde.«

»Was für ein Spiel spielst du mit mir? Ich habe nie etwas Derartiges getan – aber für dein Vergehen gibt es Beweise.«

Er dachte an das Gewehr, dass er nach dem Anschlag

gefunden hatte. Sein Gewehr und ihre Haare am Tatort. Waren das nicht Beweise genug? Und dass sie verschwunden war, war doch eindeutig ein Schuldanerkenntnis.

Juliana setzte sich entrüstet auf.

»Ich weiß zwar nicht, was das für Beweise sein sollen, aber ich kann dir sagen, dass du entweder einem Irrtum aufgesessen bist – oder geschickt von deiner eigenen Schuld ablenken willst. Hast du genug von deiner Geliebten, dass du dich wieder meiner bedienst?«

»Ich habe nicht gewusst, dass du dich auf dem Schiff befindest, als ich angriff. Wie auch? Aber kommen wir auf ein anderes Thema zu sprechen. Wie kann es sein, dass du so kurz nach deinem Verschwinden einen neuen Mann hast und sogar ein Kind von ihm?«

»David ist drei Monate und siebzehn Tage alt.«

»Was willst du damit sagen?«

»Kannst du nicht rechnen? Du Vollidiot!«, schnaubte Juliana und blitzte ihn wütend an.

Jason blickte sie prüfend an. Sagte sie die Wahrheit? Es könnte sein Kind sein, wenn auch sehr knapp. Er kannte sich mit Babys nicht aus. Woher sollte er wissen, ob die Altersangabe korrekt war? Wo doch nur ein, zwei Wochen Unterschied entscheidend sein konnten.

»Warum nennst du dich Mrs. Cides? Wer zur Hölle ist Mr. Cides?«, hakte er nach und hoffte, dass sie eine glaubhafte Erklärung parat hatte.

»Juan Cides ist der Mann, der mich von dem widerlichen Sklavenhändler gekauft hat. Er hat mich großzügigerweise nach der Entbindung freigelassen und mir einen Platz auf dem Handelsschiff besorgt.«

»Was für ein Sklavenhändler? Ich verstehe rein gar nichts mehr.«

Juliana berichtete ihm von Chinitas Falle, der Horrorfahrt auf dem Sklavenschiff und ihrem Leben auf der Plantage von Juan Cides. Ihre intime Beziehung zu Juan verschwieg sie jedoch.

»Und du glaubst allen Ernstes, dass ich dir dieses Märchen abkaufe? Für wie dumm hältst du mich eigentlich? Natürlich hat dich der engelsgleiche Mr. Cides so ohne jede Gegenleistung einfach freigelassen und dir auch noch die Heimreise bezahlt. Du musst nicht bei Verstand sein, mir so eine Geschichte aufzutischen. Hättest du dir doch lieber etwas ausgedacht, was ich glauben könnte«, sagte Jason bitter und sprang aus dem Bett.

»Glaub doch, was du willst!«, schrie Juliana ihn mit Tränen in den Augen an.

Von dem Lärm geweckt, fing der kleine David zu weinen an. Jason betrachtete den Jungen. Zweifel bohrten sich in sein Herz. Wie gern würde er Juliana glauben. Wie gern würde er diesen prächtigen Jungen für sich beanspruchen können, aber ihre Geschichte klang einfach zu unglaublich.

19

Das Piratennest

Juliana verbrachte den ganzen Tag in der Kabine. Immer wieder dachte sie an Jason und ihren Streit am heutigen Vormittag. War wirklich alles nur ein Missverständnis – basierend auf einer Intrige –, von Chinita geplant und ausgeführt? Hatte er sie nicht verraten? Und wieso sollte sie versucht haben, ihn und Chinita zu töten? Fragen über Fragen und keine Antworten. Ihr Leben glich einem verworrenen Alptraum. Am meisten jedoch beunruhigte sie, dass sie noch immer auf Jasons Berührungen reagierte. Selbst jetzt sehnte sie sich beinahe schmerzlich nach seinen Liebkosungen, und allein der Gedanke daran reichte aus, ihren Körper zum Schwingen zu bringen. Sie spürte, wie ihre Brustwarzen sich aufrichteten und gegen den Stoff ihres Mieders drängten. Ihr Schoß schien vor Hitze zu glühen, ihre Klitoris schwoll an, drängte sich erwartungsvoll gegen das Leinen ihrer Unterwäsche. Juliana lehnte sich gegen den Pfosten der Koje und presste ihre Hand auf ihren Schoß. Leise stöhnend verstärkte sie den Druck auf ihren Lustpunkt und begann darüberzureiben, was ihren Unterleib zum Zucken brachte. Sie stellte ein Bein auf die Koje und schob ihre Röcke hoch. Mit zitternden Fingern bahnte sie sich einen Weg in ihre Unterwäsche, um das weiche Fleisch ihrer Scham zu streicheln. Die cremige Feuchtigkeit verteilte sie auf ihren Schamlippen und ließ den Handballen über die Klitoris gleiten. Erneut stöhnte sie leise. Sie griff nach der Kerze, die auf dem Nachttisch lag, ließ sie durch die duftende Nässe gleiten, um sie dann vorsichtig im heißen Schoß zu versenken. Während sie die Kerze rein und raus gleiten ließ, rieb sie ihren Lustpunkt immer heftiger, bis es ihr kam, und sie einen erstickten Schrei ausstieß. Als sie sich mit laut pochendem Herzen auf die Koje fallen ließ, schloss sie ermattet die Augen.

Jason, du elender Schuft! Warum kann ich dich nicht hassen für das, was du mir angetan hast?

Auch Jasons Gedanken wanderten den ganzen Tag immer wieder zu Juliana. Seit heute Morgen wusste er, dass es sinnlos war, sich gegen seine Gefühle zu wehren. Er konnte und wollte sie nicht mehr gehen lassen. Auch war er sogar gewillt, ihr zu verzeihen und das Kind als seines anzunehmen. Immerhin bestand die Möglichkeit, dass es sein Sohn war. Vielleicht würde die Wahrheit sich zeigen, wenn das Kind älter wurde und ihm ähnelte.

Die letzten Monate waren nämlich die Hölle gewesen. Ohne Juliana fühlte er sich leer, sein Leben schien keinen Sinn mehr zu haben. Selbst die Aussicht, seine Plantage wiederzuerlangen, erfüllte ihn nicht mit Freude, wenn er ohne Juliana leben sollte. Er wollte sie an seiner Seite, das Lachen von Kindern in seinem Heim. Sein Heim. Erst Juliana würde das Herrenhaus zu einem solchen machen. Wie aber sollte er es anfangen? Aus irgendeinem Grund log sie. Er wusste, dass er ihr erst dann verzeihen konnte, wenn sie alles zugab. Nur dann machte es Sinn, und sie konnten von vorn beginnen. Heute Abend wollte er noch einmal mit ihr reden, sie davon überzeugen, dass sie ihm die Wahrheit sagen konnte, ohne seinen Zorn fürchten zu müssen. Ja, er würde geduldig und sanft mit ihr umgehen, ihr Vertrauen gewinnen, und dann würde alles gut werden.

»Käpt'n! Wir werden heute Abend Tatulu erreichen. Bekommen die Männer Landgang?«, fragte Jules, der neben Jason getreten war.

»Ja, lasst vier Mann als Wachen an Bord. Morgen früh lasst sie durch vier andere ersetzen«, wies Jason den ersten Steuermann an.

»Aye, wird gemacht.«

»Ich gehe noch eine Weile unter Deck. Ruft mich, wenn wir uns unserem Ziel nähern.«

»Jawohl. Ich schick Euch jemanden.«

Jason nickte und eilte unter Deck. Er wollte die Sache mit seiner Frau klären, bevor sie den Piratenhafen erreichten. Vor der Tür zu seiner Kabine blieb er kurz stehen, um seine Aufregung zu bezwingen. Er kam sich wie ein grüner Junge vor und nicht wie ein verheirateter Mann.

Sie saß auf der Koje und stillte das Baby. Den Blick hob sie nur kurz, als er in den Raum trat, und wandte sich dann wieder ihrem Kind zu. Der Anblick des kleinen Jungen an ihrer Brust, wie er so zufrieden an einer der rosigen Spitzen saugte, erfüllte ihn mit einer unerklärlichen Eifersucht. Es waren seine Brüste, verdammt noch mal! Dann musste Jason über seine Eifersucht den Kopf schütteln, und er kam sich jämmerlich vor, eifersüchtig auf so einen hilflosen Wurm zu sein. Er setzte sich auf einen Schemel, um Mutter und Kind zuzuschauen. Eigentlich war es ein schöner Anblick. Ihre Brüste waren voll und schwer. Eine kleine Hand knetete das pralle Fleisch, als wollte es die Brust melken. Juliana trug ihr langes Haar offen, so dass es in flammenden Wellen bis auf ihren Schoß hinabfiel. Er unterdrückte ein Seufzen und tat so, als wäre er damit beschäftigt, seine Fingernägel zu inspizieren, während er immer wieder heimlich zu ihr herübersah. Sein Verlangen nach ihr wuchs ins Unermessliche, er fühlte sich schuldig, weil er sich wünschte, sie würde das verdammte Balg beiseitelegen, damit er seinen Kopf an ihre geschwollenen Brüste betten konnte.

Endlich schien David satt zu sein, was er mit einem, für seine Größe erstaunlich lauten Rülpser zum Ausdruck brachte. Juliana wiegte ihn noch eine Weile, ging dann zur Wiege, um ihn schlafen zu legen.

Ein unbehagliches Schweigen lag im Raum, als der Kleine eingeschlafen war. Schließlich erhob sich Jason, trat hinter Juliana, die auf den schlafenden Jungen hinabblickte, legte seine Hände um ihre Taille und zog sie an sich. Er sog den Duft ihres Haares ein und stöhnte leise. Wie sehr er sie begehrte. Langsam wanderte eine Hand hinauf zu ihren Brüsten, schob sich in das offene Mieder, um eine der prallen Kugeln zu umfassen. Etwas warme Milch tropfte von ihrer Spitze auf seine Hand. Offenbar hatte das kleine Kerlchen nicht genug getrunken.

Jason drehte Juliana in seinem Arm herum und schob das geöffnete Kleid hinab zu ihrer Taille. Er beugte sich zu ihrer Brust hinab, umschloss die Spitze mit seinen Lippen, begann sanft daran zu saugen. Ihre Milch war süß und er trank von ihr, verwundert, wie seltsam intim diese Geste war. Juliana stöhnte wohlig, als der Druck aus ihren Brüsten schwand. Normalerweise leerte sie die überschüssige Milch selbst durch sanfte Brustmassage. Warm tröpfelte die Milch aus ihrer anderen Brust auf ihren Bauch. Jason widmete seine Aufmerksamkeit nun dieser Quelle und fing einen Tropfen mit der Zungenspitze auf. Sanft leckte er einen weiteren von ihrer Brustspitze, bevor er erneut zu saugen begann. Juliana vergrub ihre Finger in seiner Mähne und stieß ein kehliges Stöhnen aus.

Jason hob sie auf seine Arme, um sie zur Koje zu tragen, sie mit flinken Händen zu entkleiden und dann sich selbst. Er betrachtete ihre geröteten Wangen und die leichtgeöffneten, feuchten Lippen. Verlangend blickte sie ihn aus halbgeschlossenen Augen an. Kein Mann könnte der stummen Aufforderung dieser sinnlichen Schönheit widerstehen. Er legte sich über sie und presste seinen Mund hungrig auf ihren, ließ seine Zunge zwischen die weichen Lippen gleiten. Ihr Körper hob sich ihm einladend entgegen. Seine Finger glitten über die weiche Haut, erforschten jeden Zentimeter mit Bedacht. Ihr Körper war durch die Mutterschaft runder, weiblicher geworden. Er genoss die Schwere ihrer Brüste, die runden Hüften und entdeckte ihren vertrauten Leib aufs Neue. War der letzte Liebesakt hastig und ungestüm gewesen, so ließ er sich jetzt Zeit. Er wollte mit ihrer Leidenschaft spielen, sie an die Grenzen treiben und ihre sinnliche Erotik genießen.

Juliana erbebte unter seinen streichelnden Händen. Er spielte auf ihr wie auf einem kostbaren Instrument, brachte ihren Körper zum Klingen. Immer wieder glitten seine rauen Hände über ihre empfindlichen Brüste, die pochende Scham, erforschten jede Stelle, selbst die empfindlichen Fußsohlen ließ er nicht aus.

»Bitte«, keuchte Juliana erregt.

»Bitte was, meine Liebste? Wirst du etwa ungeduldig?

Ich möchte dich heute verwöhnen«, raunte Jason in ihr Ohr und knabberte an ihrem Ohrläppchen.

Seine Finger suchten die schlüpfrige Feuchtigkeit zwischen ihren weitgeöffneten Schenkeln. Er ließ Zeige- und Mittelfinger in ihre Vagina gleiten und rieb mit dem Daumen über ihre Klitoris. Ihr ungezügeltes Aufbäumen entlockte ihm ein leises Lächeln. Was auch immer zwischen ihnen stand, ihre Körper wussten, dass sie zueinandergehörten.

Jason kniete sich zwischen ihre Schenkel und zog sie hoch in seine Arme.

»Setz dich auf mich und leg deine Beine um mich«, bat er heiser.

Sie tat, worum er sie bat, und verschmolz mit ihm. Tief nahm sie sein Glied in sich auf und schlang die Beine um seine Hüften. Jason dirigierte sie auf seinem Schoß. Seine Lippen und Zunge strichen über ihren Brustansatz und ihren empfindlichen Hals.

Juliana stützte sich mit den Armen auf der Matratze ab und lehnte den Oberkörper zurück. Ihr Becken stieß immer wilder gegen seine Lenden. Auf dem Gipfel der Lust riss er ihren Kopf hoch, damit sie ihm in die dunklen, halbgeschlossenen Augen sah. Sie entdeckte in ihnen die gleiche verzehrende Glut, die auch in ihrem Inneren tobte.

»Du gehörst mir!«, knurrte er und ergoss seinen Samen in ihren zuckenden Leib.

Tatulu war pulsierendes Leben. Juliana betrachtete staunend die skurrilsten Erscheinungen. Farbenfrohe Huren, zerlumpte Matrosen, Einäugige mit Augenklappen, Männer mit Holzbeinen oder Hakenhänden, alles, was man sich unter Piratengesindel vorstellen konnte, war hier vertreten.

Sie gingen durch eine enge Gasse, die von zahlreichen Spelunken flankiert war. Vor einem zweigeschossigen Haus blieb Jason stehen, und Juliana sah auf das Schild, das über der Tür hing. »Heaven's Gate« stand darauf.

»Was ist das für ein Haus? Gehen wir hier hinein?«, fragte Juliana und schaute Jason an.

Er schien zu zögern.

»Ich habe hier Geschäftliches zu erledigen. Eigentlich sollte ich dich nicht dort mit reinnehmen, obwohl ich sicher bin, dass Rosalind nichts dagegen haben wird«, antwortete Jason.

»Ist es …?«

»Ja. Ein Bordell.«

»Oh!«

Jason nahm ihre Hand, gemeinsam gingen sie zu der Tür, um den Türklopfer zu betätigen. Von drinnen erklangen Schritte, die eingelassene Klappe in der Tür wurde geöffnet, und ein farbiger Mann spähte durch die Öffnung. Er nickte kurz, schloss dann die Klappe wieder, kurz darauf öffnete sich die Tür, und sie wurden hereingelassen.

»Madame hat Kundschaft. Wenn ihr im Salon warten möchtet?«, sagte der Schwarze, der ein Riese von einem Mann war, mit breitem Kreuz und einem Nacken wie ein Stier.

»Ist gut, Salomon. Wir warten.«

Der Riese führte sie den Flur entlang. Durch eine geöffnete Tür sah Juliana eine Bar, in der spärlich bekleidete Mädchen mit den männlichen Gästen schäkerten, und Herren im Kartenspiel vertieft waren. Salomon öffnete eine mit Leder beschlagene Tür schräg gegenüber der Bar. Sie betraten einen geschmackvoll eingerichteten Raum.

Grün war die vorherrschende Farbe. Weiche Teppiche bedeckten den Boden, so dass ihre Schritte kein Geräusch machten. Vor einem breiten Fenster stand eine lederne Sitzecke mit einem aufwendig gedrechselten Tisch. An einer Wand befand sich ein wuchtiger Sekretär, an der anderen ein gutbestücktes Bücherregal. Sie nahmen auf den grünen Ledersesseln Platz, und Salomon entzündete ein paar weitere Kerzen, die in Messinghaltern an den Wänden steckten.

»Darf ich euch etwas zu trinken anbieten?«, fragte Salomon höflich.

»Für mich ein Glas von Rosalinds gutem Whiskey und einen Likör für meine Frau.«

»Ich kümmere mich darum, Sir«, versprach der Riese und ließ sie allein.

Juliana schaute sich neugierig in dem Raum um. Alles wirkte wie in einem normalen Haushalt, wären da nicht die Bilder gewesen, die an den Wänden hingen. Sie zeigten nackte oder leichtbekleidete Männer und Frauen in allen erdenklichen Posen des Liebesspiels. Ein Bild fesselte Julianas Neugier besonders und ließ sie erröten. Eine pralle Blondine mit üppigen Schenkeln lag bäuchlings auf einem Mann. Deutlich sah man ihre Scheide, in der der Schwanz des Mannes steckte. Über der Frau lag ein weiterer Mann, dessen bestes Stück sich in ihren Anus bohrte.

Jason hatte ihren Blick bemerkt und schmunzelte.

»Man nennt es ›die doppelte Freude‹. Ein interessantes Bild, nicht wahr?«

»Hm. Ja, ganz … äh … nett«, antwortete Juliana und schaute schnell in eine andere Richtung.

Jason lachte leise. Ihre Scham amüsierte ihn. Seine kleine Frau musste noch eine Menge lernen, aber sie war auf dem besten Wege aufzutauen.

Die Tür öffnete sich, eine asiatische Schönheit, bekleidet mit einem seidenen Kimono, betrat mit den Getränken den Raum. Mit kleinen anmutigen Schritten trippelte sie hin und her und servierte Whiskey und Likör in edlen Kristallgläsern.

»Danke, Ma Lin«, sagte Jason und lächelte die Schönheit warm an.

Juliana fühlte einen Stich der Eifersucht. Sie wollte sich lieber nicht vorstellen, wie gut ihr Gatte die Asiatin kannte.

»Madame lässt ausrichten, dass sie gleich kommt. Sie macht sich noch ein wenig frisch. Ein guter Stammkunde war hier, der nur von ihr persönlich bedient werden wollte«, erklärte Ma Lin.

»Das versteh ich. Wir warten gern.«

Ma Lin verbeugte sich anmutig und verschwand leise aus dem Zimmer.

Juliana kostete vorsichtig von ihrem Likör. Er schmeckte wunderbar süß – doch schon nach dem ersten Schluck merkte sie, dass er es wahrlich in sich hatte; denn sie fühlte das kleine Feuer, dass der Likör in ihrem Inneren anzündete.

»Ich hab ein schlechtes Gewissen, dass wir David zurückgelassen haben. Was ist, wenn er aufwacht und ich nicht da bin?«, fragte Juliana leise.

»Der Kleine ist bei Heinrich in den besten Händen. Mach dir keine Sorgen, wir sind zurück, bevor er dich vermissen kann«, beruhigte Jason sie.

Die Tür öffnete sich erneut, eine Frau mit braunen Locken, die sie zu einer lockeren Hochsteckfrisur trug, rauschte in den Salon. Ihr Gesicht war stark geschminkt, aber trotz ihres Alters von etwa Ende dreißig noch betörend schön. Die vollen blutroten Lippen lächelten bei Jasons Anblick erfreut. Ihre braunen Augen strahlten Lebensfreude und Humor aus. Sie trug ein auffallend rotes Kleid mit tiefem Ausschnitt. Die Taille war noch immer gertenschlank, ihre Brüste voll und rund.

»Jason, du alter Schlawiner! Du hast dich ja lange nicht mehr bei mir blicken lassen. Die Mädchen haben dich schmerzlich vermisst.«

Sie warf einen Blick auf Juliana, die ärgerlich den Mund zusammengekniffen hatte, und warf entschuldigend ein: »Verzeiht, das war unklug von mir. Ich hoffe, ich habe Euch nicht verärgert.«

»Meine Frau hat keine Veranlassung, an meiner Treue zu zweifeln. Meine Vergangenheit indes ist … nun ja, Vergangenheit.«

Er lächelte Juliana an und drückte ihre Hand.

»Nicht wahr, Liebes?«

Juliana lächelte etwas gequält.

»Natürlich.«

»Na, dann ist ja alles in bester Ordnung«, sagte Rosalind zufrieden und setzte sich schwungvoll in einen der Sessel.

»Juliana, darf ich euch bekannt machen? Das ist Rosalind, die Besitzerin dieses Etablissements. Rosalind, dies ist meine Frau Juliana.«

»Sehr erfreut, Euch kennenzulernen, meine Liebe. Ich beglückwünsche Euch zu diesem Prachtkerl, um den Euch jede Frau glühend beneidet.«

»Freut mich auch«, erwiderte Juliana und wagte ein kleines Lächeln.

Rosalind strahlte eine herzliche Wärme aus, die sie allmählich besänftigte.

»Nun, du bist sicher nicht hierhergekommen, nur um mir deine bezaubernde Frau vorzustellen. Was kann ich für dich tun?«, fragte Rosalind, während sie eine dicke Zigarre aus einem silbernen Etui holte, sich die Zigarre an einer Kerze anzündete und ein paar Kringel in die Luft blies.

»Du hast recht. Ich brauche deine Verbindungen. Ich habe kürzlich ein Schiff geentert, auf dem sich eine sehr kostbare Ware befand, die ich nicht allein an den Mann bringen kann.«

»Und um was für Kostbarkeiten handelt es sich?«

»Nun, auf dem Schiff befand sich ein französischer Gesandter, der Dokumente dabeihatte. Geheime Dokumente, die für die Krone von Belang sein dürften. Du kennst viele hohe Tiere. Ich bin sicher, du kannst etwas aus diesen Dokumenten herausholen.«

»Das klingt in der Tat sehr interessant. Wie lauten deine Bedingungen?«

»Lediglich zwanzig Prozent vom Gewinn. Der Rest ist für die geplante Erweiterung deines kleinen Etablissements. Ich fühle mich dir immer noch sehr verbunden, weil du mir damals geholfen hast, als ich aus dem Gefängnis floh. Du warst immer eine Freundin, auf die ich zählen konnte und immer noch kann. Ich weiß das sehr zu schätzen.«

Juliana fühlte plötzlich ein dringendes Bedürfnis. Verlegen räusperte sie sich.

»Bitte, wo kann ich hier …«, begann sie.

»Geht den Flur bis zum Ende. Die letzte Tür auf der rechten Seite«, unterbrach Rosalind und lächelte sie herzlich an.

»Danke«, murmelte Juliana errötend und erhob sich.

Als sie die Tür hinter sich wieder verschlossen hatte, atmete sie tief durch. Sie fühlte sich in diesem Haus ein wenig unbehaglich, auch wenn es sie faszinierte. Nach wenigen Schritten vernahm sie ein gequältes Stöhnen. Gleich darauf hörte sie eine herrische Frauenstimme und ein Knallen – wie von einer Peitsche. Juliana blieb stehen. Ein paar Meter von ihr entfernt führte eine Treppe nach unten. Das Stöhnen und die Stimme kamen von dort unten. Sie ging weiter, verharrte aber am Absatz der Treppe und lauschte. Da war es wieder, dieses Winseln und Stöhnen. Neugierig und leise schlich sie die Treppe hinunter. Die Beleuchtung war eher spärlich und gab dem Gang mit der gewölbten Decke etwas Geheimnisvolles. Von dem Gang zweigten ein paar Türen ab. Die letzte stand einen Spalt offen. Juliana schlich weiter, um vorsichtig durch den Türspalt hineinzuspähen. Fackeln erhellten den Raum – offensichtlich so etwas wie eine Folterkammer. Eine Frau kniete nackt und angebunden auf einem Podest, ihre Beine weit gespreizt und an den Fesseln mit Lederriemen an Pfosten festgezurrt. Ihr Gesicht verhüllte eine schwarze Seidenmaske. Vor ihrer entblößten Scham kniete ein nackter Mann auf dem Steinboden. Die befestigte Kette um seinen Hals wurde von einer Frau in einem schwarzen Korsett gehalten. Sein Rücken war mit Striemen übersät, die von den Schlägen der Peitsche herrührten, die die Frau in der Hand hielt.

»Ich habe gesagt, du sollst sie lecken, du winselnder Köter! Du bist unfähig!«, rief die Frau im Korsett mit herrischer Stimme.

Der Mann vergrub sein Gesicht im Schoß der Frau, leckte über die vor Nässe triefende Vagina, züngelte über die pralle Klitoris, bis die Frau sich stöhnend in ihren Fesseln wand.

»Mach weiter. Leck sie ja anständig. Das ist das Mindeste, was deine Frau von dir erwarten kann.«

Die gestrenge Herrin packte den Mann am Hinterkopf, presste ihn fester an den Schoß seiner Frau, welche jetzt immer lauter stöhnte. Die Zunge ihres Gatten leckte über den Damm und umkreiste die kleine Rosette. Die Frau zitterte vor Lust, als seine Zunge ihren Anus immer schneller bearbeitete. Dann schnellte seine Zunge wieder zu ihrer pochenden Vagina zurück. Immer schneller züngelte sie, bis die Frau laut schreiend zum Orgasmus kam.

»Na also, geht doch. Man muss dich nur ordentlich in deine Schranken verweisen, dann kannst du es doch anständig machen«, lobte die Frau mit der Peitsche.

»Jetzt hast du dir auch eine Belohnung verdient.«

Sie ließ die Peitsche durch die Pofalte des Mannes gleiten, und sein erigiertes Glied zuckte freudig über die Liebkosung.

»Bitte«, bettelte er und streckte ihr sein Hinterteil hin.

Die Frau ließ den Griff der Peitsche um seinen Anus kreisen, versenkte ihn dann langsam in der engen Öffnung. Der Mann stöhnte und bettelte. Immer wieder stieß der Griff in seinen Anus.

»Du darfst dich jetzt anfassen«, sagte die Herrin, und der Mann ergriff seinen stark geäderten Schwanz, rieb ihn heftig, während die Peitsche ihn immer schneller penetrierte. Mit einem Winseln ergoss er seinen Samen auf den Boden.

«Du Sau! Mach die Schweinerei sofort weg«, herrschte die Herrin ihn an, und er begann, seinen Samen vom Boden aufzulecken.

Juliana beobachtete das Treiben atemlos und ungläubig. Solche Praktiken hätte sie sich nie im Leben vorstellen können. Paradoxerweise schien es allen Beteiligten Spaß gemacht zu haben. Verwirrt und etwas zittrig floh sie aus dem Gewölbe.

20

Ein unerwartetes Wiedersehen

Sie ankerten drei Tage vor der Pirateninsel, dann stachen sie wieder in See. Von den Beobachtungen, die Juliana im Keller des Bordells gemacht hatte, erzählte sie nichts. Sie schämte sich für ihre ungebührliche Neugier und noch viel mehr dafür, dass es sie fasziniert und erregt hatte. Sie konnte sich zwar solche Spiele für sich selbst nicht vorstellen, aber dabei zuzusehen, hatte sie nicht gänzlich kaltgelassen. Sie ahnte, dass die Variationen der Lust um einiges vielfältiger sind, als sie je für möglich hielt.

Nun aber waren sie wieder auf dem offenen Meer und segelten in Richtung Lacuma. Jason war nach wie vor ein leidenschaftlicher Liebhaber. Er entwickelte sogar eine ganz erstaunliche Zuneigung zu dem kleinen David – doch Juliana spürte, dass noch einiges zwischen ihnen stand. Sie traute sich jedoch nicht, das Gespräch darauf zu bringen. Zu zerbrechlich waren im Moment die Gefühle zwischen ihr und ihrem Gatten. Sie hatte Angst, den zarten Frieden zu zerstören. Solange sie beieinanderlagen, war alles in Ordnung, aber außerhalb des Bettes schwebte die drohende Wolke nur allzu deutlich über ihnen.

Die Tür öffnete sich, und Jason betrat erschöpft die Kabine. Die ganze Nacht hatte er an Deck verbracht, da ein Sturm aufgekommen war – der aber zum Glück recht glimpflich verlief.

Er schüttelte sein regennasses Haar, schnappte sich ein Handtuch, um seine Haare trockenzureiben.

»Alles überstanden?«, fragte Juliana, erhob sich von der Koje, um ihm einen Rum einzuschenken.

Dankbar nahm er das Glas entgegen, leerte es in einem Zug und hielt es ihr zum Nachfüllen hin. Auch dieses Glas trank er leer, bevor er ihr antwortete.

»Ja, es ist alles unter Kontrolle. Außer einem beschädigten Segel ist nichts passiert. Wie geht es dem Kleinen?«

»Er schläft.«

Jason trat an die Wiege und betrachtete das schlafende Kind. Dieses kleine Grübchen am Kinn, hatte er auch so eines? Er betastete prüfend sein Kinn. Er wünschte, er hätte Gewissheit darüber, ob er oder dieser Juan Cides der Vater war. Juliana schmiegte sich von hinten an ihn, umschlang seine Mitte mit den Armen. Er legte eine Hand auf ihren Arm.

»Sag mir ganz ehrlich, wer ist der Vater? Mich quält die Ungewissheit. Sei gewiss, dass ich den Kleinen nicht schlechter behandeln würde, wenn er nicht von mir stammt. Ich möchte es nur wissen.«

Juliana seufzte.

»Du bist nicht gewillt, mir zu glauben, egal, was ich dir erzähle. Alles ist so, wie ich es dir bereits gesagt habe. Du bist sein Vater. Ich bin dir nicht davongelaufen, und ich habe gewiss nie versucht, dich oder diese Chinita zu ermorden, sondern wurde das Opfer einer gut eingefädelten Intrige. Warum spürst du diesen Fischer, der mich zum Sklavenschiff brachte, nicht auf und befragst ihn?«

Jason löste sich aus ihrer Umarmung und drehte sich zu ihr herum. Forschend sah er ihr in die Augen. Konnte sie wirklich so etwas tun? Ihn verletzen, gar töten? War sie eine so geschickte Lügnerin, dass sie an dieser aberwitzigen Geschichte so beharrlich festhielt?

»Ich ... ich würde dir gern glauben. Ich brauche noch Zeit, darüber nachzudenken. Vielleicht hast du recht, was diesen Fischer betrifft. Ich verspreche dir, wenn wir auf Lacuma sind, werde ich den Mann suchen und zur Rede stellen.

Als sie an der felsigen Steilküste von Lacuma entlangsegelten, starrte Jason mit unbeweglicher Miene auf die Insel. Er hatte ein ungutes Gefühl im Bauch. Sein Instinkt, der ihn schon oft vor Unheil gewarnt hatte, signalisierte ihm, dass etwas nicht in Ordnung war. Eine tiefe Falte grub sich in seine Stirn, als er sich zu seinem ersten Steuermann umdrehte.

»Jules, hier stimmt etwas nicht. Lasst das Schiff dort vor der Höhle ankern.«

«Aye, Sir. Ich werde die Mannschaft anweisen.«

Jules ging, um der Mannschaft die erforderlichen Instruktionen zu geben. Langsam glitt das Schiff an die Küste heran, umsteuerte das gefährliche Riff und ankerte etwa hundert Meter vor der Höhle. Die Beiboote wurden zu Wasser gelassen, und Jason verließ mit einigen gut bewaffneten Männern das Schiff. Sie ruderten leise zu der Höhle, die nur einen schmalen Eingang aufwies, sich drinnen aber zu einer riesigen, kuppelartigen Halle weitete. Dort gab es eine geheime Anlegestelle.

Jason und seine Männer verließen die Boote und schlichen einen schmalen Pfad entlang. An einigen Stellen war der Weg so schmal, dass man sich an den in die Wand gelassenen Seilen festhalten musste, um nicht in die Tiefe zu stürzen. Mit Fackeln, die sie von Bord mitgenommen hatten, erleuchteten sie die Finsternis der Höhle. Nach etwa sechshundert Metern endete der Pfad in einem kleinen Gewölbe. Hoch oben war eine Öffnung, durch die etwas Licht hereinströmte. Sie löschten die Fackeln und begannen an dem Seil, das von oben herabhing, hinaufzuklettern. Erst Jason, dann die anderen Männer überwanden so die Distanz nach oben und kletterten durch die Öffnung nach draußen. Das Plateau war mit niedrigem Gestrüpp bewachsen, was ihnen einen Sichtschutz gegen eventuelle Feinde vom Tal gab, ihnen andererseits aber einen geschützten Platz zum Hinunterspähen bot.

»Du hattest recht«, sagte MacLead leise schnaubend. »Hier stinkt es gewaltig nach Ärger.«

Vom Plateau aus konnten sie das Haus und den Hof sehen. Statt der üblichen Frauen und Kinder waren nur drei Gestalten zu sehen, die sich am Tor unterhielten. Es waren keine ihm bekannten männlichen Bewohner, das konnte Jason aus der Entfernung an ihrer Kleidung ausmachen – er tippte eher auf Seeleute. Sofort keimte ein schrecklicher Verdacht in ihm auf. Konnte es sein, dass Elias Blackwood seinen Unterschlupf aufgespürt hatte?

Plötzlich vernahmen sie Kanonendonner. Jason und seine Männer kletterten über die Felsen in Richtung Küste und spähten auf das Meer hinaus. Die *Doreen* wurde von einem Schiff angegriffen. Die wenigen Männer, die er an Bord zurückgelassen hatte, konnten wenig zu ihrer Verteidigung ausrichten.

Juliana!

Er hatte auch sie und das Kind an Bord gelassen. Eiseskälte griff nach seinem Herzen. Hilflos musste er mit ansehen, wie das Schiff geentert wurde. Er sah seine Männer sterben – und dann sah er *sie*. Juliana! Ein paar Schurken zerrten sie über das Deck, sie trug das Kind fest an sich gepresst. Jason hielt den Atem an. Sein Herz hämmerte heftig in seiner Brust. Neben ihm stieß MacLead einen Fluch aus, der eine Hure zum Erröten gebracht hätte.

Juliana und das Kind wurden auf das Deck des Feindes gestoßen, dann segelte das Schiff in Richtung Hafen zurück.

»Wir holen sie da raus, Käpt'n«, zischte der Schotte und fasste Jasons Arm.

»Ja! Wir holen sie da raus, und ich töte diesen Bastard. Aber wir brauchen einen Plan«, antworte Jason mit einer Eiseskälte, die selbst seinen Männern eine Gänsehaut über die Rücken jagte.

Juliana wehrte sich heftig, doch gegen ihre Peiniger war sie chancenlos. Man führte sie durch den Hof, der ihr noch so vertraut war – aber niemand von den fröhlichen Bewohnern ließ sich blicken. Waren sie alle tot? Juliana fröstelte. Lähmende Kälte breitete sich in ihrem Inneren aus. Sie zerrten sie ins Haus, vorbei an schmierigen Matrosen, die sie lüstern angrinsten.

Dann sah sie ihn. Er saß auf dem Platz, der dem Hausherren gebührte, und lächelte sie höhnisch an. Neben ihm stand eine schwarze Schönheit, die Juliana aus dunklen Augen gehässig ansah.

»Juliana, meine Liebe. Wie ich mich freue, dass wir uns endlich wiedertreffen. Ich war sehr in Sorge, als du so plötzlich von unserer Verlobungsfeier verschwunden bist.«

»Ich müsste lügen, wenn ich behaupten würde, dass die Freude auf Gegenseitigkeit beruht«, antwortete Juliana voller Abscheu.

Elias funkelte sie boshaft an. Dann lächelte er wieder, als sein Blick auf das Kind fiel.

»Wie ich sehe, hat dein Pirat keine Zeit damit verschwendet, dich zu schwängern. Nun, ich denke, es wird eine angemessene Rache sein, wenn er zusehen muss, wie sein Sohn stirbt, nachdem er erleben durfte, wie ich dich nehme.«

Juliana wurde blass. Sie presste das Kind noch fester an sich.

»Nein!«, schrie sie entsetzt. »Ich flehe dich an, mach mit mir, was du willst. Ich werde mit dir gehen, alle deine Gelüste befriedigen, aber verschone mein Kind.«

Elias erhob sich, trat auf Juliana zu, blieb dicht vor ihr stehen und schaute sie beinahe wehmütig an.

»Es gab eine Zeit, wo ich großen Gefallen daran gefunden hätte, dich vor mir kriechen zu sehen, aber ich schätze gebrauchte Ware nicht besonders. Außerdem habe ich Jolina für meine Gelüste. Ich denke nicht, dass du mir etwas geben kannst, was sie nicht besser vermag.«

Jolina schmiegte sich an Elias und rieb ihren Leib an seinem, ohne Juliana aus den Augen zu lassen. Er tätschelte ihren Hintern und gab seinen Männern einen Wink, Juliana abzuführen. Man brachte sie in ihr altes Zimmer. Nachdem die Tür verriegelt worden war, setzte sich Juliana zitternd auf das Bett. Die kalte Angst in ihrem Inneren machte sie taub – sie war unfähig zu weinen. Starr saß sie da, das Kind auf dem Schoß, und schaute ins Leere.

21

Blut und Feuer

Jason und seine Männer suchten die geheimen Höhlen auf, in der Hoffnung, dort Überlebende zu finden. Er dachte auch an seinen Sohn, für den er sich verantwortlich fühlte, auch wenn er für Chinita keine zärtlichen Gefühle hegte. Sollte sich bewahrheiten, was Juliana ihm erzählt hatte, dann hätte er jeden Grund, Chinita zu zürnen. Trotzdem hoffte er, auch sie am Leben zu finden.

Als er den wenigen Überlebenden endlich gegenüberstand, musste er schlucken. Viele waren es nicht, die den Schurken entkommen waren – aber mit Erleichterung bemerkte er, dass sein Sohn tatsächlich zu den wenigen Glücklichen zählte. Chinita hingegen war nicht zu entdecken.

»Dem Himmel sei Dank!«, rief die rundliche Köchin Eliana, als sie ihn erblickte. »Wir hatten schon Angst, dass Ihr bei Eurer Rückkehr gefangen genommen – oder gar getötet werden würdet.«

Erleichtert und erschöpft begrüßten die Überlebenden die Ankömmlinge. Die Tränen flossen in Strömen, begleitet von schluchzendem Lachen.

Jason schloss seinen Sohn in die Arme, der etwas blass und mager, aber ansonsten gesund aussah.

»Wo ist Chinita?«, fragte Jason und hoffte, seine Vermutung würde sich nicht bestätigen.

»Sie ist tot!«, flüsterte Kiku mit erstickter Stimme.

Jason nickte. Er hatte es befürchtet. Dann schaute er Garrick an, strich ihm über das Haar und kam zu dem Entschluss, dass er für ihn die weitere Verantwortung übernehmen würde, in der Hoffnung, dass Juliana damit einverstanden wäre. *Juliana!* Er musste sie erst einmal aus den Händen von Elias befreien. Hoffentlich hatte dieser Schurke ihr noch nichts angetan. Ihr und dem Kind, welches vielleicht sein Fleisch und Blut war. Hass kroch in ihm hoch, als er über die kleine Gruppe in der Höhle blickte. Es waren gute Menschen. Elias würde für seine Vergehen büßen müssen.

»Man hat meine Frau und meinen Sohn gefangen genommen«, sagte er mit gefährlich leiser Stimme. »Wir werden dem Treiben dort unten ein Ende bereiten, aber wir müssen alle Hand in Hand arbeiten. Wir werden einen Plan entwerfen.«

Elias saß in der Halle und genoss seine Lage. Alle Fäden hielt er in der Hand: Juliana und das Kind waren in seiner Gewalt, und Jason musste sich hier irgendwo auf der Insel herumtreiben. Sicher hatte er schon mitbekommen, dass seine Frau entführt worden war, und zählte eins und eins zusammen. Jason würde natürlich versuchen, sie zurückzugewinnen, und dabei in seine Falle tappen. Elias grinste schadenfroh. Es war nur recht und billig, dass er sich für die Entführung seiner Braut und deren Untreue rächte; denn wegen diesen beiden hatte er alles verloren und war nun gezwungen, sich seinen Lebensunterhalt durch Piraterie zu verdienen. Dass er für ebendas gleiche Schicksal, das er Jason aufgezwungen hatte, verantwortlich war, fiel ihm nicht ein. Er war vor Hass auf seinen Erzfeind wie geblendet. Seine grausame Seele malte sich die abscheulichsten Foltermethoden aus, die er vor Jasons und Julianas Augen an dem Kind probieren würde. Wenn sie dann völlig gebrochen waren, würde er sie langsam töten. Sie sollten ihn um Gnade anflehen. Gutgelaunt stürzte er seinen Wein hinunter, ließ genügend Wachen aufstellen, rechnete aber noch nicht mit einem Angriff, denn Jason würde sicherlich erst noch einen Plan schmieden wollen, der ihm jedoch nichts nützen würde. Dann begab er sich nach oben, wo er und Jolina Quartier bezogen hatten. Elias war auf alles vorbereitet. Keine Maus konnte ungesehen in das Gebäude eindringen. Von den Steinwänden hallte sein höhnisches Gelächter wider. Auch Juliana vernahm dieses Lachen. Zitternd vor Furcht, konnte sie nur beten, dass Jason ihr zu Hilfe eilte. Sie war sich sicher, dass er es versuchen würde, aber es war gefährlich – und Elias in seinem Wahn war ein nicht zu unterschätzender Feind.

Bitte, lieber Gott, wenn es dich gibt, dann beschütze Jason und mein Kind. Was auch immer du für Pläne für mich hast, ich werde es annehmen, aber beschütze die beiden Menschen, die ich mehr als alles andere auf der Welt liebe.

Jolina saß nackt in Julianas Lieblingssessel, die Beine lasziv links und rechts auf die Lehnen gelegt, als Elias ins Zimmer trat. Sie lächelte ihn verführerisch an und ließ ihre Hand zu ihrer Scham gleiten. Elias verlangenden Blick genoss sie, als er ihr dabei zusah, wie sie sich selbst verwöhnte – dabei räkelnd und stöhnend. Ihr Liebessaft floss auf den gestreiften Bezug des Sessels. Sie zauberte einen riesigen Dildo aus poliertem Horn hinter einem Kissen hervor und ließ ihn durch ihre Nässe gleiten. Er war doppelt so dick wie ein Schwanz aus Fleisch und Blut. Vorsichtig schob sie das riesige Teil ein Stück weit in ihre feuchte Höhle. Es schien kaum voranzukommen. Langsam arbeitete sich der dicke Dildo tiefer und tiefer, bis er tatsächlich ganz in Jolinas Vagina steckte. Mit ihrem Unterleib rutschte sie nun bis an die Kante des Sessels vor und schob ein Kissen unter ihren Po.

Elias betrachtete erregt ihre geweitete Vagina mit dem Riesending, was zur Folge hatte, dass sein Schwanz sich fordernd gegen den Stoff seiner Hose drängte.

»Komm her, mein Gebieter und schlag auf meine Pussy. Hier!«, sagte sie, indem sie auf ihren Kitzler zeigte.

Elias ging zu ihr, um sich vor den Sessel zu knien. Der Anblick ihrer bis zum Bersten ausgefüllten Möse machte ihn so scharf, dass er sich kaum beherrschen konnte. Er hob die Hand und setzte den ersten Schlag gezielt auf ihren geschwollenen Kitzler. Jolina stöhnte.

»Mehr! Schneller und härter!«, forderte sie.

Elias schlug zu. Immer und immer wieder traf er ihr gerötetes Fleisch. Er saugte den Anblick in sich auf, und als Jolina laut schreiend zum Höhepunkt kam, wäre er auch beinahe gekommen, so sehr erregte es ihn.

»Zieh ihn raus!«, sagte Jolina, und Elias zog den Dildo, der von ihrer Nässe glänzte, aus ihr heraus.

»Leg dich über die Lehne!«, befahl er ihr.

Sie erhob sich aus dem Sessel, legte sich bäuchlings über die Lehne. Elias trat hinter sie. Während er sich auszog, verschlang er ihre saftige Weiblichkeit mit seinen Blicken. Dann rammte er ihr sein Glied bis zum Anschlag hinein, stieß sie mit harten, schnellen Bewegungen seiner Lenden, bis er explodierte. Er füllte sie mit seinem Rahm, den er tief in sie hineinpumpte.

Jason drückte MacLeads Arm.

»Ich weiß Eure Treue zu schätzen. Wenn mir etwas geschehen sollte, dann vertraue ich dir die Rettung meiner Frau und meines Sohnes an. Kümmere dich nicht um mich. Nur Juliana und das Kind sind wichtig. Ihre Rettung hat oberste Priorität.«

»Ihr könnt Euch auf mich und die Männer verlassen. Wir holen sie da raus«, versprach der Schotte.

»Gut. Wünscht mir Glück«, sagte Jason und zwängte sich in den engen Schacht, der sich im Keller eines außerhalb stehenden Schuppens hinter einem Regal befand.

Nachdem er in dem dunklen Gang, der im Keller des Hauses endete, verschwunden war, stellten die Männer das Regal wieder vor die Öffnung. In völliger Finsternis robbte Jason durch den engen Gang. Dass er sich dabei Arme und Beine an dem rauen Fels aufriss, merkte er nicht. Er war vollkommen darauf konzentriert, seine kleine Familie zu retten.

Jasons Männer und die Dorfbewohner lenkten derweil die Feinde ab. Während die Männer von allen Seiten angriffen, feuerten die Frauen Brandpfeile in den Innenhof. Die Männer schafften es, die Leute von Elias aus dem Haus zu locken. Ein harter Kampf entbrannte. Beide Seiten fochten mit entschlossener Verbissenheit. Elias sah dem Treiben grimmig zu. Wo zur Hölle steckte sein Widersacher? Kniff der feige Hund etwa, oder war er einer derjenigen, die aus dem Hinterhalt Brandpfeile abschossen?

Dann dämmerte ihm allmählich, was hier gespielt wurde.

Der Bastard, er will mich hereinlegen und nutzt dieses Manöver sicher nur dazu, Juliana unbemerkt zu befreien. Es muss einen Eingang ins Haus geben, einen Geheimgang.

Er drehte auf dem Absatz um, stürmte ins Haus, rief zwei seiner Männer zu, sich ihm anzuschließen. Sie rannten die Stufen zum ersten Stock empor.

Juliana schreckte beim Öffnen der Tür hoch, erstickte aber geistesgegenwärtig ihren Schrei mit der Hand, als sie Jason erblickte, der rasch die Tür wieder hinter sich schloss, zu ihr eilte, um sie in seine Arme zu reißen.

»Mein Herz. Ich habe solche Angst um dich ausgestanden. Hat dieses Scheusal dir oder dem Kleinen etwas getan?«

Juliana schüttelte tonlos den Kopf. Sie war unfähig, auch nur ein Wort über ihre Lippen zu bringen. Aufschluchzend barg sie den Kopf an seiner Schulter. Das Kind, das neben ihr auf dem Bett lag, ließ sich nicht stören und nuckelte zufrieden an seinem Daumen.

Jason nahm Julianas Gesicht in seine Hände und presste die Lippen hungrig auf ihren Mund. Alle seine überschäumenden Gefühle lagen in diesem Kuss. Angst, Zorn, Erleichterung und Liebe.

Er rückte etwas von ihr ab und schaute sie eindringlich an.

»Wir werden jetzt von hier verschwinden, aber wir müssen sehr vorsichtig sein. Nimm den Kleinen und folge mir. Aber leise!«

Juliana nickte.

Jason drückte sie an sich. In diesem Moment wurde die Tür aufgerissen, und das Paar schreckte auseinander. Elias betrat selbstzufrieden grinsend mit zwei riesigen Matrosen das Zimmer.

»Sieh mal einer an. Was für eine rührende Szene. Schade nur, dass ich das traute Familienglück stören muss.«

»Du wirst sterben!«, knurrte Jason.

Elias lächelte. Er kratzte sich theatralisch am Kinn, als müsse er die Situation überdenken, und verkündete dann fröhlich: »Nun, ich glaube, du irrst dich. Du bist mir in die Falle gegangen, so wie ich es geplant habe. Dir wird die Ehre zuteil, an der Hinrichtung deines Sohnes und der Schändung deiner Frau als Logengast teilzunehmen.«

Jason erbleichte. Er ballte die Hände zu Fäusten und wollte sich auf Elias stürzen, als er von einem kleinen Pfeil am Hals getroffen wurde. Instinktiv fasste er danach, sah noch, wie einer von Elias' Matrosen grinsend das Blasrohr senkte, aus dem er den vergifteten Pfeil abgeschossen hatte, dann wurde es schwarz vor Jasons Augen, und er sackte leblos zusammen.

Juliana schrie gellend auf. Sie wollte sich zu ihm niederknien, aber Elias riss sie grob am Arm zurück.

»Du kannst ihm nicht mehr helfen. Dein Held schläft tief und fest. Noch heute Abend wird er gefesselt an einem ganz besonderen Schauspiel teilnehmen. Es wird wirklich interessant werden. Ich freu mich schon darauf.«

Er stieß Juliana grob auf das Bett und verließ den Raum. Seine Männer schleiften den bewusstlosen Jason hinter sich her. Als die Tür ins Schloss fiel, sackte Juliana zusammen; denn nun war ihre letzte Hoffnung auf Rettung dahin – Jason so gut wie tot.

»Rückzug!«, rief MacLead den Männern zu.

Er wusste, dass etwas schiefgegangen war, denn er hatte beobachtet, wie Elias ins Haus eilte, und zog die richtige Schlussfolgerung daraus: Jason war entdeckt worden und der Befreiungsversuch misslungen.

Die kämpfenden Männer zogen sich langsam ins Gebirge zurück. Dort versammelten sie sich, um eine Strategie zu planen, wie man Jason, Juliana und das Kind retten könnte. Die Zeit drängte, zu groß war die Gefahr, dass man ihnen etwas antun würde.

Jason erwachte in einem dunklen Kellerraum. Nur wenig Licht fiel durch einen Lüftungsschlitz hoch oben an der Wand. Das Ganze erinnerte ihn schmerzlich an das Gefängnis, in das man ihn damals gesteckt hatte. Würde seine treue Mannschaft ihn ein zweites Mal befreien können? Wichtiger noch war: Würden sie Juliana und das Kind befreien können?

Er stöhnte leise. Sein Kopf schmerzte. Eine Nachwirkung des Betäubungsgiftes, das man ihm verabreicht hatte. Seine Glieder waren gefühllos, die Kontrolle über seine Muskeln war kaum möglich. Er fühlte sich so schwach wie ein Neugeborenes.

»Juliana«, flüsterte er mit schmerzerfüllter Stimme.

Alles, was geschehen war, war nun unwichtig. Egal, ob sie wirklich versucht hatte, ihn zu töten, egal, ob er oder dieser Juan der Vater des Kleinen war – jetzt zählte nur noch, dass Juliana und das Kind überlebten. Seine eigene Hilflosigkeit machte ihn rasend. Wie konnte er sich nur so übertölpeln lassen? Er hatte kläglich versagt. Zum einen ließ er Juliana ungeschützt auf dem Schiff zurück, obwohl er mit der Gefahr hätte rechnen müssen, zum anderen ließ er sich von diesem Giftpfeil treffen, weil er in seiner Wut nicht auf die beiden Männer geachtet hatte, die Elias begleiteten. Nun musste er dafür zahlen – und leider auch seine Frau und sein Kind. Er zweifelte nicht mehr länger daran, dass es sein Sohn war. Wann war ihm diese Erkenntnis gekommen? Er wusste es nicht, aber sein Herz sagte ihm, dass Juliana ihn nicht belog.

Es schien ewig zu dauern, bis Jason Schritte hörte, die sich seinem Gefängnis näherten. Die Tür wurde aufgeschlossen, eine dunkle Schönheit mit einem locker fallenden Kleid aus gelber Seide, das über einen tiefen Ausschnitt verfügte, der ihre vollen Brüsten zeigte, kam herein. Sie trug einen Korb, den sie vor ihm auf den Boden stellte.

»Ich bringe Euch etwas Wein und frisches Brot«, sagte sie mit einem sinnlichen Lächeln.

Jason musterte sie misstrauisch. Wozu so eine fürsorgliche Behandlung, wenn man vorhatte, ihn zu töten?

»Hat Elias dich geschickt?«

»Nein, mein Herr weiß nicht, dass ich hier bin. Er würde Euch nichts zukommen lassen, aber ich dachte mir, dass Ihr vielleicht hungrig und durstig seid.«

»Ist der Wein vergiftet? Traut er sich nicht, mich eigenhändig umzubringen?«

Jolina lächelte, goss etwas Wein in einen Becher, setzte ihn an ihre vollen Lippen und trank.

»Seht Ihr? Ich lebe noch!«, sagte sie und reichte ihm den Becher.

Jason trank von dem Wein, ohne sie aus den Augen zu lassen. Er schmeckte süß, und er leerte den Becher in einem Zug.

»Danke!«

»Ihr braucht mir nicht danken. Ich danke Euch, dass Ihr mir vertraut«, gurrte sie und ließ ein kehliges Lachen erklingen.

Jason sah sie fragend an. Sie schien auf einmal zu strahlen. Sein Blick wurde verschwommen, ihr Lachen klang seltsam fern. Dann spürte er, wie ihn ein mächtiges Verlangen erfasste. Er wollte aufstehen, aber seine Glieder gehorchten ihm nicht. Er hörte einen Gesang – von weit her. War es ihre Stimme?

Was passiert mit mir?

Er sah sie wie durch einen Schleier näher kommen. Sie war nackt. Wann hatte sie sich ausgezogen? Was tat er hier? Wer war sie? Sie war so schön, so begehrenswert. Sein Schwanz schrie. Hände befreiten sein hartes Glied aus der Hose, strichen den Schaft entlang. Er wollte diese Brüste kosten. So weit weg. Viel zu weit. Sie glitt auf ihn, sein Schwanz versank in weicher Hitze. Es flimmerte vor seinen Augen. Er hörte sie stöhnen. Ein Mann stöhnte. War er das? Blut pulsierte, rauschte in seinen Adern. Begierde. Schweiß. Explosion. Er versank im Nebel – es war Nacht.

Jolina lächelte. Sie hatte geahnt, dass er Gift in dem Wein vermuten würde. Deshalb hatte sie vorher einen Trunk zu sich genommen, der die Droge neutralisierte. So konnte sie von dem Wein trinken, ohne seine Wirkung fürchten zu müssen.

Als Jason erwachte, dachte er über seinen merkwürdigen Traum nach. Eine Schwarze hatte ihn geliebt – an Leidenschaft und seltsamen Gesang erinnerte er sich. Er meinte, noch den Wein auf seiner Zunge zu schmecken. Dann bemerkte er, dass seine Hose einen Fleck aufwies, der aussah wie ein Weinfleck. War es doch kein Traum gewesen? Was hatte er getan?

Einige Zeit später öffnete sich die Tür erneut, und vier Matrosen betraten den Raum. Mit ihren Entermesser in den Händen musterten sie ihn zögerlich. Überlegten sie, ob sie mit ihm fertig würden?

Jason verzog seinen Mund zu einem ironischen Grinsen.

»Braucht es vier Mann, einen gefesselten Mann zu töten?«

»Schweig, du elender Hund!«, zischte einer der Männer wütend, doch Jason erkannte den Funken der Furcht in den Augen des Mannes.

Schließlich gab der Kerl seinen Kumpanen ein Zeichen: Sie stürmten vor, packten Jason und zogen ihn auf die Beine.

Jason wehrte sich nicht, denn dies war eine schlechte Gelegenheit. Er wollte seine Kräfte schonen; falls sich noch eine bessere Chance bieten würde, dann wollte er sie nutzen.

Sie führten ihn in die Halle. Was Jason dort sah, ließ sein Blut vor Wut kochen. Man hatte Juliana auf einem Tisch festgebunden, die Beine weit gespreizt. Sie trug nur ihr Untergewand. Sein Blick traf den ihren, er las die Verzweiflung – aber auch die Hoffnung darin.

»Diesmal werde ich sie nicht enttäuschen«, dachte er.

Juliana riss flehend die Augen auf und deutete mit dem Kopf auf eine Kiste, die auf einem anderen Tisch stand. Jason verstand, was sie ihm damit sagen wollte. Sein Zorn ließ ihn für einen Moment fast die Kontrolle über sich verlieren, denn in der Kiste musste sich das Kind befinden. Was hatte der widerliche Schurke nur vor?

Jason wurde zu einem Stuhl geführt, auf dem man ihn festband. Er spannte die Handgelenke so weit, dass die Fesseln später, wenn er die Gelenke heimlich wieder entspannte, lockerer sein würden.

Ich töte dich! Ich werde dich in die Hölle schicken, und wenn es das Letzte ist, was ich tue!

Elias schritt mit einem selbstzufriedenen Grinsen in die Halle, prüfte die Fesseln, mit denen Juliana an den Tisch gebunden war. Natürlich wusste er, dass sie gut verschnürt waren, aber er wollte Jason die Hoffnungslosigkeit der Lage noch verdeutlichen. Das sollte seine Qualen noch ein wenig steigern. Er drehte sich zu seinem Erzfeind um, musterte ihn herablassend. Ihn so hilflos zu sehen war wirklich sehr befriedigend. Ja, seine Rache war wirklich perfekt eingefädelt, und er freute sich schon darauf, in seinem Plan fortzufahren. Erst die Schändung von Juliana, dann die Folterung des Kindes und schließlich der langsame Tod von Juliana, dem Kind und Jason. Er sollte am längsten leiden.

»Guten Abend, Jason. Freut mich, dass du zu diesem denkwürdigen Ereignis heute Abend kommen konntest«, sagte Elias, irre vor sich hin kichernd.

Jasons Blick bohrte sich glühend in Elias Augen – und der wandte schnell den Kopf ab, denn sein Gegner war auch im gefesseltem Zustand mehr als furchteinflößend. Eilig flüchtete Elias vor dem tödlichen Versprechen in Jasons Augen und trat an den Tisch, auf dem Juliana lag. Mit einem Messer zerriss er ihr das Untergewand. Das Reißen des Stoffes löste in Jason eine eisige Kälte aus.

Jetzt darf ich es nicht verpatzen. Bleib ruhig, alter Junge. Du hast nur eine Chance. Es muss klappen!

Er atmete ruhig ein und aus, mobilisierte all seine Kraft und sprengte die Fesseln. Polternd kippte der Stuhl um, als er an Julianas Seite stürzte – und im gleichen Moment hörte man wildes Gebrüll und Kampfeslärm von draußen. Seine Männer waren also zurückgekommen.

Jolina stürmte in die Halle. Hektisch gestikulierte sie mit den Armen.

»Sie sind überall. Unsere Männer kommen nicht gegen sie an«, keuchte sie entsetzt.

Durch die Fenster flogen Steine, die mit brennenden Tüchern umhüllt waren. Beißender Rauch füllte in Windeseile die Halle. Das Stroh auf dem Boden fing Feuer und breitete sich schnell aus. Feuer erfasste Jolinas Kleid. Sie fing an zu schreien. Elias sah sie voller Entsetzen an, dann sprintete er los, um seine Geliebte zu Boden zu werfen. Panisch versuchte er, die Flammen zu löschen. Jason nutzte das Überraschungsmoment und beeilte sich, Juliana loszubinden.

»David!«, schrie Juliana, und Jason sah entsetzt, dass die Kiste Feuer gefangen hatte. Er stürzte sich auf die Kiste, löschte die Flammen mit den Händen, riss den Deckel auf, hob entsetzt den leblos wirkenden Körper des Babys heraus.

»Er ist auch betäubt worden«, klärte Juliana ihn auf.

»Jetzt nichts wie raus!«, drängte Jason.

Gerade wollten sie aus der Halle in den Flur flüchten, als MacLead mit zwei weiteren Männern ihnen entgegenstürmte.

»Gott sei Dank, Ihr lebt«, sagte der Schotte und klopfte Jason freudig auf die Schulter. »Lasst uns sehen, dass wir hier fortkommen.«

Sie sahen zu dem Paar, das über den Boden rollte, dann verließen sie schnell den Raum. Elias konnte seine Geliebte nicht retten. Das Feuer breitete sich rasend schnell aus und erfasste auch seine Kleidung. Geschockt hielt er die leblose Gestalt in seinen Armen. »Jolina«, schluchzte Elias und umarmte seinen eigenen, brennenden Tod. *»Jolina!«*

Ein durchdringender Schrei gellte durch die Halle. Sie hörten den qualvollen Schrei. Kurz sahen sie noch zurück in das flammende Inferno, dann rannten sie zusammen durch den Flur nach draußen. Im Innenhof lagen die toten Feinde. Jasons Männer jubelten, als sie die Ankömmlinge bemerkten. Jeder war froh, dass die Befreiung ein glückliches Ende genommen hatte, und die Feinde besiegt waren.

»Wir werden wohl heute draußen kampieren müssen«, sagte Jason, auf das brennende Haus schauend. »Als Erstes sollten wir aber die Toten beseitigen, bevor sie uns den Hof verseuchen.«

»Kommt«, sagte Eliana, die Köchin, während sie Juliana von den Toten wegzog. »Wir haben vor den Mauern ein Lager aufgeschlagen. Sicher könnt Ihr ein wenig Schlaf brauchen.«

«Eliana! Nehmt meinen Sohn und wacht über ihn. Ich habe heute Nacht noch einiges zu erledigen.«

Jason drückte der Frau das Kind in die fülligen Arme.

»Dein …?«, flüsterte Juliana hoffnungsvoll.

»Ja, mein Sohn. Ich zweifle nicht länger an dem, was du mir erzählt hast.«

Juliana warf sich in seine Arme, während Jason ihr

zärtlich über das Haar strich. Endlich stand nichts mehr zwischen ihnen. Sie hatten viel durchgemacht und viel verloren, doch nun gab es Hoffnung, und Juliana lächelte glücklich.

22

Noch ein Wiedersehen

Die Folgen des Feuers erwiesen sich als nicht so schlimm. Die dicken Mauern hatten den Flammen getrotzt, deswegen war nur das Mobiliar in der Halle verbrannt. Ansonsten gab es keine Schäden, die nicht zu beheben waren. Alle halfen fleißig mit, um die Spuren der Zerstörung zu beseitigen. Zwischen Juliana und Jason herrschte eine neue Vertrautheit. Nun, da alle Zweifel beseitigt waren, genossen sie ihr neues Leben als Familie. Den kleinen Garrick akzeptierte Juliana ohne Einwände. Der Kleine konnte ja nichts für die Taten seiner Mutter. Jeden Tag ließen sie sich einen Picknickkorb von Eliana packen und gingen damit zum Strand. Auch heute, drei Wochen nach dem Brand, saßen Juliana und Jason im weichen Sand, schauten dem kleinen Garrick zu, wie er Sandburgen baute. David, der auf seiner Decke im Schatten schlief, gab hin und wieder ein zufriedenes Glucksen von sich.

»Ich platze!«, verkündete Jason und leckte sich den Saft der Pastete von den Fingern.

»Ist ja auch kein Wunder. Du hast alle Pasteten allein verschlungen«, erwiderte Juliana, ihn in die Seite kneifend.

Jason sah sie schuldbewusst an.

»Wolltest du auch eine? Ich hab gar nicht bemerkt, dass ich sie alle allein verdrückt hab.«

»Nein, ist schon gut. Waren die Pasteten gut?«

»Köstlich!«, schwärmte Jason und legte sich entspannt zurück. »Wäre ich nicht schon verheiratet, so würde ich Eliana auf der Stelle ehelichen.«

Juliana zwickte ihn in den Oberschenkel.

»Aua!«

»Das hast du verdient, du abscheulicher Frauenheld!«, schimpfte Juliana lachend, während sie Jason durchzukitzeln begann.

«Hey! Lass das! Das ist nicht fair!«, prustete Jason. Dann meinte er gespielt ernst: »Du könntest dir ja mal von Eliana beibringen lassen, wie man diese köstlichen Pasteten macht. Dann bleib ich dir auf immer und ewig treu!«

«Oh! Du unverbesserlicher Schuft. Ich werd dir helfen …«

»Schiff, Schiff!«, plapperte Garrick plötzlich aufgeregt los.

Juliana und Jason sahen auf. Das Schiff steuerte auf die Insel zu. Jason sprang hoch.

»Nimm die Kinder und lauf zum Haus. Sag den Männern Bescheid, dass sie alle herkommen sollen. Falls es zu einem Kampf kommt, wirst du dich mit den Kindern und den anderen Frauen sofort in die Höhlen zurückziehen. Hast du verstanden?«

Juliana nickte. Sie stand ebenfalls auf und schnappte sich den schlafenden David.

»Komm Garrick. Lass uns mal nachsehen, ob Eli leckere Kekse gebacken hat.«

«Tekse, Tekse! Pima!«, jubelte der Kleine und lief freudig neben Juliana zum Haus zurück.

Das Schiff ankerte draußen vor der Bucht. Jason stand mit seinen Männern am Strand und schaute durch sein Fernrohr. Er sah, wie zwei Boote hinabgelassen wurden.

»Was mögen die von uns wollen?«, grübelte MacLead. Mittlerweile waren die Boote bemannt, und die Männer ruderten auf das Ufer zu.

»Nun, das werden wir ja bald wissen, sie sind schon fast da. Ich werde sie begrüßen. Achte auf ihr Verhalten, vielleicht werden wir schnell handeln müssen.«

»Keine Sorge, wir sind alle wachsam.«

Die beiden Boote landeten, aber nur ein älterer Mann, dessen gute Kleidung seinen Wohlstand verriet, stieg aus. Die anderen Männer beobachteten wachsam die Männer am Strand, bereit einzugreifen, sollte dies erforderlich sein. Sie waren bewaffnet – auch Jasons Leute achteten ebenso wachsam auf jede Regung. Der Ältere kam unbeirrt näher, musterte Jason und seine Männer.

»Ich suche Jason Whitfield«, verkündete er.

»Das bin ich«, antwortete Jason ruhig.

Ein wütendes Flackern trat in die Augen des Alten, als er Jason nun direkt ansah. Er sammelte sich wieder, sprach aber mit deutlicher Erregung in der Stimme: »Ich verlange die unverzügliche Herausgabe meiner Tochter!«

Jason zog erstaunt die Augenbrauen hoch.

Das ist Julianas Vater. Eines Tages musste es ja so kommen. Jetzt nur keinen Fehler machen.

»Eure Tochter? Darf ich nach Eurem Namen fragen?«

»Mein Name ist George Thompson. Ich habe verlässliche Informationen, dass Ihr meine Tochter Juliana hier gefangen haltet.«

»Sie ist meine Frau!«, knurrte Jason und straffte die Schultern.

»Eine erzwungene Ehe ist für mich keine gültige Ehe. Ich bin sicher, ich kann eine Annullierung erwirken. Natürlich könnte ich Euch auch töten. Dann wäre meine Tochter Eure Witwe und ebenso frei.«

Mit funkelnden Augen starrten sich die beiden Kontrahenten an. Sowohl Jasons als auch George Thompsons Männer hielten vor Spannung den Atem an.

»Versucht es nur, alter Mann. Es wäre nur bedauerlich, dass ich Euch dann töten müsste. Ich möchte meiner Frau nicht solchen Kummer bereiten.«

»Vater«, ertönte ein aufgeregter Ruf.

Beide Männer schauten sich nach der Stimme um. Juliana kam den Strand entlanggelaufen, die Röcke gerafft. Lachend und weinend zugleich flog sie an die Brust ihres Vaters.

»Vater! Wie hast du hierhergefunden? Ich freu mich so, dich zu sehen.«

George Thompson standen Freudentränen in den Augen. Zärtlich umarmte er seine Tochter, doch als sein Blick auf Jason fiel, wurde er wieder ernst. Er rückte etwas von Juliana ab und schaute sie fragend an.

»Wir können sofort wieder aufbrechen, mein Kind. Je schneller wir wieder daheim sind, desto besser.«

»Aufbrechen? Aber Vater, ich bin hier zu Hause, bei meinem Mann und meinem Kind.«

George Thompson wurde bleich.

»Du hast ein Kind von … von diesem …«

»Ach Vater! Das ist eine lange Geschichte. Komm, lass uns ins Haus gehen. Eliana, unsere Köchin, wird sicher auch für ein paar hungrige Mäuler mehr sorgen können. Leider hatten wir vor kurzem einen Brand, daher ist die Halle noch nicht wieder benutzbar, aber wir essen bei dem schönen Wetter immer draußen.« George Thompson schaute Jason skeptisch an. Er hatte erwartet, dass er seine Tochter aus den Händen eines grausamen Piraten befreien müsste – nun wollte sie gar nicht gerettet werden, und der grausame Pirat sah seine Tochter derart verliebt an, dass er langsam nicht mehr wusste, was er denken sollte.

»Ähm … nun gut, wenn du meinst«, sagte er schließlich noch immer ein wenig unsicher.

Juliana ignorierte den erstaunten Blick ihres Gatten und hakte sich bei ihrem Vater ein. So gingen sie also gemeinsam zum Haus, die Männer beider Kontrahenten im Schlepptau.

Eliana schaffte es tatsächlich, innerhalb kürzester Zeit ein wahres Festmahl für alle zu zaubern. Juliana berichtete ihrem Vater, was seit ihrem Verschwinden passiert war, ließ dabei jedoch die unschönen Episoden aus, um ihren Vater nicht gegen Jason aufzubringen. Es war ohnehin schon ein schwieriges Thema – immerhin hatte er sie entführt, und ihr Vater hatte sich große Sorgen um sie gemacht.

Vom kleinen David und auch von Garrick war der frischgebackene Großvater jedoch hingerissen. Klein David schlief selig im Arm seines Großvaters, als würde er ihn schon ewig kennen.

»Er ist wirklich ein strammes Kerlchen und so friedlich!«, schwärmte George Thompson. »Ihr müsst mich bald besuchen. Ich habe ein schönes Ponyfüllen, braun mit einem weißen Stern. Der wäre was für David.«

»Aber Vater, David wird noch Jahre brauchen, bis er reiten kann«, wandte Juliana ein.

»Na und! Das Füllen braucht ja schließlich auch noch Zeit.«

»Nun zu dir, Schwiegersohn. Wenn das alles stimmt, was du mir erzählt hast, dann kann ich dir vielleicht helfen. Ich habe einigen Einfluss auf Jamaika. Ich könnte dafür sorgen, dass dein Ruf und deine Stellung wiederhergestellt werden. Ich möchte nur eines als Gegenleistung von euch.«

»Und das wäre?«, fragte Jason interessiert seinen Schwiegervater.

»Nun, ganz einfach. Richtet mir ein Gästezimmer ein, denn ich gedenke, euch hin und wieder einen Besuch abzustatten. Immerhin bin ich jetzt Großvater, und ich möchte meine Enkel ab und an etwas verwöhnen, wie es sich gehört.«

Jason lachte. Nicht zu glauben, dass noch vor wenigen Stunden dieser Mann gedroht hatte, ihn zu töten.

»Gern, Schwiegervater. Du bist jederzeit herzlich willkommen.«

»Ich habe dich lieb!«, rief Juliana und fiel ihrem Vater um den Hals, um ihm einen schmatzenden Kuss aufzudrücken.

»Ich kann gar nicht glauben, wie sich alles entwickelt hat«, sagte Juliana später, als sie im Schlafzimmer vor dem Spiegel saß und ihre Haare bürstete.

Jason trat hinter sie. Er war bereits ausgezogen, Juliana betrachtete ihn voller Stolz im Spiegel.

Mein Mann! Mein göttlicher, wundervoller Mann. Wie sehr ich dich liebe!

Jason nahm ihr die Bürste aus der Hand und begann ihr

langes Haar zu bürsten, bis es glänzte. Dann legte er die Bürste beiseite, schob die Hände in den Ausschnitt ihres Unterkleides, welches sie noch nicht ausgezogen hatte. Er nahm ihre Brustspitzen zwischen die Finger, zwirbelte sie, bis sie hart und prall abstanden. Juliana stöhnte leise. Sie beobachtet seine Hände im Spiegel. Es erregte sie zuzusehen, wie er sie liebkoste. Er löste die Bänder, ließ den dünnen Stoff über ihre Schultern hinabgleiten, ihre Brüste reckten sich seinen Händen entgegen, schmiegten sich in seine Handflächen.

»Wie schön du bist«, flüsterte Jason rau.

Seine Hand wanderte tiefer, kraulte ihre gelockte Scham, glitt noch tiefer, teilte die Schamlippen und erforschte ihre triefende Feuchtigkeit.

Juliana betrachtete fasziniert ihr vor Leidenschaft verklärtes Gesicht.

Bin ich das? Diese sinnliche Frau im Spiegel mit den vollen Brüsten bin wirklich ich?

Jason beugte sich zu ihr herab, um an ihrem Ohrläppchen zu knabbern. Während die eine Hand abwechselnd beide Brüste knetete, massierte seine andere Hand ihre Klitoris, bis Juliana sich auf dem Stuhl aufbäumte. Sie schloss die Augen, stand kurz vor der Explosion.

»Nein! Mach sie nicht zu. Ich will, dass du dich im Spiegel ansiehst, wenn du kommst«, raunte er an ihrem Ohr.

Juliana öffnete gehorsam ihre Augen. Noch nie hatte sie sich dabei zugesehen, wenn sie den Gipfel erreichte. Seine geschickten Hände trieben sie dem Höhepunkt unaufhaltsam entgegen. Ihr Schoß brannte vor Leidenschaft. Ihr kehliges Stöhnen verwandelte sich in spitze Schreie, als ihre Vagina heftig zu kontrahieren anfing. Ihre Feuchtigkeit ergoss sich auf das Polster des Stuhls. Jason trat an ihre

Seite und zog sie langsam hoch. Mit einer einzigen Bewegung hatte er sie von dem Unterkleid befreit, das um ihre Hüften hing, hob sie hoch, trug sie zum Bett, um sie sanft darauf abzulegen. Er legte sich über sie, um ohne weitere Umschweife in sie einzudringen.

»Lass uns ein Brüderchen für David machen«, sagte Jason und grinste sie spitzbübisch an.

»Ein Brüderchen? Und wenn es ein Schwesterchen wird?«

»Dann werde ich eben meiner Tochter das Jagen und Schießen beibringen. Natürlich auch das Fechten!«

»Gott bewahre!«, stöhnte Juliana lachend.

Jason begann sich in ihr zu bewegen. Juliana schlang die Beine um seine Hüften, um ihn noch weiter an sich zu ziehen.

»Ich liebe dich. Ich werde dich nie mehr gehen lassen«, keuchte Jason inbrünstig und stieß sie fester.

»Ich will ja gar nicht mehr fort!« Sie hob ihren Leib seinen Stößen entgegen. »Ich liebe dich, mein Pirat!«

Epilog

Juliana schmiegte sich in Jasons Arme und beobachtete amüsiert, wie ihr Vater dem kleinen David das Reiten beibrachte. Das braune Pony war ein Geschenk von George Thompson, wie er es einst versprochen hatte. Vor einem Jahr hatte Garrick das Reiten erlernt und ritt nun stolz vor seinem »kleinen Bruder« auf seinem Rapppony her. George Thompson hatte es tatsächlich geschafft, Jason wieder zu Ansehen zu verhelfen. Alle Anklagen gegen Jason wurden fallengelassen, sein Ruf war wieder ehrenhaft, seine Plantage wieder in seinen Besitz übergegangen, die Seefahrt endgültig aufgegeben. MacLead war nun Kapitän der *Doreen*. Rosa, Julianas alte Amme wohnte nun bei ihnen und kümmerte sich um den Nachwuchs. Auch Julianas Lieblingspferd, mittlerweile selbst stolzer Vater eines bezaubernden Stutfohlens, fand bei ihnen eine neue Heimat.

»Glaubst du, wir können uns für eine Weile davonstehlen?«, fragte Jason und zwinkerte Juliana spitzbübisch zu. »Ich würde gern mit dir noch mal über ein Töchterchen nachdenken.«

»Hm, und wenn wieder ein Junge dabei rauskommt?«

»Dann üben wir eben weiter.«

Juliana lachte.

Plötzlich ertönte wütendes Geschrei.

»Nein! Nicht schon wieder diese Quälgeister!«, stöhnte

Jason, sprang aber sogleich auf und eilte zu der Wiege, in der die beiden Zwillinge Paul und Evan lagen. Vorsichtig nahm er den schreienden Paul heraus, reichte ihn Juliana, die bereits ihre Brust freigelegt hatte.

Jason betrachtete liebevoll seinen Sohn, der an der prallen Brust nuckelte.

»Wenn du die beiden Blagen abgefüttert hast, dann widmen wir uns aber unserer Tochterthematik!«, bestimmte Jason und legte sich ins Gras.

Juliana lächelte. Liebevoll strich sie Paul über das kahle Köpfchen. Vielleicht hatte es ja mit der Tochter schon geklappt. Sie hatte Jason noch nichts von ihrem Verdacht erzählt, wollte erst ganz sicher sein. Sinnend legte sie ihre Hand auf den noch flachen Bauch.

Bist du da drin, Tochter?

Jason schnarchte leise.

»Ich liebe dich«, flüsterte Juliana.

Dawn Porter

Internet Lover

Mein erotisches Tagebuch

Deutsche Erstausgabe

ISBN 978-3-548-26496-7
www.ullstein-buchverlage.de

Ein Inserat auf einer Internet-Dating-Seite wird für Dawn zum Beginn einer aufregenden erotischen Reise durch die Männerwelt: ein Kurztrip führt sie nach New York, sie entdeckt ihre Vorliebe für Latex-Anzüge, lässt sich auf eine entzückende Ménage à trois ein und erfährt, warum man unbedingt einen französischen Liebhaber braucht …

In ihrem erotischen Tagebuch beschreibt Dawn Porter freizügig ihre abenteuerlichen Streifzüge durch den Dschungel des Großstadtdatens.

UB390

ullstein

Wei Hui

Marrying Buddha

Roman

ISBN 978-3-548-26640-4
www.ullstein-buchverlage.de

Coco, die schöne und eigenwillige Schriftstellerin aus Shanghai, geht nach New York, um das Leben von einer ganz anderen Seite aus kennenzulernen. Leidenschaft und erotische Abenteuer säumen ihren Weg, bis sie sich verliebt – und plötzlich zwischen zwei Männern entscheiden muss. Coco kehrt zurück nach Shanghai …

»Jetzt gibt's für Chinas Staatschefs noch mehr Grund zum Toben!« *Glamour*

»Wei Hui begeistert mit ihrer Direktheit: tolle Unterhaltung.« *Freundin*

»Sexy Story zwischen Buddha und Big Apple« *Cosmopolitan*

UB398

ullstein

Lonnie Barbach

Welche Farbe hat die Lust?

Frauen erzählen ihre erotischen Phantasien

ISBN 978-3-548-26834-7
www.ullstein-buchverlage.de

21 Frauen geben ihre geheimsten Phantasien preis. Sie bekennen, was sie erregt: Abenteuer, Risiko, die intime Nähe und eine Ahnung von Liebe ... Ob die Leidenschaft durch Liebesbriefe entfacht wird oder eine Kriegerin einen Sklaven in einem anderen Sonnensystem verführt – mal zart, mal hart loten die Autorinnen alle Spielarten der Lust aus. Ein Spektakulum intelligenter, spannungsvoller Erotik.

»Lonnie Barbach – eine Kämpferin, die Mut macht.«
Cosmopolitan